내가 죽으면
암癌 너도 죽는다

내가 죽으면 암癌 너도 죽는다

발행일	2023년 3월 30일			
지은이	김홍균			
펴낸이	손형국			
펴낸곳	(주)북랩			
편집인	선일영	편집	정두철, 배진용, 윤용민, 김부경, 김다빈	
디자인	이현수, 김민하, 김영주, 안유경, 한수희	제작	박기성, 황동현, 구성우, 배상진	
마케팅	김회란, 박진관			
출판등록	2004. 12. 1(제2012-000051호)			
주소	서울특별시 금천구 가산디지털 1로 168, 우림라이온스밸리 B동 B113~114호, C동 B101호			
홈페이지	www.book.co.kr			
전화번호	(02)2026-5777	팩스	(02)3159-9637	

ISBN   979-11-6836-765-4 03810 (종이책)   979-11-6836-766-1 05810 (전자책)

(주)북랩 성공출판의 파트너

북랩 홈페이지와 패밀리 사이트에서 다양한 출판 솔루션을 만나 보세요!

홈페이지 book.co.kr   •   **블로그** blog.naver.com/essaybook   •   **출판문의** book@book.co.kr

작가 연락처 문의 ▶ ask.book.co.kr

작가 연락처는 개인정보이므로 북랩에서 알려드릴 수 없습니다.

말기 암 투병 10년의 기록

내가 죽으면
암癌 너도 죽는다

김홍균 지음

북랩

암과 환자의 마음가짐

암이라는 단어를 대하면 우리는 무슨 생각이 들까요?

우선 무섭습니다. 피하고 싶습니다.

특히 본인이 암이라는 진단을 받게 되면 얼마나 답답할까요?

인정하고 싶지 않을 겁니다.

최근 암에 대한 사회적 인식이 높아지면서 과거보다 잦은 검사를 통해 비교적 초기 단계에서 암을 발견하게 되는 경우가 많아진 것은 참 다행스러운 일입니다. 그렇지만 암이 많이 진행되어버린 상태로 발견하는 경우에 환자는 그야말로 절망적인 마음이 들 수밖에 없을 것입니다.

김홍균 환자가 10여 년 전 처음 저를 만났을 때 초기 단계의 직장암이 아니어서 직장 외의 다른 장기에서도 전이된 암이 관찰되는 상황이었습니다. 매우 힘들었겠지만 그는 환자로서 암 치료에 적극적으로 임해주었습니다.

특히 심리적으로 아주 안정된 상태로 치료 과정을 충실히 따르면서 항암 약물치료, 방사선 치료, 원발 및 전이 장기에 대한 수술을 잘 견뎌 주었습니다. 그 결과 눈에 보이는 병변은 다 제거할 수 있는 상태로 호전되었습니다.

하지만 암은 절대 방심할 수 없는 질병이어서 이후에도 지속해서 환자의 상태를 관찰하고 추적했었는데 안타깝게도 그 과정에서 여러 차례 다른 장기에서 암이 재발하는 상황이 발생하곤 했습니다.

그럴 때마다 또다시 적극적이며 감당할 만한 치료를 통하여 암을 조절하고 제거하면서 10여 년이 경과하였습니다.

그렇게, 이 책의 저자는 10여 년의 시간을 굉장히 잘 보내고 있습니다.

초기 단계의 암으로 진단받은 경우에도 좋지 않은 결과가 올 수도 있고, 저자처럼 암이 많이 진행된 경우에도 치료를 통해 좋은 결과를 얻는 경우도 많습니다. 무엇보다도 환자가 마음을 긍정적으로 다스릴 때 좋은 결과로 보답받을 확률이 매우 높아집니다.

평생 암 환자만을 보아 온 제가 절실히 느끼고 있는 부분입니다.

암에 대한 지식과 정보는 점점 많아지고 있지만, 치료 결과는 아직 우리가 기대하는 수준에 미치지는 못하고 있습니다.

이러한 상황에서 환자의 마음가짐은 암 치료의 결과에 결정적인 영향을 미칠 수 있는 참으로 중요한 인자라고 봅니다.

이는 비단 이 책의 저자에게만 해당하는 이야기가 아닙니다.

암과 싸우고 있는 환우와 가족들 그리고 지인들이 이 책을 통하여 저자가 암이라는 질병을 어떻게 대하면서 치료에 임했는지 알아보기를 바랍니다.

그러면서 많은 분이 암이라는 커다란 어려움을 극복할 수 있는 지혜를 얻을 수 있게 되기를 기대합니다.

2023. 3.
안중배(연세암병원 종양내과 교수)

글을 쓰면서

확신이었을까, 단순한 희망이었을까?

말기 암을 발견하고 치료받을 때 나는 꾸준히 그 과정을 기록하면서 10년 후에 나의 투병기를 책으로 펴내겠다고 다짐했었다. 가족과 지인들에게도 그렇게 말하곤 했다.

그 다짐은 암을 극복하겠다는 자기암시였을지 아니면 어떻게든 10년은 살겠다는 의지 혹은 바람이었을지 - 어쨌거나 이 글을 쓰고 있다는 것은 그 다짐이 실현된 것이다.

암 치료를 시작한 지 1년쯤 지난 시점부터 치료 과정을 적어갔다. 그 전에 지나간 1년은 기억에 의존해서 기록했다. 내용은 정확할 것이다.

고등학교 동기들의 카페에 연재 형식으로 글을 올렸다.

이 글을 쓰는 지금도 나는 완치 판정받지 못한 채 정기검진을 받는 중이다.

2012년 10월. 대장 내시경을 하다가 암이 발견되었다.

직장암인데 말기도 한참 지나 간과 폐에까지 암이 전이된 상태였다. 수술도 불가하며 얼마 살지 못할 거라고 했다.

그럼에도 5회의 수술과 15회의 방사선 치료 그리고 47회의 항암 약물치료를 받고 10년을 넘겨 살면서 마침내 이 책을 출간까지 하게 된 것이다.

이 글은 2부로 나뉘어 있다.

1부에서는 암을 치료하는 과정에서 나 자신이 느낀 바를 적었다.

의학적인 사실에 기초한 생각도 있고 의학적 이론에 맞는지는 모르겠지만 나름대로 암에 대해 갖게 된 확신(?) 같은 생각도 있다.

2부에서는 내 암의 치료 과정을 적었다.

객관적인 사실을 주로 적었으나 치료받으면서 느꼈던 생각들도 함께 적었으므로 1부의 내용과 겹치는 부분이 많다.

정확히 말하자면, 10여 년 동안 치료받아오면서 2부의 과정을 적었고 그 기록을 바탕으로 1부의 생각들을 적었다.

그리고 2부의 내용을 다시 정리하면서 1부의 내용을 인용하기도 했다.

10여 년 동안 나 혼자 암과 싸웠을까?

내 옆을 떠나지 않고 간병해 온 아내의 인생과 맞바꾼 10여 년이었다.

사랑하는 자식들과 많은 지인의 도움과 응원으로 살아온 10여 년이었다.

암담한 상황에 놓여 있던 나를 세세하게 보살피며 새 삶의 길을 열어준 나의 주치의 안중배 선생님께 어떻게 고마움을 표해야 할까?

이 글에 그러한 마음도 함께 담으려고 애썼다.

이 기록들이 암 환자들에게 조금이라도 도움이 된다면 참 좋겠다.

2023. 3.

목차

추천사   4

글을 쓰면서   6

1부 : 암 그리고 삶

1. 죽음의 문 앞에서   17

2. 벌새는   18

3. 제인 마르크제프스키는   19

4. 어떤 그림을 그릴 것인가?   20

5. 나에게 묻기를   21

6. 암은 아무도 모른다   22

7. 의사가 말하는 생존 기간은   23

8. 암의 발병 원인은?   24

9. 암과 유전적 요인   25

10. 암과 환경적 요인   26

11. 암과 음식물   27

12. 암과 면역력 1   28

13. 누구에게나 일어날 수 있는   29

14. 암의 치료 방법은?   30

15. 암과 면역력 2   32

16. 정기검진   33

17. 아! 이 마음을…   34

18. 여유를 가져라 - 마음   35

19. 여유를 가져라 - 생활   36

20. 살아야 할 이유가 있는 사람은   37

21. 마음 다잡기   38

22. 생각과 감정   40

23. 버리기   43

24. 객관적으로 바라보기   46

25. 삶과 죽음   49

26. 산다는 것   51

27. 암을 이기는 법   53

28. 평정심을 유지한다는 것은   55

29. 암이 재발하면 죽는다?   57

30. 생활하라   59

31. 나는 암에게 이렇게 말했다   61

32. 기도하는 마음   64

33. 에피소드   66

34. 수술 - 할 것인가, 말 것인가?   67

35. 의사의 지시대로   70

36. 내 몸에 맞추어 치료하라   71

37. 항암제의 효과에 대하여   73

38. 신약에 대하여   75

39. 몸과 마음의 균형   76

40. 환자의 주변 환경 - 물리적 환경   77

41. 환자의 주변 환경 - 정신적 환경   79

42. 간병 - 치열하고도 힘든   81

43. 무리하지 말라 - 운동   83

44. 무리하지 말라 - 장거리 여행   84

45. 어울려라   85

46. 암과 에너지의 소모   86

47. 웃어라   87

48. 암에 대한 속설들   88

49. 내가 읽은 책의 분석 1   91

50. 내가 읽은 책의 분석 2   93

51. 내가 읽은 책의 분석 3   94

52. 내가 읽은 책의 분석 4   96

53. 제목 정하기   97

54. 암 그리고 삶   99

55. 죽음의 문 앞에서 삶을 바라보며   100

2부 : 투병 - 10년의 기록

1. 암을 선고받다   105

2. 암의 징후들   107

3. 마음 다잡기   110

4. 나는 암에게 이렇게 말했다   120

5. 암에 대한 시각들   123

6. 치료의 시작   127

7. 아내는 병실에서 희망을 보았다   129

8. 암 치료를 위한 상담   133

9. 항암 약물치료(1~4회)   137

10. 문병하러 오는 사람들   140

11. 음악제   143

12. 방사선 치료 1   145

13. 벗들 마당   147

14. 협진   149

15. 항암 약물치료(5~8회) 그리고 변명   151

16. CT 촬영 결과   154

17. 개인전   156

18. 수술   158

19. 회복 훈련   161

20. 항암 약물치료(9~12회)   163

21. 치료의 결과   165

22. 안산 산행   168

23. 장루 수술   170

24. 재발   172

25. 수술이냐, 약물치료냐?   174

26. 두 번째 약물치료와 케모포트   176

27. 약물치료의 경과   178

28. 내 마음이 머무는 곳   179

29. 또 한 번의 약물치료   181

30. 먹는 항암제 - 젤로다   183

31. 젤로다의 효과   185

32. 정년 퇴임 187

33. 항암제와 몸의 반응 190

34. 우리는 암에 대해 얼마나 알고 있을까?

    - 암의 발병 원인 192

35. 우리는 암에 대해 얼마나 알고 있을까? - 암의 치료 194

36. 동행 196

37. 생존율의 의미 198

38. 암과 음식물 201

39. 수술로 가자 207

40. 두 번째 수술 209

41. 대장암과 아스피린 213

42. 표적치료제에 대하여 215

43. 민간요법의 허와 실 218

44. 제3 라운드 222

45. 협진과 면담 224

46. 수술을 앞두고 227

47. 세 번째 수술 229

48. 아재 개그 233

49. 균형 235

50. 위장막 론(論) 238

51. 일상으로 240

52. 몸을 따뜻하게 242

53. 예민할 수밖에 244

54. 사람 마음이란 246

55. 조짐 248

56. 시나브로 252

57. 하라는 대로 해야지 254

58. 예방주사 256

59. 내시경 257

60. 5년 259

61. 케모포트 제거 262

62. 월동 준비 264

63. 기억의 재생 266

64. 나도 의사처럼 268

65. 이제는 늙어서 270

66. 네 번째 수술 272

67. 다시 8회의 약물치료 276

68. 회복되지 않는 체력 그리고 빈혈 278

69. 비결핵성 항산균 280

70. 다섯 번째의 수술 281

71. 부정맥 284

72. 방사선 치료 2 285

73. 부정맥 치료 286

74. 10년 되셨지요? 287

75. 반전 289

76. 출간 - 도시락(圖詩樂) 2 291

77. 다시 정기 검진 3개월로 292

78. 출간 - 스치는 달빛에 베이어 293

79. 초심(初心) 295

80. 함께 걸어온 길 297

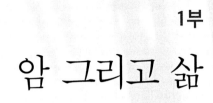

1부

암 그리고 삶

1. 죽음의 문 앞에서

저만치에 죽음의 문이 열려 있다.

암을 선고받는 순간 내 눈에 가장 먼저 띄는 저 죽음의 문.

내 몸속의 암은 그 문을 향하여 나를 끌고 간다.

발버둥이라도 쳐 보고 싶지만 멈출 수가 없다.

내가 언제 죽음을 생각해 본 적이 있었던가?

내 몸속에 암이 생겨나리라 예측해 본 적이 있었던가?

간혹 암에 의해 목숨을 잃는 주위 사람들을 본 적도 있지만

그러나 그 일이 나한테도 일어날 것이라고

꿈속에서라도 생각해 본 적이 있었던가?

이렇게 나는 죽어야 하나?

내 삶의 모습이 이런 것이었던가?

이제 나는 무엇을 어떻게 해야 할까?

2. 벌새는

많은 사람이 아는 이야기이다.

산불이 났다. 불길이 온 산을 뒤덮었다.

모든 짐승이 불길을 피해 산 아래로 달아났다.

이때 벌새 한 마리가 산 아래 강물로 날아가 날개에 물을 묻혀 가지고 와서 불길 속에 그 물방울을 떨어뜨리는 일을 반복하고 있었다.

이를 본 산신령이 벌새에게 물었다.

"네가 그런 일을 하면 저 불이 꺼질 것 같으냐?"

벌새가 대답했다.

"아닙니다."

"불이 꺼지지 않을 것을 알면서 왜 그런 행동을 하느냐?"

"지금 제가 할 수 있는 일이 이 일밖에 없기 때문입니다."

산신령은 비를 내리게 해서 산불을 꺼 주었다.

감동적인 이야기지만 현실에서는 산신령이 존재하지 않는다.

이야기 속의 벌새는 산신령이 없는 현실에서도 산불이 난다면 날개에 물을 묻혀 그 물방울을 불길 속에 떨어뜨릴까?

장담하건대 그럴 것이다.

그 벌새는 산신령이 나타날 것을 믿고 그런 행동을 한 것이 아니라, 단지 자신이 지금 할 수 있는 일을 했을 뿐이므로!

3. 제인 마르크제프스키는

"길을 잃었나요? 우리도 마찬가지입니다. 그러니까 괜찮아요."

2021년 6월 8일 미국의 AGT(America's Got Talent)에서 골든 버저를 받은 제인 마르크제프스키의 감동적인 노래이다.

폐와 간 그리고 척수까지 전이된 암을 앓고 있는 그녀는 언제일지 모르는, 자신의 마지막 해에 대한 이야기라는 자작곡 'It's okay.(괜찮아)'를 부른다. 시한부 3개월을 선고받고도 노래하며 3년 넘게 살았다.

"저의 생존 확률은 2%입니다. 2%는 0%가 아닙니다. 2%는 무언가가 있다는 것입니다."

나이 서른에, 그 어린 나이에 이처럼 강인하다니. 그녀는 자신에게 일어난 나쁜 일보다 훨씬 더 강한 사람이다. 단순히 강하다기보다 오히려 담담하다는 표현이 더 어울릴 것 같은 그녀의 말을 들어보라.

"(암에 걸린 후) 인생이 쉬워지기를 기다릴 수가 없어서 내가 먼저 행복해지기로 했습니다."

그렇다.

암에 걸리는 순간 인생은 어려워진다. 결코 다시 쉬워지지 않는다.

행복은 쉬운 인생 속에만 있는 것일까?

행복은 인생이 쉬워진 다음에야 찾을 수 있는 것인가?

그래서 인생이 쉬워질 때까지 기다려야만 하는가?

그녀의 말이 옳다.

행복은 곳곳에 있다. 찾으면 보인다. 스스로 행복해질 수 있다.

4. 어떤 그림을 그릴 것인가?

이 그림을 본 사람도 있을 것이다.

감옥 속의 두 죄수가 그림을 그리고 있다.

한 명은 감옥의 쇠창살을, 다른 죄수는 쇠창살 사이로 보이는 자연 풍경을 그리고 있다.

두 죄수가 감옥을 벗어날 수 있을지 없을지 전혀 알 수 없는 이 그림이 주는 메시지는 명확하다.

우리는 암이라는 감옥에 갇혀버렸다. 이 감옥에서 벗어날 수 있을까? 아무도 모른다.

그렇다면 우리는 어떤 그림을 그려야 하나?

우리의 답도 명확하다.

암이라는 쇠창살로 둘러싸인 감옥을 그려야 할까?

우리는 아직도 삶이라는 자연 속에 있지 아니한가?

암이라는 병에 걸린 이 순간에도 우리는 살고 있는 것이다.

우리의 현실은 분명하게 두 가지이다.

먼저, 우리는 암에 걸렸다. 그리고, 우리는 지금 살고 있다.

암이라는 쇠창살만 보이는가? 삶이라는 자연이 보이지 않는가?

절망만 그려야 하는가? 희망을 포기해야 하는가?

예로 든 위 그림은 삶의 모습이다. 두 죄수가 그 감옥에서 벗어날 수 없을지라도 그들의 삶의 모습은 매우 다를 것이다.

우리 또한 마찬가지이다. 설령 암을 극복하지 못할지라도 어떤 그림을 그리느냐에 따라 우리 삶의 모습은 매우 다를 것이다.

5. 나에게 묻기를

10여 년 동안 암 투병을 하면서 가장 잘한 일이 무엇이냐고 묻는다면 나는 일상생활을 계속해 온 것이라고 대답할 것이다.

하던 일을 접고 암과의 싸움에 온 힘을 쏟아부었다면 지난 10여 년은 내 삶에서 생활이 단절된 시간이었을 것이다.

살아 있다는 점은 같으나 생활이 이어졌느냐 아니냐 하는 것은 삶의 의미가 전혀 다르다.

암을 선고받은 후에도 나는 흔들림 없이 투병과 생활을 병행했다. 흔들림 없이 평정심을 유지하며 살았다.

피할 수 없으면 즐기라고 했다. 좋은 말이다.

어느 영화에 이런 대사가 나온다. 누가 5층에서 떨어지는데 4층, 3층으로 추락하면서 "아직은 괜찮아!" 하고 소리쳤다고.

입원했을 때 문병하러 온 친구들에게 나는 이렇게 말했었다.

"너희들, 내가 몇 년이나 살 수 있을지 내기 한번 해봐라. 1년, 2년, 3년⋯ 이렇게 만 원씩 걸어 놓고 맞힌 사람이 가져가는 거야. 재미있지 않겠나?"

물론 웃자는 소리였다. 그렇게 나는 유머 감각을 잃지 않고 평소처럼 살았다. 속이 없는 듯 깔깔대며 살았다.

많은 사람이 나에게 묻는다.

암 투병을 하면서 생활을 즐긴다는 것이 어디 쉬운 일이냐고.

나는 이렇게 대답한다.

"쉬우냐 어려우냐 하는 문제가 아니다. 그 방법이 최선이라 여기기 때문에 그리하기 위해 노력하는 것이다."

6. 암은 아무도 모른다

"선생님. 제가 왜 아직 죽지 않는 것일까요?"

암이 온몸에 퍼져서 더 이상 치료할 수가 없게 되자 병원에서 퇴원시킨 환자가 수년 후에 찾아와 물었다.

"모릅니다." 의사의 대답이다.

유명한 암 병원인 미국의 'MD앤더슨 센터'에서 근무했던 의사 한 분이 우리나라에 와서 한 강연에 참석해서 들은 말이다.

암 환자들은 이런 질문도 많이 한다고 했다.

"선생님. 저는 얼마나 더 살 수 있을까요?"

"모릅니다." 역시 같은 대답이다.

암은 아무도 모른다.

암을 초기에 발견해서 깔끔하게 수술한 환자가 재발하여 숨지는 경우도 있고, 의료진이 치료를 포기한 환자가 죽지 않는 경우도 있다. 왜 이런 결과가 생기는지 아무도 설명해 주지 않는다. 모르기 때문이다.

모르기 때문에 암은 공포스러울 수 있다. 적을 알아야 대비책을 마련할 수 있고 싸울 수도 있을 것 아닌가?

그런데 이 생각은 어떤가?

모르는데 왜 지레 겁을 먹나? 암에 걸렸다고 다 죽나?

죽을 확률이 높다고? 사망률 100%인 암은 없다. 모른다고 포기할 것인가, 모르므로 내 나름의 준비를 할 것인가?

7. 의사가 말하는 생존 기간은

"저는 얼마나 살 수 있을까요?"

암을 판정받은 환자가 의사에게 으레 묻는 말이다.

앞 장의 의사는 "모릅니다."라고 대답한다고 했다.

그런데 의사에 따라 환자 혹은 보호자에게 알려주기도 한다. "앞으로 ○개월 정도 남았습니다."

어느 말이 맞을까? 모두 맞는 말이다.

얼마를 살지 모른다는 말은 암이란 누구도 알 수 없는 병이라는 뜻이다. 말했듯이 암 환자의 생사는 아무도 모른다.

그렇다면 몇 개월을 살 수 있다는 말은? 이 말은 그동안 환자들을 치료해 온 결과를 통계로 정리한 것이라고 본다. 암이 이 정도 상태일 때 환자들은 평균적으로 얼마를 살더라는 것이다.

많은 암 환자들이 이 평균치를 절대적인 판정으로 받아들여 버린다. 이는 크게 잘못된 생각이다. 통계는 통계일 뿐 그 평균치가 모두에게 똑같이 적용되지는 않는다. 이는 분명한 사실이다.

냉정히 생각해 보라.

남은 생존 기간이 3개월인 환자들은 90일 만에 모두 죽을까? 더 빨리 죽을 수도, 더 오래 살 수도 혹은 완치될 수도 있다.

그렇다면 하루 또 하루 살아가면서 '이제는 살 날이 며칠 남았구나.'하는 계산을 해야 할까, 아니면 앞에 소개한 벌새처럼 무엇이든 내가 할 일을 찾아 묵묵히 실행해야 할까?

어차피 암은 아무도 모르는데…….

8. 암의 발병 원인은?

암은 왜 생기는 것일까?

어떤 병이든 발병 원인을 알면 예방과 치료가 쉬울 것이다.

지금 세계를 휩쓸고 있는 코로나바이러스는 발병 원인이 명확하다. 외부의 바이러스가 우리 몸속으로 침투하여 발병한다.

극단적으로 말해서 외부와 접촉을 끊고 살아간다면 코로나에 걸릴 확률은 0%이다. 예방할 방법이 있다는 말이다.

우선 급하게 만든 백신으로 예방에 힘쓰고 있으나, 시간이 흐르면 보다 효과적인 백신과 치료약이 개발될 수 있을 것이다.

암은 어떠한가?

"이렇게 하면 암을 100% 예방할 수 있다."는 말을 누구도 할 수 없다. 암의 발병 원인을 모르기 때문이다.

암은 우리 몸속에서 생겨난다. 몸속의 세포가 돌연변이를 일으키는 것으로 알려져 있다. 정상적인 세포는 일정 기간이 지나면 스스로 파괴되고 새로운 세포로 교체된다고 한다.

그런데 어떤 원인에 따라 죽지 아니하고 분열을 계속하는 세포가 생겨나는데 이를 암세포라 부른다. 암세포의 지속적인 성장은 주변 장기의 기능을 방해하고 결국 자신이 속한 몸을 죽음에 이르게 한다.

이것이 일반적으로 알려진 암에 대한 상식이다.

세포가 왜 돌연변이를 일으켜 암세포로 변형되는지 아직 누구도 명쾌하게 설명하지 못한다. 그래서 암은 아무도 모른다.

9. 암과 유전적 요인

부모가 암에 걸린 적이 있는 사람은 그렇지 않은 사람에 비해 암 발병률이 높다고 한다. 암이 유전된다는 말이다.

그런데 발병률이 높다는 말은 무조건 암에 걸린다는 말이 아니다. 부모가 암에 걸렸다 하더라도 자식은 암에 걸리지 않을 수도 있으며 부모의 암 전력이 없는 사람도 얼마든지 암에 걸릴 수 있다.

더구나 우리나라와 같이 좁은 땅에서 많은 사람이 사는 경우에는 유전적 요인이 별 의미가 없을 것 같다. 조금만 따져 보아도 혈연으로 이리저리 얽혀 있는데 유전적 요인에서 자유로운 사람이 얼마나 될까?

그래서 우리나라 사람들이 평균 수명까지 살 때 암에 걸릴 수 있는 확률이 36%나 된다는 연구 결과가 나온 것인지도 모른다.

유전자에는 암에 대한 정보도 내장되어 있다고 한다.

개인의 게놈지도를 분석해 보면 그 사람이 몇 살 때 어떤 암에 걸리게 될 것이라는 정보까지 유전자에 들어있단다. 사람이 태어나면서부터 이미 암 발생의 유무가 결정되어 있다는 말이다.

그렇다면 암은 운명적인 병인가?

이왕 게놈지도가 분석되었다면 그 지도에서 암을 일으키는 정보를 삭제하는 기술도 만들 수 있지 않을까? 정말로 그런 날이 온다면 그때 비로소 암을 완벽하게 정복했다고 할 수 있을 텐데…….

10. 암과 환경적 요인

유해한 환경에 노출된 사람의 암 발병률이 높은 것은 사실이다.

발암 물질에 노출되는 환경에서 일하던 노동자들이 암에 걸리면 산재 판정을 받는 경우를 언론을 통해 가끔 접하곤 한다.

그러면 좋은 환경에서 일하는 사람들은 암에 걸리지 않을까?

그렇지 않다. 공기 맑은 곳에서 사는 사람들도 암에 걸리는 것을 보면 암 발생의 원인이 모두 환경에 있는 것은 아닌 것 같다.

담배를 예로 들어보자.

담배가 발암 물질을 함유하고 있다는 것은 모두가 알고 있는 사실이며 담배를 피우다 폐암에 걸린 사례가 보도되는 경우도 많다.

그렇다면 담배를 피우지 않는 사람은 폐암에 걸리지 않는가? 그렇지 않다는 것도 모두가 알 것이다.

평생 담배 연기조차 맡아본 적이 없는 사람도 폐암에 걸린다. 반대로 평생 담배를 입에서 떼지 않고서도 아무 탈 없이 장수하는 사람들도 많다.

이런 우스갯소리가 있다.

폐 담당 의사가 담배를 많이 피우며 간 담당 의사가 술을 많이 마신다고. 그냥 우스갯소리이니 혹시라도 해당되는 분들께서 오해하지는 마시라. 암은 알 수 없는 것이라는 표현을 그렇게 한 것이므로.

어쨌든 암은 모르는 것이다.

11. 암과 음식물

옛날 우리 조상들은 대장암을 모르고 살았다고 한다. 그러다 채식 위주의 생활이 육식 위주로 바뀐 지금 대장암 발병률이 세계 1위란다. 음식이 암에 어떤 영향을 미치는지 아주 잘 보여주는 사례이다.

직장암도 대장암에 속한다. 내 암의 원인도 음식물일 것 같다.

나는 돼지고기를 참 좋아했다. 비계를 특히 좋아했다. 하루 세 끼 한 달 내내 먹어도 물리지 않았다. 술도 잘 마셨다.

이러니 직장암이 생긴 것이 당연하다면 당연한 일이다.

다만, 앞의 예에서도 강조했지만, 나처럼 돼지고기를 좋아하고 술을 잘 마신다고 해서 모두 나 같은 암에 걸리는 것도 아니다.

나보다 더 많이 먹고 마셔도 끄떡없는 사람도 있다. 고기나 술을 멀리하고도 나와 같은 암에 걸리는 사람 또한 있다.

지인의 친척이 암에 걸렸다기에 내가 물었다.

"그분도 나처럼 고기나 술을 좋아하셨을까요?"

"천만에요. 그분은 평소에도 암에 해롭다는 음식은 일절 먹지 않았습니다. 암 예방에 좋다는 음식만 가려 먹었지요."

이러니 암을 미리 알고 예방하는 방법이 어디 있겠냐고.

발암 물질이 들어있는 음식들이 속속 밝혀지고 있고 항암에 이롭다는 음식들도 민간요법 차원에서 많이 소개되고 있다.

음식 이야기는 2부에 자세히 적어 놓았다.

12. 암과 면역력 1

면역력이 약해지면 암에 걸리기 쉬울까?

그렇다면 운동선수들은 왜 암에 걸릴까? 나도 건강을 자신하면서 운동하던 중에 암 판정을 받았다.

골골거리면서도 암하고는 상관없이 장수하는 사람도 많다.

"위장막 론(論)"

면역력이 높으면 암에 잘 걸리지 않는다는 이론에 대해 의학계에서 "아니오." 라는 설이 등장하고 있다. 암세포가 정상 세포로 위장하기 때문에 백혈구가 이를 구분하지 못한다는 것이다.

정상 세포들은 서로 통하는 암호를 공유하고 있다고 한다. 군대에서 날마다 암호를 정해 놓고 적군과 아군을 구분하듯이.

예를 들어 군대에서 그날의 암호를 "서울"과 "감자"라고 정했다고 하자. 아군이 "서울"이라고 말하면 상대방은 "감자"라고 대답해야 한다. 그렇지 못하면 적군으로 간주하여 공격한다. 백혈구도 마찬가지다.

그런데 암세포는 이 암호를 미리 알고 있어서 정상 세포처럼 활동하기 때문에 백혈구도 이를 구별하지 못한다는 것이다.

이상은 내가 다니는 병원에 붙어 있던 신문 기사 내용이다.

암세포는 당연히 암호를 알겠지. 걔도 원래 내 몸의 세포였으니까. 만약 백혈구가 암세포를 적으로 구별할 수만 있다면 암은 별다른 위협이 못 될 것이다. 적으로 인식하는 순간 암세포를 공격할 것이므로.

언젠가 그런 방법만 알아낼 수 있다면 참 좋을 텐데.

13. 누구에게나 일어날 수 있는

지금까지 암의 발병 원인에 대해 알아보았다.

암을 유발하는 많은 요인이 밝혀지고 있지만, 그 요인들이 발병 원인을 100% 설명하고 있지는 못한다.

발병 원인에 노출되었을 때 암에 걸리는 사람도 있고 그렇지 않은 사람도 있다. 발병 원인이 없는데도 암에 걸리기도 한다.

감염자와 접촉하지 않으면 외부에서 침입하는 코로나바이러스에는 절대로 감염되지 않지만 혼자 살아도 암에는 걸릴 수 있다.

암의 발병 원인을 알든 모르든 암에 걸릴 수 있으니 그렇다면 세상을 아무렇게나 살아도 암하고는 상관이 없을까?

그렇지 않다는 것을 잘 알 것이다. 환경이나 음식 등에서 해로운 원인에 노출되면 암 발병 확률이 높아지는 것은 확실하지 않은가? 다만 그것들이 암 발병 원인을 충분히 설명해 주지 못하고 있을 뿐이지.

엄밀히 말하자면 암을 예방하는 방법은 없다.

누구나 암에 걸릴 수 있다. 내가 무엇인가를 잘못했기 때문에 일어나는 일이 아니다.

내 탓이 아니다. 자책할 일이 아니다. 자책해봐야 부질없다.

과거에 매달리지 말라. 내가 왜 암에 걸렸을까? 지난날을 아무리 탓해 본들 암이 오기 전의 옛날로는 절대로 돌아갈 수 없다.

암은 누구에게나 올 수 있다. 암이 왔다면 미래를 설계하라.

"지금 나는 무엇을 할 것인가?"

14. 암의 치료 방법은?

암의 발병 원인을 다 모른다면 치료는 어떠할까?

정말이지 치료 방법만 확실하다면 암이 왜 무섭겠는가?

암 치료에 가장 많이 동원되는 방법은 수술이다.

적어도 우리나라에서는 수술을 암 치료의 최선으로 여기고 있다.

수술도 할 수 없을 정도면 암의 상태가 참으로 심각하다는 말이다. 가능하면 수술하고 경과를 살펴본다. 수술 후 재발 여부에 따라 희비가 엇갈린다. 그 재발 여부는 의사도 환자도 모른다.

수술을 할 수 없을 땐 약물치료를 한다. 항암 약물치료를 하면 암의 크기를 줄일 수 있다. 문제는 약물은 내성 때문에 무한정 사용할 수 없고, 약물치료가 끝나면 암은 다시 커진다는 점이다.

물론 약물치료만으로 암이 완전히 없어질 수도 있을 것이다. 그러나 대부분 암이 다시 살아난다. 나의 경우 약물치료로 소멸된 듯 보이던 암들이 시간이 지난 후 다시 살아나 결국 수술해야만 했다.

약물치료는 엄청난 고통을 동반한다. 특히 구토는 견디기 힘들다. 그 고통을 잘 아는 사람들은 대체의학을 이용하기도 한다. 암을 달래가면서 생활하면 의사들이 예상한 기간보다 훨씬 더 오래 사는 경우가 많다.

수많은 민간요법이 등장한다. 암을 고쳤다고 소개하는 사례도 많다.

이에 대해서는 다시 언급하겠다.

암을 확실하게 치료하는 법은 아직 발견되지 않고 있다.

의학계의 쉼 없는 노력으로 암 환자들의 생명은 조금씩 연장되고 있지만 암의 근본적인 치료 방법은 현재까지 아무도 모른다.

이 글을 쓰고 난 다음, 2022년 2월에 인터넷을 검색하다 다음과 같은 기사를 보았다.

'암세포, 정상 세포로 되돌렸다. 의사들 통념 깨뜨린 과학자.'

KAIST 과학자들이 암세포는 정상 세포로 되돌릴 수 없다는 기존의 통념을 깨고 대장암과 유방암 세포를 정상 세포로 변환시킬 수 있는 인자들을 대거 발견했단다. 그리고 이를 국제학술지에 게재했다고 한다.

지금까지 개발된 항암제는 암세포를 공격하는 데에 초점을 맞추었다. 그런데 암세포 자체를 정상 세포로 되돌릴 수 있다면 이야말로 암에 대한 근본적인 치료 방법이 되지 않겠는가?

이 연구 결과가 임상실험으로 입증될 경우 암을 당뇨나 고혈압처럼 만성질환으로 관리할 수가 있다니 얼마나 반가운 이야기인가?

그러나 임상실험 기간을 거쳐 치료에 적용까지 얼마나 많은 시간이 걸릴지는 아직 모르기 때문에 지나치게 성급한 기대는 금물이다.

다만 이처럼 암 치료에 관한 연구가 꾸준히 이루어지고 있어서 언젠가는 암도 극복되지 않을까 하는 희망은 가져볼 수 있을 것이다.

15. 암과 면역력 2

건강한 사람도 암에 걸리는 것을 보면 면역력이 암 발병과 상관이 있는 것은 아니라고 앞에서 - '암과 면역력 1'에서 말했었다.

그렇다면 면역력은 암 치료에는 효과가 있을까?

많은 암 환자들이 운동에 열을 올린다.

틈만 나면 걷는다. 다른 운동도 열심히 한다. 운동의 목적은 한 가지다. 내 몸의 면역력을 높이자는 것이다. 면역력을 높이면 암의 치료에 혹은 재발 방지에 도움이 될 것이라는 믿음 때문일 것이다.

나도 열심히 걸었다. 수술이 끝나자마자 걸었다. 그래도 암은 재발했다. 그렇게 보면 면역력이 암의 재발을 막아주는 것 같지는 않다. 그러면 면역력은 암의 치료에 아무런 도움도 주지 못하는 것일까?

그렇지 않다.

면역력이 암이라는 질병에 어떤 영향을 미치는지는 몰라도, 적어도 면역력이 강한 사람은 암의 치료 과정을 잘 견딜 수 있다.

많은 암 환자들이 암의 치료 과정을 견디기 힘들어한다. 면역력이 강한 사람은 그 과정을 잘 이겨낼 수 있다.

치료 과정을 잘 이겨내면 암을 확실하게 치료할 수가 있는가? 앞에서 말했지만 어떤 치료 방법도 확실하다고 장담할 수 없다.

다만 암은 모르는 것이어서 우리는 치료에 최선을 다해야 하며 면역력이 강할수록 치료하기가 좋다는 말이다.

열심히 운동하자. 면역력을 높이기 위해서.

16. 정기검진

정기검진은 얼마나 중요한가!

지금껏 '암은 모른다'라는 이야기를 했다. 발병 원인이 밝혀지고 있으나 확실한 것은 없다. 치료도 마찬가지다. 의료계의 노력으로 암 환자들의 생존율은 높아지고 있지만 암의 정복까지 가야 할 길은 아직 멀다.

이런 상황에서 우리가 할 수 있는 일은 정기적인 검진을 통해 암을 조기 발견하는 일이다. 정기검진으로 암을 예방할 수는 없어도 조기 발견은 가능하다. 암을 초기에 발견하면 치료 과정이 한결 쉬워진다.

암을 자각증상으로 알아내기는 어렵다. 자각증상을 느낄 정도면 암은 이미 깊게 퍼져 있는 경우가 대부분이다. 감기처럼 수시로 걸리는 병이라면 쉽게 자각증상을 알 수 있지만 암이 어디 그런 병인가?

암으로 판정받은 후 돌이켜 보면 '아! 그때 내 몸이 이상했던 것이 혹시 암 때문이었을까?'하는 생각도 들지만 이미 늦은 일이다.

그러니 정기적인 암 검진은 꼭 필요하다.

교사였던 나는 2년마다 건강 검진을 받았다. 그리고 한 번도 재검을 받아 본 적이 없이 몸의 모든 상태가 수십 년간 정상을 유지하고 있어서 다른 질병을 염려해 본 적이 없었다.

그 건강 검진에 암 검사는 빠져 있던 점이 이제 생각해 보면 아쉽지만 비용을 따로 지불하며 암 검사를 해 볼 생각은 아예 하지 않았다. 그렇게 자만에 빠진 결과 암이 이곳저곳 전이된 다음에야 발견한 것이다.

암에 대한 정기검진 - 대단히 중요하다. 나이가 들수록.

17. 아! 이 마음을…

그런데, 암은 이미 내 몸속으로 와 버렸다.

이제 새삼 원인을 살펴본들 무슨 소용이 있겠는가?

치료가 쉽다면 누가 암을 두려워하겠는가?

정기검진의 중요성을 아무리 외쳐 본들 나와 무슨 상관이란 말인가?

주위 사람들의 안타까운 걱정이 나에게 어떤 도움이 될까?

어떤 위로가 내 마음을 편안하게 만들 수 있을까?

암에 걸린 사람은 나 자신이고 나는 혼자다.

어느 누구도 내 삶을 대신 살아줄 수 없다.

누구에게나 일어날 수 있는 일이라고?

그래. 맞아. 그런데 모든 사람에게 다 일어나는 일은 아니야.

왜 하필 나냐고! 왜 나한테 이런 일이 일어났느냐고!

산산이 조각나 버린 이 마음을 어떻게 다시 붙들어 맬 수 있을까?

……붙들어 맬 수 있을까?

붙들어 맬 수만 있다면…….

붙들어 매야만 해.

붙들어 맬 수 있어.

18. 여유를 가져라 - 마음

조급해하지 말자.

차근차근 생각 좀 해보자.

아무리 마음이 심란해도 이대로 그냥 있을 수는 없지 않은가?

생각할 시간은 충분하다.

암에 걸렸다고 해서 금방 죽는 것이 아니다. 암이 아무리 늦게 발견되어도 병원에서는 생존 기간을 3개월 정도는 잡아준다.

3개월의 여유가 있는 것이다. 그동안 무슨 생각인들 못 할까?

생각하면 답은 나온다. 어떤 식으로든 내 마음이 결정된다.

결정이 내려지면 적어도 마음이 흔들리지는 않는다. 갈피를 못 잡고 흔들리는 마음은 그 무엇에도 결코 도움이 되지 않는다.

뜬금없는 말 같지만, 암은 어떤 면에서 보자면 깨끗한 병이다.

우리의 몸을 순식간에 불편하게 만들어버리는 병도 많다. 정신을 심각하게 훼손하는 병도 있다. 그러나 암은 치료가 어려울 뿐이지 생활하는 데 지장을 주는 병은 아니다. 암을 최악으로 여기지 말자는 말이다.

그 어렵다는 치료도 의학계의 꾸준한 노력으로 암 환자들의 생존율이 점점 높아가고 있다. 암이 곧 죽음을 의미하던 시절도 있었지만 암을 극복하는 사례도 갈수록 늘고 있다.

일단 생각해 보자.

암에 걸린 지금 나는 무엇을 할 것인가? - 앞에서 한 말이다.

19. 여유를 가져라 - 생활

다시 한번! 조급해하지 말자.

암 진단을 받고 나서 나는 허둥댔다. 무엇을 어떻게 해야 할지도 모르는 채 그냥 매사에 조심하고자 했다.

외출할 때면 꼭꼭 마스크를 했다. 마스크를 쓰지 않으면 큰일 날 것 같았다. 오염된 공기를 마시면 암이 곧바로 악화될 것 같았다.

음식을 가리기 시작했다. 인공 조미료가 들어간 음식 먹기를 꺼렸다. 해로운 음식이 들어가면 암이 쑥쑥 자랄 것만 같았다.

온 신경을 곤두세우고 무엇이 암 치료에 도움이 되는지 또 어떤 것이 암에 해로운 것인지 가려서 행동하려고 기를 썼다.

이런 행동들은 나쁘지 않다. 오히려 꼭 필요한 일이다.

그러나 오늘 당장 실행하지 않으면 큰일 날 것처럼 호들갑 떨 필요는 없다. 차분하게, 차근차근 실천해 가면 되는 것이다.

암 진단을 받으면 가장 먼저 할 일이 기존 암 환자들의 조언을 듣는 일이라는 말이 있다. 일리 있다. 같은 처지의 환자들이 어떻게 치료하는지 알아보고 내가 할 수 있는 방법을 선택해 실천에 옮기는 것이다.

암에 대처하는 방법은 환자마다 각양각색이다. 모두 자신에게 알맞다는 방법을 찾아 나름대로 최선을 다하고 있는 것이다.

암은 아무도 모른다. 그런 중에도 여러 가지 치료 방법들이 꾸준히 제시되고 있다. 그중 나에게 맞는 것들을 찾아 실천해 보자.

시간은 많으니 서두르지 말고 차근차근.

20. 살아야 할 이유가 있는 사람은

빅터 프랭클.

아우슈비츠의 생존자로 1946년 〈죽음의 수용소에서〉(원제 : Man's Search for Meaning)라는 책을 펴낸 사람이다.

그는 삶의 의미를 찾는 것은 환경이 아니라 자신의 태도에 달려있다고 말한다. 절망으로 가득 찬 아우슈비츠 수용소 안에서 그는 자신에게 주어진, 아무런 자유도 없는 상황에서도 '삶을 대하는 태도에 대한 자유'는 뺏을 수 없다는 깨달음을 얻는다.

그는 자신이 처한 상황을 객관적으로 바라보며 마음을 다진다. 수용소 안에서 유리 조각으로 면도하며 일상의 모습을 이어간다.

아우슈비츠 수용소에 갇혀있던 사람 중 빅터 프랭클처럼 해야 할 일이 있다고 믿는 사람들이 더 많이 살아남았다고 책에 적혀 있다. 그는 수용소 안의 이야기를 세상에 남기겠다는 삶의 목적을 가지고 살았다.

"살아야 할 이유가 있는 사람은 어떤 고난도 견딜 수 있다."

암에 걸리게 되면 삶의 의미도 없어져야 하는가? 죽음이 가까이 있다고 해서 "삶을 대하는 태도"가 바뀌어야 하는가? 일상의 모습을 그대로 유지하는 사람이 암을 극복할 확률이 높은 것은 분명하다.

나는 암 치료를 위해 입원했을 때 빅터 프랭클이 유리 조각으로 면도하는 모습을 떠올리며 날마다 면도했다. 물론, 면도기로.

21. 마음 다잡기

일체유심조(一切唯心造) - 모든 일은 마음에 달려있다.

원효대사의 말이다.

충분히 공감은 되는데 암에 걸린 나한테도 이 말은 유효할까? 내가 마음먹기에 따라 암이 나을 수도 있다는 말인가?

적어도 이런 해석은 가능하다.

"암에 걸린 상황에서도 마음을 평온하게 유지할 수 있다."고.

암은 이미 와 버렸다. 아무리 발버둥 쳐도 옛날로 돌아갈 수는 없다. 과거에 매달리는 것은 참으로 부질없다. 앞으로 해야 할 일에 집중해야 한다. 지금 무엇을 할 것인가를 생각하고 결정하고 실천해야 한다.

가장 먼저 할 일은 내 마음을 평온하게 만드는 것이다.

그게 어찌 쉽겠는가? 그렇지만 그렇게 해야 한다. 그래야 무슨 일이든 할 수 있다. 내 마음을 평온하게 - 마음을 다잡아야 한다.

마음 다잡기!

암에 걸린 사람들에게 가장 강조해서 알려주고 싶은 말이다.

이 책을 쓰는 목적이다.

암을 극복한 사례들이 많이 소개되고 있다.

어떤 생활이나 음식을 통해서 다양한 방법으로 암을 극복했다는 이야기들이 책 또는 유튜브 등을 통해 알려진다.

나는 그 이야기들을 믿는다.

그들은 그런 방법을 통해서 암을 극복했을 것이다. 그러면 그 방법대로 따라하면 모두 암을 극복할 수 있을까? 그렇지는 않을 것이다. 그럴 수 있다면 그 방법이 왜 일반화되지 않았겠는가?

한 사람이 제시한 사례는 그 사람에게 맞는 방법일 것이다. 그 사람은 자신의 방법대로 암을 극복한 이야기를 한 것이다.

그 방법대로 하면 모두 암을 극복할 수 있다는 의학적 확신을 말하는 것이 아니다. 그냥 두어도 저절로 나을 암이었는데 우연히 그 방법을 사용했을 수도 있다. 그렇다고 그 방법을 거짓이라고 말할 수 있겠는가?

나는 암을 극복한 사례들을 믿는다.

'아. 이 사람은 이런 방법으로 암을 극복했구나.' 하고.

그렇다면 나한테 맞는 방법은 무엇일까?

마음이 평온한 상태, 즉 평정심은 암 치료에 분명 도움이 된다.

암을 극복하고자 하는 방법은 사람마다 다를 수 있다. 그러나 어떤 방법이든 마음이 평온한 상태에서 사용했을 때 그 효과는 확실하게 커진다. 10여 년을 암과 함께 살아오면서 자신 있게 말할 수 있는 부분이다.

암을 극복하는 방법은 사람마다 다를 수 있으나 평정심을 유지하면 암을 극복하는 데에 도움이 된다는 사실은 모든 사람에게 똑같이 적용된다. 나는 암을 극복한 사람들은 모두 평정심을 유지했으리라고 확신한다.

"친구들. 나 먼저 저승에 가 있을 테니 자네들은 천천히 오시게나."

이렇게 말한 사람이 결국 암을 이겨내더라고 앞에서 소개한 의사는 강연에서 말했다.

이 사람의 말에서 체념이 느껴지는가? 나는 평정심이 느껴진다.

그렇다면 어떻게 마음을 다잡으며 평온을 찾아야 할까?

22. 생각과 감정

이 책의 2부에 마음을 다잡아가는 과정을 적었다. 그 글을 옮긴다.

생각과 감정은 다르다. 생각은 머릿속에 든 이성이요, 감정은 가슴속에 스며 있는 느낌이다. 나 자신의 주관적인 구분이다.

세상을 살아가면서, 우리의 생각은 감정의 지배를 받는 경우가 허다하다. 생각은 흔히 감정에 속아서 이기적인 감정이 원하는 대로 자신의 생각을 합리화해 버리곤 한다.

눈앞의 이익을 보면 갖가지 핑계를 갖다 붙이며 내 것으로 만들려고 한다. 잘못을 저질러 놓고도 애써 변명거리를 찾는다. 그렇게 이기적인 욕심(감정)들을 나름의 논리(생각)로 포장하여 감추려 든다.

힘든 일을 당하면 우선 걱정이 앞선다. 이 걱정 또한 감정이다. 걱정은 해결책이 아니다. 걱정스러운 감정을 누르고 해결책을 찾아야 한다. 생각을 해야 한다. 차분히 생각함으로써 바른 해결책을 찾을 수 있다.

합리적인 생각으로 이기적이고 충동적인 감정을 조절할 수 있다. 그것이 마음의 수양이라고 나는 생각한다.

2012년 10월 24일 - 내 운명이 바뀌어 버린 그 날,

암에 걸린 사실을 처음 알았을 때 모든 암 환자들이 그러했을 것처럼 내 마음 또한 극심한 혼란 속으로 빠져들었다.

'왜 하필이면 내가? 내가 무얼 그리 잘못 살았지? 앞으로 남은 삶은 얼마나 될까?' 까닭 모를 분노, 대상도 없는 원망……

내 암을 처음 진단한 의사는 내가 암에 걸렸다는 사실을 한사코 감추려 했다. 그만큼 절망적이라는 뜻일 게다.

그러나 남몰래 눈물을 훔치는 아내의 태도에서 내가 어떤 상황에 처해 있는지를 짐작하는 것은 전혀 어려운 일이 아니었다.

의사 앞에서 암하고 잘 싸울 수 있다고 호기롭게 말했지만 그것은 생각이었고 감정은 혼란 속에서 헤매고 있었다.

새벽. 잠에서 막 깨어나면, 잠인들 푹 잘 수 있었을까만 허무, 원망, 분노와 같은 감정들이 밀려 들어와 마음은 헝클어질 대로 헝클어지곤 했다. 그래도 옆에 누워서 어쩌면 한숨도 자지 못하고 눈물로 밤을 새웠을 아내에게 혼란스러워하는 모습을 보이기 싫어 애써 태연함을 가장해야 했다.

그렇게 며칠이나 지났을까? 문득 이런 생각이 들었다.

'그렇다! 암은 이미 내 몸 속에서 자라고 있다. 내가 분노한다고 해서, 세상의 그 무엇을 원망한다고 해서, 밤새워 걱정한다고 해서 이미 와 버린 암이 저절로 없어질 리는 없다.'

'그렇다면 지금 내가 해야 할 일은 해봐야 소용없는 걱정들이 아니다. 우선은 내 마음부터 혼란한 상태에서 벗어나야 한다. 그러기 위해서 지금부터 나는 무엇을 어떻게 해야 할 것인가를 생각하고 찾아내야 한다. 그러면서 암을 이기는 길도 찾아보아야 할 것이다.'

생각이 여기에 이르자 마음이 조금 편안해지는 것 같기도 했다.

매사에 긍정적인 내 마음이 이런 생각을 들게 했을까?

'그래, 누구나 암에 걸릴 수 있다. 나라고 어찌 예외일 수 있겠는가? 지금부터는 이 암을 극복하려고 노력하자.'

나는 이미 알고 있지 않은가?

모든 병은 마음먹기에 따라 이겨낼 수도 있다는 사실을.

'일체유심조(一切唯心造).' 원효대사의 말씀처럼 세상만사 모든 일은 마음먹기에 달린 것. 암을 이겨낸 사례들도 많지 않은가?

피할 수 없으면 즐기라고 했다. 그래, 게임하듯 암하고 싸워 봐야지. 생각은 그럴듯하게 정리되고 있었다.

그런데 생각하는 대로 감정도 따라줄까? 내가 합리적으로 생각하면 그 생각에 따라 마음도 편안해질까?

아이고, 모르겠다. 병은 의사보고 알아서 하라고 하고 나는 그냥 살던 대로 하고 싶은 것 하면서 살자.

체념인지, 아니면 달관인지 이런 생각도 들었다.

암 판정받고 일주일 정도 나는 이런저런 생각들을 계속하고 있었다. 두서도 없이 떠오르는 생각들로 머리가 아플 지경이었다.

당시에는 몰랐었다. 나중에 되돌아보니 그렇게 생각에 생각을 거듭했던 것이 바로 마음을 다잡기 위한 노력이었다.

23. 버리기

절박하거나 해결책이 보이지 않는 상황에 직면했을 때 우리는 마음을 비우는 경우가 종종 있다. 마음을 비우고 도전했더니 어려운 상황을 극복할 수 있었다는 사례를 접하기도 한다.

마음을 비운다는 것은 헛된 욕심이나 생각들을 버린다는 뜻이리라.

암 선고를 받고 나서, 나는 당연히 살고 싶었다.

그러나 그 방법을 알 길이 없었다.

가슴속에서 시도 때도 없이 불쑥불쑥 치솟는 온갖 부정적인 생각을 떨쳐내고 이성적으로 생각해야 한다고 애는 썼지만 그렇다고 무슨 뾰족한 해결책이 보이는 것은 아니었다.

온갖 상념들이 헝클어져 혼란스러운 가운데 문득, 암이라는 것이 내가 세상을 잘못 살아와서 생긴 것은 아닐까? 하는 생각이 들었다.

욕심이 지나친 것이 원인이 되었을까? 그렇다면?

'마음을 비우자! 마음속 헛된 욕심들 모두 버리고 겸허하게 살자!'

그동안 꿈꾸며 애써 노력해 왔던 모든 일들이 부질없게 느껴졌다. 그래, 이제부터라도 모든 것을 다 버려서 마음을 텅텅 비우고 낮은 자세로 초연하게 살자.

얼마 전에는 암은 의사보고 알아서 하라고 하고 나는 나대로 하고 싶은 일 하면서 살아야겠다는 생각도 했었는데 그 생각이란 것이 순간, 순간 이렇게 흔들리는 것을…….

그래도 모든 것을 버리기로 했으니 이제 마음이 편해질까?

아니었다. 그게 아니었다!

시간이 지나도 마음은 여전히 개운치가 않았다. 기껏 마음을 비운다고 결심했는데 왜 마음은 편치가 않을까?

문득 깨달았다.

나는 왜 마음을 비우려고 했던 것일까?

…살고 싶어서였다! 마음을 비우면 살 수 있을 것 같았기 때문이었다.

'마음을 비우겠습니다. 모든 욕심 다 버리겠습니다. 겸허하게 살겠습니다. 그렇게 살겠으니 제발 살려만 주십시오!'

내 속마음은 이렇게 무엇엔가 살려달라고 애걸하고 있었다.

욕심들을 버리겠다고 한 것은 지금껏 잘못 살아왔으니 앞으로는 그런 잘못을 저지르지 않고 살겠다는 반성이 아니었다.

그것들을 버리면 살 수 있지 않을까 하는 얄팍한 계산 때문이었다. 단지 살고 싶어서 마음을 비우고자 했던 것이다.

냉정하게 생각해 보자.

욕심 때문에 암이 생기는가? 천만의 말씀이다.

그리고 또, 내 마음속의 욕심이 그렇게 나쁜 것들인가?

인생을 철학적으로 관조해 볼 때 모든 욕심은 참으로 부질없을 수도 있다. 그렇다고 해서 그 욕심들이 나쁘다는 뜻은 아니다.

나쁜 것도 아닌, 내가 순수한 마음으로 바라고 이루고자 하는 욕심들을 버리는 것이 암하고 무슨 상관이 있길래 암에 걸렸다는 이유로 그것들을 버려야 한다는 말인가?

순수한 마음으로 인생을 되돌아보며 지금껏 살아온 과정을 반성하는 것은 참으로 좋은 일이다. 그러나 암에 걸리자 그 괴로움에서 벗어나기 위해서 욕심을 버리겠다고 하는 것은 전혀 엉뚱한, 잘못된 발상이다.

마치 도둑질하다가 들킨 사람이 진심으로 잘못을 뉘우치는 것이 아니라 우선 벌을 받지 않기 위해 한 번만 용서해 달라고 비는 꼴이다.

그런 잘못된 생각은 사실은 목숨을 구걸하는 행위였다.

어떤 절대자에게 "이러면 살 수 있지요?" 하고 애원하는 모습이랄까?

다 버리겠다고 하면서 정작 목숨에 대한 미련은 버리지 못하고 있었다. 아니, 목숨에 집착하고 있었다.

버려야 할 것은 자질구레한 욕심 따위가 아니었다. 목숨에 대한 미련이었다. 목숨에 대한 미련을 버리는 것이 진정한 비움이었다.

아아, 나는 그렇게, 어쩔 수 없이 죽음을 정면에서 바라보아야만 했다.

'…이게 무슨 꼴이람?'

자신에게 속마음을 들키고 나자 나 자신이 구차스럽게 느껴졌다.

그게 싫었다.

살고 싶은 욕망보다 구차스러워지는 것이 더 싫었다.

그래서 마음을 바꿨다. 버렸던 욕심들을 마음속에 다시 주워 담았다. 이전처럼 하고 싶은 일 다 하며 살기로 했다.

대신 딱 한 가지 - 목숨에 대한 미련을 버렸다.

'그래. 살려고 최선을 다하자. 그러나 살려고 발버둥치지는 말자.'

나 자신에게 물었다. '지금까지 최선을 다해 살아왔는가?'

스스로 대답했다. '적어도 열심히 살아온 것만은 확실하다.'

그랬으면 됐다. 죽을 수밖에 없다면 그 현실을 담담히 받아들여야지.

비로소 마음이 편안해지는 것을 느꼈다.

24. 객관적으로 바라보기

60년을 살았으면 한세상 잘 살았을까?

옛날 같으면 상노인 소리를 들을 나이다.

내가 암에 걸렸다는 사실을 알고 나서 마음을 다잡기 위해 안간힘을 쓰던 중에 문득 이런 생각이 들었다.

그래, 60년 열심히 살았다. 후회는 없다. …그래도 조금은 아쉽다.

10년만 더 살고 70살쯤 암에 걸렸더라면 더 좋았을 것을 - 70세까지는 팔팔하게 살 수 있는 나이가 아닌가?

그러다 또 문득! 아니다. 내가 만약 50세에 암에 걸렸더라면 틀림없이 10년만 더 살고 60세에 암에 걸렸더라면 좋았을 것이라고 했을 것이다. 70세에 암에 걸렸다면 마찬가지로 80세에 암에 걸렸더라면 했을 것이고······.

그렇다! 몇 살에 죽든지 누군들 어찌 죽음 앞에서 아쉬운 마음이 들지 않겠는가? 99세의 노인에게 "100세까지 사세요."라고 말하면 화를 낸다고 하지 않던가?

유구한 세월 속에서 보면 50년 사는 것이나 100년 사는 것이나 그야말로 오십보백보가 아니겠는가?

내가 암을 치료한 병원에는 암 병동이 따로 있었다. 암 환자들이 정말 많았다. 젊은 암 환자들도 그렇게 많았다.

소아암 병동이 따로 있었는데 아아, 저 어린 것들이 암이라니, 이 무슨······. 나는 화도 나고 눈물도 났다.

60년을 살고도 죽음 앞에서 삶이 짧은 것처럼 투정을 부린 듯한 나의 모습이 부끄러워졌다.

인간의 삶은 그 길이로 평가되지 않는다는 사실을 나는 잘 알고 있지 않은가? 영원히 사는 사람은 없다는 사실 또한 분명하지 않은가?

지금까지 살았던 삶에 후회가 없다면 좀 더 길게 살지 못한 아쉬움 정도야 접을 수 있어야 하지 않겠는가?

잠깐! 오해하지 말자.

좀 더 길게 살지 못한 아쉬움 정도야 접을 수 있어야 한다는 말은 삶을 포기한다는 뜻이 아니다.

삶과 죽음에 대해 초연해진다는 뜻이다.

포기하는 것과 초연해진다는 것은 어떻게 다를까?

나는 앞에서 생각과 감정은 다르다고 했다.

그 말을 여기에 대입하여 포기하는 것은 '감정'이며 초연해진다는 것은 '생각'이라고 말하고 싶다.

암에 걸렸으니까 이제 죽겠구나. 어쩔 수 없지. 내가 무얼 할 수 있겠나? - 이건 포기다. 감정에 사로잡힌 모습이다.

내가 암에 걸렸다고? 그렇다면 내가 할 일이 무엇일까? 앞으로 얼마를 살지는 모르지만 내가 할 일들을 찾아보자. - 이게 초연한 모습이다. 냉철하며 합리적인 생각을 하는 모습이다.

그게 쉬운 일이냐고? 당장 죽음이 눈앞에 있는데 그렇게 느긋하게 생각이란 것을 할 수 있느냐고?

물론 어려운 일이다. 나도 무척 어려웠다. 암에 걸리자마자 그렇게 느긋해진 것이 결코 아니다. 힘들었었다.

하지만 그렇게 삶과 죽음에 대해 초연한 자세를 갖는 것이 암의 치료에 도움이 된다고 여겨 그렇게 하려고 노력했다. 노력하면 그렇게 된다고 믿고 지금도 애써서 노력하는 중이다.

암에 걸렸을 때 내가 할 수 있는 일은 이렇게 마음을 다잡는 일이었다.

의학적 치료야 의사가 할 일이니 그냥 맡겨 둬야지.

암 치료에 도움이 되는 규칙적인 생활, 적절한 식습관과 운동 및 체력관리 등등도 마음이 안정되어야 제대로 할 수 있을 터.

이렇게 마음을 다잡는 일이 내가 가장 먼저 해야 할 일이었고 나에게 가장 중요한 일이었다.

그 마음을 다잡기 위해 힘썼던 일들을 요약해 보면

첫째, 냉철한 생각으로 흔들리는 감정을 다스리고

둘째, 살려고 최선을 다하되 목숨에 대한 미련은 버리고

셋째, 내 삶의 현재를 객관적으로 바라보려는 노력으로 요약된다.

한마디로 정리하자면 "평정심을 유지하며 생활하는 것"이다.

이러한 평정심은 암 치료에 분명 도움을 준다.

앞에서 말한 것처럼 10여 년을 암과 함께 살아온 내가 가장 자신 있게 말할 수 있는 부분이다. 단순한 평정심을 넘어서 아예 암과 함께하는 삶을 즐길 수 있다면 더욱 좋을 것이다.

많은 사람이 나에게 묻곤 한다.

"어떻게 암에 걸린 상태를 즐길 수 있단 말인가? 말이 쉽지 그게 어디 마음대로 되는가?"

나는 대답한다.

"쉬우냐 어려우냐 하는 문제가 아니다. 그 방법이 최선이라 여기기 때문에 그렇게 하려고 노력하는 것이다."

앞에서 이미 한 말이다.

25. 삶과 죽음

40년 가까이 근무한 교직 생활을 끝내고 정년 퇴직할 때 그동안 그리고(圖) 짓고(詩) 작곡한(樂) 작품들을 모아 〈도시락(圖詩樂)〉이란 책을 만들었다. 그림을 그리고 시를 쓰고 노래를 만드는 일은 나의 삶이다. 2021년에는 〈도시락 2〉도 출간했다. 그 〈도시락 2〉 편에는 나의 암 투병기도 실려 있는바 이 내용도 차례대로 소개한다.

"꽃은 피어도 곧 지고 사람은 나도 이윽고 죽는다. 이 허무한 법칙은 생명이 있는 것들의 피할 수 없는 운명인 것이다."

초등학교 4학년 때(로 기억된다.) 도덕책에서 이 글을 읽은 순간 어린 나는 얼마나 큰 충격을 받았었던지! '그렇구나! 나도 언젠가는 죽겠구나.'

잔뜩 겁먹은 마음으로 글을 읽어 갔다. - 세상에, 생사에 대한 문제를 초등학교 교과서에 실어 놓다니! 혹시 내 기억이 잘못된 것이 아닐까? 하는 생각이 들기도 한다. 이어지는 글에서는 해답도 제시하고 있었다.

"살고 죽는 것에 대한 생각을 없애버리면 쓸데없는 욕심이나 두려움이 없어진다."

글쎄, 맞는 말 같기도 한데 그렇지만 어떻게 살고 죽는 것에 대한 생각을 없애버린단 말인가? 어린 마음에 불안감은 조금도 가시지 않았다. 그 후 살아가는 내내 내 머릿속에서는 이 말이 떠나지 않고 있었다.

(성인이 되어서 위에 적은 도덕책의 이야기가 불경 〈대반열반경〉에 나온 설화를 소개한 글인 줄을 알게 되었다. 히말라야 산속에서 수행하는 젊은이가 들은 부처님 말씀인데 전체적인 줄거리는 서로 같으나 위에 소개한 글귀는 불경의 내용과는 조금 다르다. 아마도 어린이들 수준에 맞게 의역한 듯하다.)

살아가면서 언제나 죽음을 생각하는 것은 물론 아니었지만, 주위 사람들이 유명을 달리할 때면 위의 글귀가 떠오르곤 했다.

그러던 나에게 어느 날 저승사자가 찾아왔다.

나이 60에 암이라는 이름으로 죽음이 다가온 것이다. 나를 응시하고 있는 죽음 앞에서 나는 다시 위의 글귀를 떠올렸다.

'나는 오랫동안 죽음에 대해 생각해왔다.

삶과 죽음에 대해 언급한 글도 많이 읽었고 죽음을 초개같이 여기던 선인들의 사례도 수없이 들어오지 않았던가? 지금 죽음을 두려워한다면 이제껏 살아오면서 과연 무엇을 배웠다고 할 것인가?'

그렇게 마음을 다지면서 나는 죽음에 대한 공포에서 벗어났다.

"죽음이 앞에 있어 인간은 사유(思惟)하는 것이다."

그러나 죽음은 또 누구 앞에나 있어 가진 모든 것 담담히 내려놓을 수 있을 것이다.

26. 산다는 것

"저 사람이 과연 살 수 있을까?"

암에 걸린 사람들을 보면 이런 생각이 들기 쉽다.

비록 암에 걸렸다고 하나 지금 살고 있는 사람을 보고 '살 수 있을까?' 하고 생각하는 것은 참 우습지 않은가?

물론 그 말의 뜻은 '환자가 암을 극복할 수 있을 것인가?' 하는 의미일 것이다. 그러나 그 사람이 암을 극복하지 못한다 할지라도 죽는 순간까지는 살아 있는 것이다.

우리는 그 점을 간과하기 쉽다. 암을 앓고 있으면 살아도 산목숨이 아닌 것으로 생각해 버린다. 환자도 그렇고 주변 사람들도 그렇게 생각한다.

의학계에서는 "몇 년 이상 생존할 확률"이라는 표현을 쓴다.

이 말이 정확하다.

암을 치료하는 동안에도 그 사람은 살고 있는 것이다. 그리고 의사가 환자의 생존 확률을 1년이라고 진단해도 얼마든지 그 이상 살 수 있다.

특히 암에 걸린 사람들을 이 점을 명심해야 할 것이다.

치명적인 질병이 없이 살 수 있다면 얼마나 좋겠는가?

하지만 암에 걸렸다고 해서 곧바로 죽어버리는 것도 아닌데 살고 있는 목숨을 지레 포기할 이유는 또 무엇인가?

나는 강조하고 또 강조한다. 우리는 암을 극복해야만 살 수 있는 것이 아니라, 극복해 가는 과정 중에도 살고 있는 것이라고!

"누가 그걸 몰라서 그러나? 암 자체가 시한부 인생을 의미하니 그래서 안타까운 것이지."

그렇다. 어찌 안타깝고 아쉽지 않겠는가? 암에 걸리면 완치될 확률은 지극히 낮아 많은 사람이 천수를 다하지 못하고 죽지 않는가 말이다. 그러나 조금만 크게 생각해 보자. 인생 자체가 시한부가 아니던가? 죽지 않은 자 세상에 없거늘…!

중요한 문제는 얼마를 사느냐가 아니라, 사는 동안 어떻게 사느냐 하는 점이다.

암에 걸렸다는 사실이 알려지면서 날 더러 공기 맑은 산속으로 들어가라는 권유를 하는 사람들도 있었다. 나를 생각해 주는 고마운 말이었다.

나는 단호하게 말했다.

"산속에 들어가 10년을 사느니 하던 일 그대로 하면서 1년만 살겠다."

스스로 의지를 갖고 도를 닦고자, 혹은 산속의 생활이 좋아서 산속에 들어간다면 그것은 참 멋진 일이다.

그런데 단지 목숨을 부지하기 위해서 도망치듯 산속에 들어가 하루 또 하루 그저 숨만 쉬면서 살아가는 삶이 무슨 의미가 있겠는가?

"생활하지 않는 삶은 삶이 아니다!"

제법 멋진 어록(?)까지 만들어내며 나는 내 일을 계속했다. 그리고 그러한 결정은 적어도 나의 경우 참 잘한 선택이었다.

27. 암을 이기는 법

암을 확실하게 치료하는 법은 아직 발견되지 않고 있다.

의학계의 쉼 없는 노력으로 암 환자들의 생명은 조금씩 연장되고는 있지만 암에 대한 근본적인 치료 방법은 현재까지 아무도 모른다.

암에 대한 사람들의 생각도 시대에 따라 달라지고 있다.

옛날에는 암에 걸리면 그 자체가 죽음이었다. 암이라는 진단이 나오면 의사도 환자도 손을 놓고 죽을 날만을 기다렸다.

그러다 의술의 발달에 따라 새로운 항암제가 개발되고 수술 기술도 발전되면서 암 환자들의 생명도 조금씩 연장되고 있다.

그러나 그렇다고 하더라도 환자가 암을 이길 확률은 극히 낮아 많은 사람에게 여전히 암은 죽음을 의미한다.

최근에는 암과 함께 살아간다는 생각들이 많아지는 추세이다. 암을 완전히 없애버리지는 못할지라도 치료하면서 삶을 연장해 간다는 것이다.

바람직한 생각이다.

비록 암이라는 고약한 질병에 걸렸지만, 의술의 힘을 빌리거나 혹은 민간요법을 이용하는 등 여러 가지 방법으로 암을 다스리면서 최선을 다해 살아가야 한다. 다행스럽게도 그런 안내가 갈수록 많아지고 있다.

첫 번째 암 수술을 성공적으로 끝냈을 때 같이 근무하던 조정숙 교감 선생님은 자기 일처럼 기뻐하며 축하해 주었다.

날마다 아내와 통화하면서 같이 울어주던 분이다.

"교장 선생님. 암이 없어져서 얼마나 기쁘세요?"

나는 이렇게 대답했다.

"교감 선생님. 나는 암에 걸렸을 때 별로 슬프지 않았어요. 그러므로 암이 없어졌다고 해서 그렇게 기뻐할 것도 없지요."

나는 내 몸속의 암이 완전히 제거될 것이라는 희망을 갖지 않는다. 암이 재발하는 순간 그 희망은 절망으로 바뀌어버릴 것이기 때문에.

나는 결국 암 때문에 죽을 것이라는 절망은 더더욱 하지 않는다. 암을 치료하는데 절망은 아무런 도움이 되지 않으므로.

희망에 목메지 아니하고 절망에 겁먹지 아니하는 그런 담담한 마음으로 나는 암에 대한 공포에서 벗어났다.

생사의 여부를 떠나 암에 대한 공포에서 벗어나는 것 - 그것이 암을 이기는 방법이요 암을 이기는 삶이라고 나는 생각한다.

28. 평정심을 유지한다는 것은

희망이 좋은 것인 줄 누가 모르겠는가? 암이 나을 수 있다는 희망을 갖는 것은 절망이나 포기보다 천만 배나 좋은 일이다.

그런데 희망의 반대편에는 늘 절망이 자리 잡고 있다. 희망이라는 단어 자체가 이미 절망이라는 단어를 이면에 품고 있는 것이다.

그야말로 어떤 경우에도 희망이라는 단어를 한 치의 의심도 없이 가슴속에 간직할 수만 있다면 얼마나 좋겠는가?

그러나 대부분의 사람은 희망이 꺾이는 순간 걷잡을 수 없는 절망에 빠져들고 만다. 암이 재발하는 순간 찾아오는 그 절망감이란…!

암은 재발하기 쉽다. 그리고 암이 재발하는 순간 암이 나을 수 있을 것이라는 희망은 회복하기 힘든 절망으로 바뀌고 만다.

만약, 처음부터 암이 나을 것이라는 희망을 갖지 않았다면 어떨까?

나는 희망을 품지 않음으로써 절망 또한 하지 않게 되었다.

희망도 절망도 아닌 담담한 마음!

암을 수술한 후 재발할 수도 있고 그렇지 않을 수도 있다. 그 어떤 결과든 담담히 받아들일 수 있는 마음, 그것을 나는 평정심이라 부른다.

수술의 결과에 온 신경을 집중시킬수록 희망과 절망 사이의 골은 깊어진다. 수술이 성공해서 한껏 희망에 부풀었는데 암이 재발해 버리면 그야말로 깊은 절망의 나락으로 떨어진다. 희망은 그렇게 좋은 것이면서도 절망이 언제 찾아올지 모른다는 불안감이 함께한다.

나는 다섯 번의 수술을 받으면서 그 결과에 대해 연연하지 않았다.

'이번에 수술했으니 이제 암은 제거되겠지.' 이런 생각을 아예 하지 않았다. '또 재발하면 어쩌지?' 하는 걱정도 하지 않았다. 그냥 속없는 듯 암에 대한 생각을 떨쳐버리고 하던 생활을 계속하며 살았다.

사람들이 묻는다.

그런 평정심을 갖는 것이 어디 그리 쉬운 일이냐고. 당신 같이 마음의 수양이 깊은 사람이나 가능한 일이 아니냐고.

나는 대답한다.

내가 그런 마음을 갖게 된 것은 마음의 수양이 깊기 때문이 아니라고.

어떤 경우에도 마음이 흔들리지 않고 평정심을 유지할 수 있다면 그 사람은 도사다. 득도한 사람이라면 능히 그럴 수 있을 것이다.

나는 도사가 아니다. 그냥 평범한 인간이다. 내가 평정심을 유지한다는 말은 평정심을 유지하기 위해 노력한다는 말이다.

마음이 흔들리는 순간들이 왜 없었겠나? 그 순간 흔들리는 마음을 붙들어 매고자 노력하는 것이다.

그러한 노력은 나 같은 범인에게도 평정심을 가져다준다.

마음을 붙들어 매는 방법은 사람마다 다를 것이다.

신앙심이 깊은 사람은 기도할 것이다. 좋아하는 것을 연상하거나 평소에 소망하는 것을 이루기 위해 노력하거나…….

찾아보시라.

여러분의 마음이 흔들리지 않도록 붙들어 줄 방법은 분명 있을 것인즉.

다만 희망을 갈구하기보다는 담담한 마음을 유지할 수 있도록.

29. 암이 재발하면 죽는다?

이 말은 꼭 해야겠다. 암 환자들이 잘 들어주었으면 좋겠다.

아주 많은 사람이 암은 재발하면 죽는 것으로 인식하고 있다. 암 환자는 물론이고 일반인들의 생각도 그렇다.

그래서 암 환자들은 재발하면 극심한 절망의 나락으로 떨어진다.

그러한 절망감은 암 치료에 아무런 도움이 되지 못한다. 도움이 못 되는 것을 넘어 절망감은 암 환자의 죽음을 앞당긴다.

여러 암 환자들을 10여 년 동안 보아오면서 확실하게 느낀 점이 있다. 암 환자가 절망에 빠지는 경우 금방 죽더라는 것이다. 의사가 6개월을 살 수 있다고 했는데 3개월이면 죽는 사례도 보았다.

그렇게 암 환자에게 절망감은 치명적이다.

암이 재발하면 지독한 절망감이 찾아든다. 그 절망감이 환자의 죽음을 앞당긴다고 나는 믿는다. 신체적인 이상에 의해서 죽는 것이 아니라 절망이라는 심리적 요인에 의해서 죽음에 이른다고 생각한다.

그렇다면, 암이 재발해도 절망하지 않는다면?

암이 재발하면 왜 죽는다고 생각할까?

우리나라의 병원에서는 수술로써 암 치료의 일단락을 짓는다.

그 후 환자들은 완치와 재발의 갈림길에서 극심한 불안감에 시달린다.

만약에 환자들이 그러한 불안감에서 벗어날 수 있다면?

나는 그 불안감에서 벗어났고 다섯 번의 수술을 거뜬히 받았다.

냉정하게 암의 재발에 대해 살펴보자.

한 번 수술을 한 암 환자는 2~3개월 간격으로 정기검진을 받는다. 그러므로 암이 재발할 경우 극히 경미한 상태로 발견하게 된다.

나 역시 수술 후 다시 암이 발견되었을 때 주치의 선생님이 "아직은 암이 아주 작은 상태이니 다음 진료 때까지 지켜봅시다." 하는 경우가 많았다. 그리고 2~3개월 후에 약물치료나 수술을 하곤 했었다.

암이 재발하면 왜 죽는다고 생각하는가?

수술이든 약물치료든 한 번 더 하면 되는 것이다.

몸의 상태가 치료를 견디기 힘든 상태가 아니라면 처음 수술이나 두 번째 수술이나 조금도 다를 것이 없다. 그냥 몸속에 난 종기 하나를 떼어 내는 것이다. 그렇게 종기라고 생각하면 어떨까?

물론 여러 번의 수술을 받으려면 몸이 따라주어야 한다.

몸이 극히 허약한 상태라면 당연히 수술할 수가 없다.

그러나 건강한 신체를 가지고 있으면서도 단지 암이 재발했다는 이유만으로 절망감에 젖어 삶을 포기하는 것은 어처구니없는 일이다.

어떤 자리에서 내가 다섯 번의 수술을 했다고 말했더니 누군가는 열세 번 수술을 한 사람도 있었다고 했다. 충분히 그럴 수 있을 것이다.

암이 재발하면 죽는다고? 왜?

30. 생활하라

"일을 하십시오. 왜 한국 사람들은 암에 걸리면 일하지 않습니까? 미국 사람들은 암에 걸려도 하던 일을 그대로 하는 사람들이 많습니다. 심지어 죽기 하루 전까지 일하는 사람도 있습니다."

앞서 소개한 미국 'MD앤더슨 센터'에서 근무했던 의사의 말이다.

나는 나름대로 이 말을 다음과 같이 해석한다.

일을 하라는 말은 암과 사생결단하듯 싸우지 말라는 말이다. 하던 일 계속하면서 좀 더 여유롭게 암과 맞서라는 말이다.

많은 암 환자들이 암 치료를 위해 모든 일을 접는다. 그리고 오로지 암의 치료에 전력을 다한다. 얼핏 좋은 방법처럼 여겨진다.

암에 걸렸으면서도 가족의 생계를 책임져야 하는 사람들은 어쩔 수 없이 하던 일을 계속해야만 한다. 암 치료도 힘들 텐데 그 치료에 전념하지 못하고 생활 전선에 내몰려야 하는 상황은 안타깝기도 하다.

하던 일을 접을 수 있을 만큼 생활에 여유가 있다면 얼마나 좋은 일인가? 그런데 일하라니, 이건 무슨 말인가?

사람마다 암에 대처하는 방법이 각양각색이다. 많은 사람이 치료에 전념하려고 하던 일을 접는다. 그리고 산속이나 요양하기 좋은 곳을 찾기도 한다. 최선을 다하는 모습이기 때문에 타인이 왈가왈부할 일은 아니다.

다만 하던 일을 접는 모습을 나는 두 가지로 구분해 본다.

첫째, 암으로부터 도망치는 모습이다.

공기 맑은 산으로 가서 숨어(?)있으면 암이 낫지 않을까 하고 막연히 기대할지도 모른다. 이런 행동은 소극적이며 좋은 결과도 얻기 힘들다.

둘째, 차제에 하고 싶은 일을 하는 모습이다.

평소에도 산속 생활을 동경하던 사람이 암에 걸린 것을 계기로 자신의 꿈을 실현해 보는 것이다. 그들은 대단히 적극적이다. 인생을 즐기듯 생활하며 암을 극복해 가는 사례가 보도되기도 한다.

전자는 생활을 접는 것이요, 후자는 하고 싶은 생활을 하는 것이다.

좋아하는 일을 하는 것은 암 치료에 도움을 준다고 나는 믿는다.

생활을 접고 오로지 암 치료에만 매달리는 것보다 하고 싶은 일을 하면서 치료를 병행하는 것이 훨씬 좋다고 나는 믿는다.

일과 치료를 병행한다는 것은 그만큼 마음에 여유가 있다는 말이다. 그것이 암과 사생결단하는 마음가짐보다 훨씬 좋다는 것이다.

암은 그렇게 마음의 여유를 가지고 대응해야 한다.

산속으로 들어가라는 주위의 권유를 나는 따르지 않았다.

천성이 무척이나 게을러서 산속에서 땅 일구고 살 만한 위인이 못 된다는 것을 스스로 잘 알고 있기 때문이다.

내가 산속으로 들어가는 것은 도망치는 것이라고 여겼다. 한 번뿐인 인생인데 왜 도망치듯 산속으로 가느냐며 하던 일을 계속했다.

"생활하지 않는 삶은 삶이 아니다!"라고 말하면서.

일을 하라는 말은 생활하라는 말로 나는 해석한다.

마음의 여유를 갖고 암과 맞서야 한다는 말로 확대해서 해석한다.

그리고 암을 치료하는 동안에도 생활함으로써 우리의 삶은 단절되지 않고 계속 이어지는 것이라고 나는 강조하는 것이다.

31. 나는 암에게 이렇게 말했다

2부에 적은 내용을 그대로 옮겨 적는다.

정확한 시점은 기억나지 않는다. 암 판정을 받고 흔들리는 마음을 다잡기 위해 안간힘을 쓰던 시기였을 것이다.

문득 내 입에서 이런 말이 튀어나왔다.

"내가 죽으면 너도 죽는다!" 암에게 한 말이었다.

얼핏 협박처럼 들리는 이 말은 암에게 살려달라고 애원한 것이었을까?

아니면 암과의 일전을 불사하려는 의지의 표현이었을까?

그것도 아니면 담담한 마음으로 휴전을 제의한 것이었을까?

어쨌든 나는 자못 진지하게 그렇게 말했다.

불쑥 내뱉은 혼잣말이었지만 평소의 생각이 다분히 담겨 있는 말이었다.

마음은 상호 간에 교류된다고 나는 믿는다.

사람과 사람 사이뿐만이 아니라 생명이 있는 모든 것들 사이에서 마음은 소통되고 있다고 나는 믿고 있다.

식물을 가꿀 때 기르는 이의 마음에 따라 식물의 성장 모습이 달라진다는 실험 사례는 널리 알려지지 않았는가?

어느 과학자가 마음은 미세한 입자로 되어 있다고 했단다.

내가 암에게 "내가 죽으면 너도 죽는다"라고 말하면 암이 알아들을까?

알아듣는다고 증명할 방법을 나는 모른다.

그러나 서로 떨어져 있는 식물에게도 전달되는 마음이라면 내 몸의 일부인 암세포에게 어쩌면 전달되지 않을까?

말은 곧 마음인즉 당연히 암세포에게 전달될 것이라고 나는 믿는다.

나의 믿음이 과학적 근거가 없다고 누군가가 비난해도 상관없다.

그 믿음이 나의 병세를 호전시키는데 긍정적으로 작용한다면, 아니 단순히 말하는 순간 기분이라도 나아진다면 그 말을 하지 않을 이유가 없다.

나는 수시로 말했다. "암아. 내가 죽으면 너도 죽는다!"

나중에 암이 재발하였을 때 '내가 한 말이 아무 소용이 없는 것인가?' 하는 생각이 들기도 했다.

그런데 엄밀히 따져보자면 나는 암에게 거짓말을 한 셈이었다.

내가 죽으면 너도 죽는다는 말은 같이 살자는 말이다.

그런데 암의 크기가 줄었다고 덜컥 수술을 해버렸으니 암의 입장에서는 속았다고 생각할 수밖에 없을 것이 아닌가?

이렇듯 코미디 같은 생각을 나는 계속 이어 나갔다.

'암을 수술한 것은 의사의 생각이다. 의사의 결정을 환자가 바꿀 수 없다는 것을 잘 알 것 아니냐? 네가 자꾸 재발하면 그때마다 의사는 수술할 것이고 나는 거부할 수가 없다. 그러니 아예 내 몸 어디엔가 달라붙지 않았으면 좋겠다. 그냥 혈액 속을 떠돌며 그렇게 살아가거라.'

암은 참 멍청한 세포인 것 같다.

아무리 돌연변이라지만 다른 세포와 달리 무한 증식하여 자신이 속한 몸을 죽음에 이르게 하니 말이다.

몸이 죽는 순간 자신도 죽는 것을 안다면 성장을 멈추지 않을까?

그러므로 나는 계속 말할 것이다.

"내가 죽으면 너도 죽는다!"라고.

허황하게 들릴 수도 있는 내 말의 인과관계를 증명할 수는 없다.

그래서 앞으로 언젠가 혹시 내가 암 치료에 성공했을 때 "봐라. 내 말이 맞지 않느냐?"하고 말하지 않을 것이다.

마찬가지로 혹시 암 치료에 성공하지 못했을 때도 "괜히 쓸데없는 생각을 했구나."라고 생각하지도 않을 것이다.

암에게 내가 죽으면 너도 죽는다고 한 말은 진지하되 그 말에 매달릴 필요도 없다는 뜻이다.

어쨌든 그 말은 암 치료가 끝날 때까지 계속할 것이다.

돈이 드나? 힘이 드나? 아니면 무슨 부작용이 생기나?

손해 볼 것 하나도 없다.

혹시 알아?

정말로 내 마음이 암에게 전달되어 치료에 도움이 될지.

이 책의 제목을 정하는데 그런 생각이 결정적인 영향을 주었다.

"내가 죽으면 암(癌) 너도 죽는다."

32. 기도하는 마음

"기도는 암 치료에 도움이 됩니다. 중보기도 또한 도움이 됩니다."

강연에서 들은 의사의 말이다.

이 말을 나는 믿는다.

신앙인이 못 되는 나는 딱히 기도할 만한 절대자가 없다.

아내를 따라 수십 년 동안 절에 다니고는 있지만 절에 다니는 것만으로 불자라고 할 수는 없는 노릇이다.

어느 종교 단체에 소속되어 있다는 것이 신앙인임을 증명하는 것은 결코 아니다. 한 사람의 신앙은 자신과 절대자와의 개인적인 관계이다.

나의 신앙은 타인이 인정해주는 것이 아니며 자신의 마음을 들여다봄으로써 알 수 있는 것이다. 스님의 설법 시간에 엉뚱한 다른 생각을 하는 나는 그래서 진정한 불자가 아니다.

그렇게 대충 절에 다녀놓고 암에 걸리자 "부처님. 살려주세요." 하고 기도한들 그 기도를 들어주시겠는가?

진정한 신앙인의 기도는 효과가 있을 것이다.

앞에서 말했지 않은가? 마음은 식물에게도 통하는 것이라고. 그래서 나는 암에게도 말을 걸었다고.

그리할진대 진정한 신앙인의 기도가 어찌 효과가 없겠는가?

신앙은 영적인 세계이다. 세간의 과학으로는 증명해 내기 어려운 분야이다. 믿음의 세계이며 그 믿음은 암 치료에 도움이 될 것이다.

기도가 암 치료에 도움이 된다는 의사의 말은 의학적인 판단일 것이다. 통계의 결과일 수도 있다. 기도는 도움이 된다고 나는 믿는다.

목회자의 길을 걷는 친구와 이런 대화를 나눈 적이 있다.

"중보기도도 암 치료에 도움이 된다고 하던데?"

"당연하지. 그런데 중보기도가 효과가 있으려면 기도하는 사람의 절실한 마음이 통할 수 있도록 상대자의 마음 또한 믿음으로 열려 있어야 해."

그럴 것 같다. 그래야만 할 것이다.

내가 암에 걸리자 정말 많은 지인이 - 특히 교회에 다니는 지인들이 간절히 기도해 주었다. 나는 그 사실을 잘 알고 있다. 나는 진심으로 고마워했고 그들의 기도 덕분에 암을 잘 견뎌내고 있다고 믿고 있다.

절실한 기도로 암을 극복한 사례도 책에서 읽은 적이 있다.

기도하라. 당신이 진정한 신앙인이라면.

신앙인도 못 되는 내가 감히 한 마디 덧붙이자면 기도는 마음을 비운 상태로 해야 한다. 살기 위해서 구걸하듯 기도하지 말아야 할 것이다.

앞의 '버리기에서 언급했듯이 그저 살려달라고 비는 것보다 내 몸과 마음을 절대자에게 맡기는 마음으로 기도해야 할 것이다.

벌새 이야기가 생각나는가?

참된 신앙인들에게 기도는 벌새가 불구덩이 속에 물방울을 떨어뜨리는 행위이며 기도의 대상은 비를 내려 산불을 꺼주는 산신령일 수도 있다.

기도하라. 정갈한 마음으로.

33. 에피소드

나는 "나비 효과"라는 과학 이론을 우주의 모든 것들이 유기적으로 연결되어 있다는 뜻으로 해석한다. 어쩌면 정신세계까지도.

그러한 정신세계를 나는 믿는 편이다. …'믿는 편이라니? 확신은 아니고 있다고 생각하는 정도라는 뜻이다. 앞에서 내가 암에게 한 말이나 중보기도의 효과를 믿는다고 하는 것도 같은 맥락이다.

확신이 있다면 더 좋으련만 대충 있을 것이라고 여긴다는 말이다.

내가 집무하던 교장실에는 몇 개의 화분이 놓여 있었다. 아주 작은 난도 있었고 한 사람이 들기 힘든 나무가 심어진 큰 화분도 있었다.

화분들은 잘 자랐다. 파릇하고 싱싱한 식물은 교장실의 분위기를 생동감 있게 만들었다.

그러던 화분들이 어느 날부터 급격히 시들기 시작했다. 어떻게 해볼 겨를도 없이 모두 말라 죽어버렸다.

그리고 얼마 후 나는 병원에서 암 판정을 받았다.

'내 몸에 있는 암의 나쁜 기운이 식물에게 영향을 준 것일까?'

이런 생각이 들었다. 그랬을 것도 같았다.

정말 그런 것인지, 우연이었는지는 알 수 없으되 어쨌거나 나는 암의 기운이 주변에 영향을 줄 수도 있다는 생각을 하고 있다.

그래, 그렇다면 이제는 암이 나으려는 좋은 징후들이 내 주위에서 일어나고 있는지 즐거운 마음으로 찾아봐야겠다.

34. 수술 - 할 것인가, 말 것인가?

"암 치료에 대한 최선의 방법은 정기검진으로 암을 조기에 발견하고 발견될 경우 빨리 수술해서 암을 제거하는 것이다."

"한국에서는 왜 암을 수술해버리는지 모르겠다. 추측건대 우선 환자가 수술을 원하고 다음으로 병원에서 의료 수가를 높이기 위해 그러는 것이 아닌가 하는 생각이 든다."

여러분의 생각은 어떤가?

2012년 10월 24일 암 판정을 받고 난 직후인 11월 초 친구의 안내로 한 강연회에 가서 들은 이야기이다. 2부에 자세히 소개하였다.

한 강연에서 정반대의 이야기를 들은 것이다.

수술을 권하는 연사는 한국 병원의 의사였고 적극적으로 반대한 연사는 미국 'MD앤더슨 센터'에서 근무했던 의사였다. 앞에서 소개했다.

이 분이 그 후 방송에 출연한 것을 본 적이 있는데 그때도 절대로 암을 수술하지 말라고 신신당부하듯 하는 말을 들었다.

불가피하게 수술해야만 한다면 암 덩어리를 모두 도려내지 말고 일부는 남겨 놓으라는 말 또한 충격적이었다.

"제발 암이 사는 집을 때려 부수지 마세요."

혈액 속을 떠도는 암세포가 달라붙을 여지를 남겨 놓으라는 뜻으로 이해된다. 암세포가 달라붙을 곳을 찾지 못하면 아무 장기에나 달라붙어 전이가 쉽게 된다는 말이다.

나는 그 말이 일리가 있다고 여겼다.

그래서 될 수 있으면 수술하지 않으려 했다.

암이 처음 발견되었을 때는 이곳저곳 전이된 상태여서 수술하려야 할 수도 없었다. 그래서 약물치료부터 시작했다.

약물치료의 효과가 아주 좋아서 암이 많이 줄어들자 주치의 선생님은 수술하자고 했다. 나는 약물 효과가 좋으니 수술하지 말고 약물치료를 계속하면 안 되겠느냐고 물었다.

주치의 선생님은 이렇게 말했다.

"약물은 내성이 생기기 때문에 장기간 투여가 어렵습니다."

약물에 내성이 생기면 줄어든 암이 다시 커진다는 것이다.

결국 수술했다.

두 번, 세 번 수술할 때마다 나는 반대 의견을 개진해 보았으나 주치의 선생님은 수술로써 암 치료의 일단락을 짓겠다는 뜻을 분명히 했다.

결국 주치의 선생님의 의견에 따를 수밖에 없었다. 의사의 지시를 거부하려면 그 의사의 치료도 포기해야 할 것이다.

어쨌든 내 주치의 선생님은 수술과 약물치료를 병행하면서 내 목숨을 10여 년이나 살도록 했다. 그런 주치의 선생님을 나는 당연히 신뢰한다.

재미있는 것은 2021년 2월 정기검진 때 또 이상 증상이 발견되자 주치의 선생님은 약물치료를 권했고 나는 수술을 원했다는 사실이다.

주치의 선생님은 어이없다는 듯이 말했다.

"아니, 그동안 그렇게도 수술을 반대하시더니……."

나는 왜 수술을 반대하다가 원하게 되었을까?

그 이유는 이렇다.

수술을 반대했던 것은 약물치료를 견딜 만했기 때문이었다.

나는 약물치료를 받으면서도 평소와 다름없이 일상생활을 계속했다.

직장에서 정상적으로 근무했고 친구들 모임에도 거의 참석했다.

주위 사람들이 모두 놀랄 정도였다.

그런데 언제부터인지 약물치료가 힘들어졌다.

그리고 주치의 선생님은 이미 알고 있다는 듯 그 어느 순간부터 약물의 분량을 반 정도로 줄여주었다.

"약물의 양을 줄이겠습니다."

"왜 줄입니까?"

"이젠 나이가 있잖아요."

그랬다. 약물의 양은 줄어들었지만 견디기는 더욱 힘들어졌다.

약물이 몸속으로 들어가는 동안에는 침대에 누워있어야만 했다.

그렇게 약물치료가 힘들어지자 나는 수술을 원했던 것이다.

그리고 내가 먼저 수술을 원했을 때 다행히 그 이상 증상이 없어져 수술이나 약물치료를 할 필요가 없어졌다.

수술을 할 것인가, 말 것인가?

정답은 없는 듯하다.

굳이 말하자면 의사의 지시를 따라야 한다.

다음 장에서 좀 더 언급해보겠다.

35. 의사의 지시대로

수술을 할 것인가, 말 것인가? 여러분의 생각은 어떠한가?

정답은 없을 것이나 굳이 말하자면 의사의 지시를 따라야 한다.

앞장에서 두 사람의 의사는 각각 다른 말을 했다.

누구의 말이 맞을까? 정답은 없다. 있다면 진작 그 답대로 치료 방법이 일원화되었을 것이다.

수술했을 때와 하지 않았을 때 어느 쪽의 완치 가능성이 더 높을까? 마찬가지로 이에 대한 답도 없을 것 같다. 있다면 또 당연히 그 길로 치료 방법이 통일되었을 것이다.

의사에 따라 각자의 신념대로 암을 치료하는 것이라고 이해하면 될 것 같다. 그리고 그 방법의 우열을 가리는 것도 쉽지 않을 것 같다.

앞의 의사들이 다른 말을 한 것은 암 치료에 대한 시각이 서로 다르기 때문일 것이라는 생각이 든다.

미국에서 온 의사는 수술하지 않고도 암을 치료하는 길을 따라 평생 환자를 보살폈을 것이다.

반면 우리나라 의사들은 수술로써 암 치료의 마침표를 찍고자 하는 것 같다. 그 길이 최선이라고 확신하고 있는 듯하다.

그러므로 암 환자는 자신을 치료하는 의사의 말을 따라야 한다.

신뢰하지 못한다면 그 의사에게 치료받을 이유도 없다.

글쎄, 수술을 해야 하나, 하지 말아야 하나?

역시 암은 아무도 모르나 보다.

36. 내 몸에 맞추어 치료하라

의사는 환자의 몸 상태를 점검하고 수술이든 약물치료든 결정한다.

수술 전에 각종 검사를 하고 수술이 가능한지 확인한다.

약물치료도 마찬가지다. 혈액 검사를 통한 백혈구 수치를 기준으로 투약 여부를 결정한다. 백혈구 수치가 부족하면 투약을 중지하고 백혈구 수치가 올라올 때까지 기다린다. 나도 백혈구 수치가 올라오지 않아서 2주마다 맞던 약물을 3주 혹은 4주 만에 맞았던 경우가 꽤 있었다.

그런데 나이가 들면서 약물에 견디는 힘이 점점 약해졌다.

처음 치료받을 때는 약물 투여 중에도 일상생활을 그대로 했으나 나이가 들자 침대에 드러누워 맞게 되었다.

나는 혈액 검사 수치상으로는 약물 투여가 가능할지라도 만약 나 스스로 약물을 견디기가 힘들다고 여겨지면 약물치료를 거부할 생각이다.

두 가지 예를 들어보겠다.

첫 번째 경우

내가 맨 처음 병원에 입원했을 때 내 앞쪽 병상에는 젊은 환자가 누워있었다. 당시 22개월째 약물치료를 받고 있다고 하는 그 환자는 링거주사 바늘을 팔에 꽂은 채 눈을 감고 숨을 헐떡거리며 누워있었다.

그 환자도 혈액 검사를 했을 것이다. 그 결과 백혈구 수치가 정상으로 나왔기 때문에 약물을 투여했겠지. 그럼에도 무척 힘이 드는 모양이었다.

나는 그가 최선을 다하는 모습에 찬사를 보낸다. 그때 이후로 소식을 알 수 없지만 암을 극복해냈기를 바란다.

하지만 나는 그와 같은 상태로 약물치료를 받지는 않을 것이다. 나 스스로 "생활하지 않는 삶은 삶이 아니다."라고 말하지 않았던가? 암 치료의 목적이 단순히 목숨을 부지하기 위한 것이던가?

두 번째 경우

어느 외과 의사가 쓴 책에서 읽은 이야기이다.

한 환자가 암으로 판정을 받고 나서 물었다.

"약물치료를 받으면 얼마나 살 수 있을까요?"

"한 1년쯤……."

"약물치료를 받지 않는다면?"

"조금 단축되겠지요."

그 환자는 약물치료가 얼마나 힘든 것인지를 알고 있었다. 그래도 의사의 권유에 따라 딱 한 사이클의 약물치료를 받아 보고 그만두었다.

대신 면역력을 키워 암과 공존하는 방법을 선택했다.

그 환자는 "서운치 않을 만큼 살고 있다."고 책에 적혀 있었다.

어떤 방법이 더 좋다고 아무도 장담할 수 없다. 그러므로 자신을 치료하는 의사의 지시를 믿고 따르는 것이 우선 중요하다.

의사들은 혈액 검사 등에서 나타난 데이터에만 의존하여 처방하기 때문에 환자는 자신의 몸 상태를 의사에게 알려주는 것도 중요하다.

내 몸의 상태를 의사에게 충분히 설명하면 의사는 또 각종 검사의 데이터와 함께 종합적으로 판단하여 치료 방법을 결정할 것이다.

그 결정에 따르는 것이 가장 현명하지 않을까?

37. 항암제의 효과에 대하여

앞장에서 항암제의 사용에 대해 두 가지 사례를 들었다.

이에 대해 조금 더 깊이 생각해 보자.

젊은 환자는 왜 기진맥진한 상태로 약물치료를 받고 있었을까?

또 다른 환자는 비교적 건강한 상태인데 왜 약물치료를 거부했을까?

그리고 의사는 왜 환자에게 약물치료를 억지로 권하지 않았을까?

앞의 환자는 약물치료의 효과를 믿었을 것이다. 약물치료를 통해 암이 나을 수 있다고 믿었는지도 모른다.

그런 생각을 틀렸다고 할 수 없다. 그의 결정을 잘못이라고 할 수는 더더욱 없다. 그는 약물치료를 통해 암을 극복했을지도 모른다. 설령 암을 극복하지 못했다고 해도 그는 최선을 다하고 있었던 것이다.

뒤의 환자도 최선을 다하는 것은 마찬가지다. 그는 약물치료는 암의 성장을 일시적으로 억제할 뿐 근본적으로 소멸시키지는 못한다고 생각했을 것이다. 담당 의사도 같은 생각으로 약물치료를 군이 권하지 않았을 것이다.

어느 쪽이 맞을까?

나의 경우로 보자면 후자가 맞는 것 같다. 항암 약물 투여로 소멸한 듯 보였던 암들이 되살아나 암이 재발했으니 말이다.

그러나 암을 소멸시키지는 못해도 성장을 억제하는 기간만큼 삶을 연장하는 것은 사실이다. 물론 약물을 투여하는 동안 심한 고통과 부작용이 뒤따르기는 한다. 그러나 삶의 기간이 연장되는 동안 암의 상태에 어떤 변화가 생길지는 또 아무도 모른다. 나는 강조했었다. 암은 아무도 모른다고.

내 친구의 경우를 예로 들어보겠다.

그가 전립선암을 발견했을 때 암은 이미 뼛속과 폐에까지 전이되어 있었다.

수술은 생각도 할 수 없었고 예상 생존 기간은 3개월.

항암 약물치료를 하면 그 기간은 더 생존할 수 있을 것인데 그 암에 투여되는 약물은 통상적으로 6회.

그 후의 방법은 의사도 알 수 없다는 진단을 받았다고 했다.

그는 2~3개월마다 약물치료를 받으며 나름대로 온갖 방법을 동원해서 암과 맞섰다. 6회로 한정된다는 약물치료를 10회까지 받았다. 약물 투여 기간을 늘리기도 하면서 그는 지금 5년째 꿋꿋이 살아가고 있다.

그는 의사의 지시를 따르면서도 자신의 생각을 적극적으로 의사에게 이야기했다. 의사의 지시를 자신의 상태에 맞추어 유연하게 적용했다. 의사가 2개월 만에 오라고 했어도 3~4개월 만에 가기도 했다.

약물치료에 겸하여 민간요법들도 활용했다. 이렇게 자기 주도적인 생각과 방법으로 암을 극복해가고 있다.

나는 의사의 지시에 따르라고 하면서 또한 내 몸에 맞추어 치료하라고도 했다. 내 친구의 경우가 나의 주장을 뒷받침해주는 최고의 사례이다.

항암 약물치료에 대하여 우리는 어떤 생각을 가져야 하나?

역시 선택은 각자의 몫?

38. 신약에 대하여

친구들이 말했다. 조금만 기다리면 신약이 만들어지고 암 정복도 쉬워질 것이라고. 사실 많은 사람이 그러한 생각들을 가지고 있을 것이다.

그러나 내가 아는 신약은 그런 개념의 약이 아니다.

신약은 말 그대로 새로 만들어진 약이다. 당연히 과거의 다른 약에 비해 더 나은 장점이 있을 것이다. 그러나 그 신약이 모든 암에 대해서, 모든 환자에 대해서, 모든 면에서 치료 효과가 좋다는 뜻은 아니다.

하나의 신약이 만들어질 때 그 약이 적용되는 암의 종류는 제한적이다. 또한 그 신약을 사용하여 치료 효과를 볼 수 있는 암일지라도 그 암을 앓고 있는 모든 환자에게 일률적으로 사용하는 것도 아니다. 신약을 사용할 때는 유전자 검사를 해서 그 환자와 신약이 맞는지를 먼저 확인한다.

신약은 기존의 항암제의 단점을 많이 없애기도 하지만 새로운 부작용이 생기기도 한 것 같다.

예를 들어 표적치료제는 암세포만을 골라서 공격하기 때문에 백혈구의 파괴가 적고 구토 등의 증세도 훨씬 줄일 수 있지만 이 약을 사용하면 암의 전이가 일어날 가능성이 크다고 방송에서 들었다.

신약은 물론 좋은 것이다. 의료계의 꾸준한 노력으로 계속 새로운 약이 만들어지고 그만큼 암의 정복도 진일보할 것이다.

그러나 신약이 만들어졌다고 해서 암 치료의 모든 문제점이 곧바로 해결될 것이라는 환상은 버려야 할 것이다.

39. 몸과 마음의 균형

암을 치료하는데 마음은 무척이나 중요하다고 나는 강조했다. 몸 또한 못지 않게 중요하다. 2부에서 발췌한 글을 여기에 소개한다.

암을 치료하면서 나는 몸과 마음의 균형을 유지하려고 애썼다. 신체와 정신이 흐트러지거나 무너지지 않도록 노력했다는 말이다.

그 독한 약물치료를 받으면서도 일상적인 활동을 계속했다. 수술을 앞두고도 긴장하지 않았으며 수술이 끝나면 곧바로 걸어 다녔다. 그러면서 내 몸과 마음의 상태를 나름 객관적으로 점검해 보곤 했다.

"아직은 견딜 만한가?" 지금까지의 대답은 "그렇다."이다.

나는 내 몸과 마음의 균형을 잡는 일이 내가 암을 이겨낼 수 있는 원동력이라고 믿는다. 나는 자신이 있다. 지금보다 훨씬 더 힘든 상황이 닥친다고 해도 몸과 마음이 흔들리지 않을 자신이.

만에 하나 내 몸이 항암 약물을 견디지 못할 상황이 온다면 나는 약물치료를 중지할 것이다. 혈액 검사 결과 항암제를 맞을 수 있는 수치가 나올지라도 나 스스로 활동하기 어렵다면 약물치료를 거부할 것이다.

마찬가지로 수술의 후유증을 견뎌낼 자신이 없으면 수술도 거부할 것이다. 그저 암만 나으면 된다는 식으로 누워서 헐떡거리는 일은 결단코 없을 것이다. 적어도 사는 날까지는 사는 것처럼 살 것이다.

몸과 마음의 균형이 무너지지 않고 생활하는 것 - 이것이 사는 것처럼 사는 것이라고 나는 생각한다.

40. 환자의 주변 환경 - 물리적 환경

암 환자의 몸은 따뜻하게 유지되어야 좋다고 한다.

따라서 생활하는 공간도 따뜻한 것이 좋다. 환자의 방은 약간 덥다고 느낄 정도가 좋다는 글을 읽었는데 적극적으로 공감한다.

항암 치료를 받는 동안 나는 극심할 정도로 추위를 탔다. 아프지 않을 때도 추위를 잘 탔었는데 치료받을 때는 훨씬 더했다.

지금도 추운 것은 질색이다.

암은 섭씨 35도에서 가장 활발하게 활동하고 섭씨 42도가 되면 소멸한다는 말을 꽤 여러 번 들었다. 의학적 근거가 있는 말인지는 알 수 없지만 어쨌든 몸은 따뜻한 것이 좋다는 것은 스스로 느낄 수 있다.

내가 암으로 판정을 받기 전에 참 우연히도 직장암 말기 환자가 날마다 참나무 불가마를 다녔더니 암이 소멸되었다는 이야기를 들었었다.

그래서 나도 가끔 불가마에 다녀 보았는데 그때마다 괜찮다는 느낌을 받았다. 나도 날마다 불가마에 다녔더라면 정말 암이 소멸되었을까?

이런저런 이유로 불가마에 꾸준히 다니지 않았고 암은 재발하였으니 이야기의 진위를 내 몸으로 확인할 수는 없다.

다만 몸을 따뜻하게 유지하는 것은 참 좋다고 말할 수는 있다.

한여름에도 온수로 세수한다. 약간 뜨겁다고 할 정도의 더운물을 사용한다. 목욕탕에 가서도 냉탕에는 아예 들어가지 않는다.

찬 음식도 거의 먹지 않는다. 아이스크림은 물론이고 빙수 같은 것에는 아예 눈길도 주지 않는다.

아무리 더워도 냉수는 될 수 있으면 마시지 않는다. 어쩔 수 없이 먹어야만 할 때는 입 안에 한참을 머금어 찬 기를 없애고 나서 삼킨다.

찬물은 폐에 해롭다는 이야기도 자주 떠돈다.

누구나 알고 있는 모 스님께서는 아침에 일어나면 습관적으로 냉수 한 사발을 마셨는데 그로 인하여 폐암에 걸려 사망했다는 소식도 유튜브에 올라왔었다. 의학적 근거가 있는지는 알 수 없다.

어쨌든 나는 모든 음식을 따뜻하게 해서 먹는다.

따뜻한 것만 몸속으로 들어오니 내 속이 적응하는 데 시간이 걸렸다.

찬 것이 먹고 싶었다.

시원한 생맥주 500cc 한 잔 쭈욱 들이키고 싶은 마음이 이해되는가?

지금은 따뜻한 물이 들어가면 속이 오히려 개운해진다.

결국 몸이 적응해버린 것이다.

환자 주변 환경은 따뜻한 것이 좋다는 이야기가 불가마나 음식 이야기까지 이어졌다. 환자의 몸 안과 밖이 모두 따뜻해야 한다는 말이다.

41. 환자의 주변 환경 - 정신적 환경

어디 암뿐이겠는가?

환자의 마음이 편안할 때 모든 병은 치료가 한층 쉬워진다. 마음이 편하다는 것은 누누이 강조했듯이 평정심을 유지한다는 말이다.

문병하러 온 사람들은 대부분 희망을 이야기한다.

"괜찮아. 넌 꼭 이겨낼 수 있어!"

환자에게 큰 힘이 되는 말이다.

그러나 그보다 더 좋은 말은 환자가 스스로 객관적으로 바라보며 무언가를 할 수 있도록 격려해주는 말이라고 나는 생각한다.

암을 늦게 발견하여 3개월을 선고받은 친구에게 나는 말했다.

"앞으로 3개월이나 남았잖아? 그동안 무엇을 해야 할지 생각해 보자. 무언가 하다 보면 어떤 결과가 나오겠지. 암은 아무도 모르거든."

희망이라기보다는 무엇이든 해보자는 이야기였다.

그 친구는 지금까지 5년째 암과 꿋꿋이 맞서고 있다.

그의 표정은 편안했고 그의 생활은 안정적이다.

부인의 지극정성도 도움이 되었을 것이다.

가족들 모두 환자의 마음이 편안해질 수 있도록 배려했겠지.

그 친구가 내 말대로 따라주었다는 말이 아니다.

그는 자신만의 방법으로 암 치료에 최선을 다하고 있는 것이다.

차분한 태도로 자신이 할 수 있는 모든 방법을 찾아내어 암에 대처하는 그의 모습은 아름답기까지 하다.

더 오랫동안 암과 함께하는 내가 오히려 그에게서 배운다.

희망은 좋은 것이다. 그러나 그 희망이 꺾였을 때는 절망이 몰려든다는 이야기도 앞에서 했다.

희망도 절망도 아닌 상태를 나는 평정심이라고 했다. 암 환자들에게 희망은 참 좋은 것이지만 평정심은 그보다 더 좋은 것이다.

암 판정을 받고 나는 두 딸에게 이렇게 말했다.

"그냥 평소처럼 생활하자."

아이들은 잘 따라주었고 그만큼 나는 마음의 부담을 덜 수 있었다.

가족들이 걱정을 하면 환자의 마음 또한 불안해지는 것은 자명하다.

환자가 평정심을 유지하도록 해주는 것 - 최상의 정신적 환경이다.

42. 간병 - 치열하고도 힘든

"내가 살려내고 말 거야!"

내가 암 선고를 받은 후 아내는 이렇게 말했다.

그리고 그 후 아내는 그 조그만 체구로 암 치료에 도움이 된다고만 하면 무슨 일이든 물불을 가리지 않고 덤벼들었다.

온갖 약초를 구입하고, 암에 좋다는 음식들을 만드는 등 잠시도 쉴 틈이 없이 나를 간호하면서 정작 자신의 몸은 다 망가뜨려 버렸다.

설악산 대청봉을 거뜬히 오르던 사람이었다. 한라산 백록담에서 사진을 찍던 기억이 생생하다. 그러던 아내가 등산이라는 것을 접은 지 오래되었다. 체력이 소진되어 계단을 조금만 올라가도 숨을 헐떡인다.

"내 눈이 왜 이러지?"

눈앞이 캄캄하게 보이질 않는다며 어느 날 안과를 찾은 아내는 황반변성이라는 처음 듣는 병명의 진단을 받아들고 왔다.

눈 안의 실핏줄이 터져 시력이 손상되는 병인데, 치료 방법도 없고 원상회복도 되지 않는다는 말을 듣고 아내는 울었다.

운전도 하지 못할 정도로 희미하게 남은 시력을 가지고 그나마 악화되는 것을 막기 위해 정기적으로 안과에 가서 검진을 받는다.

과로와 스트레스가 그 원인임이 분명하다.

환자인 나는 누워서 주사 맞고 주는 밥 먹는 것이 일이었고, 실제로 암과 싸우는 사람은 아내였다.

내가 입원할 때마다 아내는 아예 3일분의 음식을 집에서 만들어 병원으로 가지고 갔다. 조금이라도 입맛에 맞는 음식을 먹이기 위해서.

죽과 밥 그리고 국물과 반찬까지 여러 가지를 장만하다 보면 한 트렁크 가득하다. 내가 여러 번 입원하는 동안 이렇게 철저하게 먹을 음식을 준비해 오는

다른 환자나 보호자를 한 번도 본 적이 없다.

주변 사람들은 하나같이 아내에게 잘해야 한다고 입을 모으지만 제 버릇 개 못 준다고 나는 여전히 수시로 아내의 속을 긁어놓곤 한다.

그렇지만 왜 모르겠는가?

나의 간병을 위해 자신의 인생을 접어버린 사실을.

그 눈물겨운 노력이 내 목숨을 지금껏 살려놓고 있다는 것을.

암이란 궁극적으로 환자 자신의 의지와 노력으로 극복될 수 있지만, 간병인의 희생 또한 그에 못지않게 커다란 의미가 있다는 것을.

간병인의 그러한 노력을 안다면 나는 어떻게 해야 할 것인가?

마음 굳게 먹고 암과 맞서야 하지 않겠는가?

의연하게 생활하는 것이 아내의 노력에 보답하는 길이 아니겠는가?

언젠가 입원했을 때 내 휠체어를 미는 아내에게 이렇게 말했다.

"아마도 당신은 전생에 내게 엄청 죄를 많이 지었나 보다. 그래서 지금 나를 위해 이 고생을 하는 거겠지."

43. 무리하지 말라 - 운동

운동이 좋다는 것을 모르는 사람은 없다.

암 환자들은 특히 운동을 많이 한다. 아마 걷기를 많이 할 것이다.

나도 많이 걸었다.

수술이 끝나면 그다음 날부터 병원 복도를 걸었다. 두 번째 수술했을 때는 밤 9시에 수술이 끝났는데 의사가 6시간 동안은 잠들면 안 된다고 해서 그냥 새벽 3시까지 복도를 걸어 다니기도 했다.

하루 만 보를 걸으면 좋다는 것은 거의 정설처럼 굳어진 듯하다. 만보기라는 기계를 가지고 자신의 걸음 횟수를 확인하며 걷는 사람도 많다.

그러나 환자들은 자신의 몸에 맞추어 걸어야 한다. 만 보를 걸으면 좋다고 무리해가면서까지 걸을 일은 아니다.

백 보를 걷고 피곤하다 싶으면 거기에서 멈추어야 한다. 걸음의 횟수가 기준이 될 수 없다. 내 몸이 기준이 되어야 한다.

조금씩 자주 걷는 것이 가장 좋을 듯하다.

걷기를 예로 들었지만 다른 운동도 마찬가지다.

운동이 좋다고 무리하게 하지 말라는 것이 나의 주장이다.

천성이 게을러터져서 걷기보다 방구석에 뒹굴기를 좋아하는 내가 핑계 삼아 하는 말이기도 하지만 무리하지 말자는 말은 맞을 것이다.

그렇다면 어느 정도 운동하는 것이 무리하지 않는 것일까?

이 말을 하고 싶다.

"피곤을 느끼면 곧바로 쉬어라."

44. 무리하지 말라 - 장거리 여행

암 수술을 하고 나서 해외여행을 다녀온 후에 암이 재발하여 죽는 경우들 주위에서 가끔 보고 듣기도 했다. 왜 그럴까?

여행 자체가 암 재발의 원인이 되지는 않을 것이다. 그리고 암이 재발했다고 해서 다 죽는 것도 아니다. 내 경우만 보더라도.

또한 여행 자체에서 삶의 의미를 찾는 사람도 많은데 이런 환자들은 여행이 오히려 치료에 도움이 되지 않을까?

그럼에도 나는 암 환자에게 해외여행 같은 장기간의 여행은 자제하라고 말하고 싶다.

여행은 건강한 사람에게도 피곤한 일이다. 특히 단체 여행을 하게 되면 전체적인 일정에 따라 움직여주어야 한다.

암 환자들은 피곤하면 쉬어야 한다. 즉 자신의 몸에 맞추어 일정을 소화해야 하는데 단체여행에서는 그럴 수가 없다.

내가 피곤하다고 대열에서 이탈할 수도 없고 다른 사람들이 나에게 맞추어 움직일 수도 없는 노릇이다.

해외여행 후 힘들어하는 환자를 보기도 했다. 당연한 일이 아니겠는가? 해외여행이 암의 재발과 죽음의 원인이라고 단정 지을 수는 없으되 무리한 일정이 환자에게 해로운 것은 분명하다.

여행 자체가 문제라는 말이 아니다.

무엇을 하든지 무리해서 피곤이 쌓이게 하지 말자는 이야기이다.

45. 어울려라

자신이 암에 걸렸다는 사실을 타인들에게 알리는 것을 꺼리는 환자들이 많다. 그분들의 마음은 충분히 이해하고도 남는다.

그러나 병은 자랑하라고 했다. 암도 마찬가지다.

모든 병과 마찬가지로 암도 누구나 걸릴 수 있다. 내 잘못이 아니다. 모든 병과 마찬가지로 암도 치료될 수 있다. 지레 포기할 일이 아니다. 숨지 말고 내 병을 자랑하며 지인들과 어울리며 살아가기를 권한다.

암 환자들은 운동을 많이 한다. 많이 해야 한다. 모두가 운동의 필요성을 강조하고 강조한다. 일반인도 마찬가지이지만 하물며 암 환자임에랴.

그런데 이 말은 어떤가?

혼자 열심히 운동하는 사람과 그냥 지인들과 어울려 사는 사람을 비교해 보면 홀로 운동하는 사람의 노쇠 위험이 3배가 더 크다는 실험 결과가 있단다. 운동을 하면 물론 좋지만, 남들과 어울리는 것이 더 좋다는 이야기이다.

일반인들을 대상으로 한 실험이지만 환자라고 다르겠는가?

이 수다 이야기는 다음 장에서도 계속된다.

어울려라.

일반인들의 실험에서 안 늙는 비결이 어울려 수다를 떠는 것이라면 암 환자에게도 똑같이 적용될 것이다. 수다를 떨자.

46. 암과 에너지의 소모

암은 소모성 질환이다.

암 환자들은 에너지의 소모를 막기 위해 많은 노력을 한다.

말을 하면 에너지의 소모가 많아진다. 누구나 장시간 말을 하면 피곤을 느낀다. 그래서 특히 암 환자들은 말 수를 줄이는 경우가 많다.

나는 말이 많은 편이다. 좋게 말해서 달변가이다. 모임에서는 으레 사회를 맡는다. 한 번 마이크를 잡으면 몇 시간이고 이른바 썰을 푼다.

지인들은 모두 나의 입담을 인정해주고 있는데 아내는 걱정이 크다. 말 수를 줄여야 한다고 사정하다시피 충고(?)하곤 한다.

아내에게 대놓고 반박은 안 하지만 내 생각은 조금 다르다.

언젠가 병원에 입원했을 때 같은 병실에 있던 다른 환자의 보호자에게서 들은 이야기가 마음에 와닿았다.

"내 친구 한 명이 췌장암에 걸렸습니다. 수술은 했는데도 3개월 정도 살 수 있다고 했거든요. 그런데 이 사람은 친구들 모임에 빠짐없이 참가하며 마이크를 잡고 사회를 봅니다. 그리고 이렇게 말합니다. '야, 너희들. 나는 앞으로 3개월밖에 못 산다고 하니 나한테 잘 해야 돼.' 하면서 쉼 없이 떠들어대는데 지금까지 몇 년째 잘 살고 있습니다."

말을 하면 에너지가 소모된다. 그러나 즐거운 마음으로 말을 하면 기분이 좋아진다. 긍정적인 에너지가 분출된다고 나는 믿는다.

이미 와 버린 암. 그러나 이왕 사는 삶, 즐겁게 살아야 하지 않겠는가? 그것이 암 치료에 도움이 된다면 더욱 그래야 하지 않겠는가?

47. 웃어라

'웃음'이라는 단어는 참 좋은 의미를 많이 담고 있다.

'웃음 치료'에 관한 글을 읽어보면 웃음은 면역력을 증가시켜 병에 저항하는 힘을 길러준다고 하니 웃음만으로 웬만한 병은 이겨낼 것도 같다.

암에 걸려 마음이 심란한데 어떻게 웃느냐고?

억지로 웃어라. 우리의 뇌는 진짜 웃음과 가짜 웃음을 구별하지 못해서 억지로 웃어도 그 효과는 즐거울 때 웃는 것과 똑같단다.

이 말이 생각나 나도 억지로 웃어 보았다.

암 판정을 받고 입원했을 때, 수술 후 회복하는 기간에, 아침 면도하면서 혹은 혼자 화장실에 앉아서… 나는 웃었다. 틈만 나면 억지로 웃었다. 박장대소하면 더 좋겠지만 다른 사람들도 있는데 그럴 수는 없고 그냥 낮은 소리로 흐흐흐, 허허허, 하하하 하고 웃었다. 뭐, 기분이 좀 좋아지는 것도 같았다. 그것만으로도 괜찮지 않아?

그래서 나는 여러분들께도 웃으라고 권한다.

앞에서도 이런 말을 했지만 웃는다고 해서 돈이 드나, 힘이 드나, 아니면 무슨 부작용이 생기나? 손해 볼 것 하나도 없다.

혹시 알아? 정말로 웃음이 내 암 치료에 도움이 될지.

"행복해서 웃는 것이 아니라 웃음으로써 행복해진다." 이 말을,

"건강해서 웃는 것이 아니라 웃음으로써 건강해진다." 이렇게 바꿔보아도 무방하지 않을까?

48. 암에 대한 속설들

2020년 펜벤다졸이라는 개 구충제가 세상을 떠들썩하게 했다. 암 치료에 효과가 있다는 소문이 떠돌면서 그 약은 품귀현상을 빚었다.

치료 효과에 의학적 근거가 있느냐 없느냐로 갑론을박이 분분했다.

결국 의학적 근거가 없는 것으로 판명되고 그 이야기도 수그러들었다.

개똥쑥이 암에 좋다는 소문도 한때 파다했다.

암 환자들은 개똥쑥을 구하기 위해 애를 썼을 것이다. 어느 날 내가 다니는 병원 진료실 복도에 '개똥쑥이 항암 효과가 있다는 것은 사실이 아닌 것으로 판명되었습니다.'라는 내용의 글이 붙어 있었다.

암 환자들 사이에는 "어떤 것이 암에 좋다고 하더라."라는 여러 말들이 참 많이도 떠돌아다닌다.

쇠비름, 겨우살이 등으로 효소를 담고 와송, 차가버섯 등을 먹는 사람들도 많다. 아내 역시 좋다는 것들을 구하기 위해 애썼다.

폐암에 좋다고 낚시로 낚은 복어의 배를 가르고 그 자리에서 그 독성이 강한 알을 날로 먹는 장면을 방송에서 보기도 했다.

부추를 간 즙에 요구르트를 섞어 마시면 좋다거나 뜨거운 물로 파인애플주스를 만들어 먹으면 좋다거나…….

지푸라기라도 잡고 싶은 암 환자들인데 암에 좋다고 한다면 무슨 일이든 마다하랴. 그리고 그러한 행동을 누가 뭐라 할 수 있으랴.

세간에 떠도는 소문에 대해 의학적으로 분석하는 것은 참 잘하는 일이다. 그러나 암 환자들이 의학적으로 근거도 없는 일을 시도한다고 해도 결코 비난할 수 없다. 비난해서도 안 된다.

의학은 과학적이지만 완벽한 것은 아니다. 설령 의학적으로 효과가 없는 일일지라도 암 환자가 원한다면 못 해줄 이유가 없다.

단, 무조건 하는 것보다 먼저 암을 앓았던 사람들의 말을 참고하라. 가급적 여러 사람의 말을 들을 수 있다면 더욱 좋다.

그중에 내가 하고 싶은 것들을 골라서 하라. 이것저것 다 해보고 그중에서 제일 낫다고 여겨지는 것들을 골라서 해도 좋다.

2022년 9월 모 신문에 '말기 암 판정 2개월 만에 완치⋯ 맨발 걷기가 기적 만들어'라는 기사가 떴다고 친구들이 단톡방에 올렸다.

전립선암 말기 환자가 산길을 맨발로 수개월 걸었더니 암이 없어졌다는 것이다. 담당 의사는 기적이라며 의학적으로는 설명할 수 없다고 했다.

그러게, 암 고치기가 이렇게 쉽다면 누가 암을 두려워하랴.

그 사람은 맨발 걷기로 암을 고쳤다고 믿고 있으나 누구나 그렇게 암을 고칠 수 있다는 근거는 없다. 그러나 의학적 근거가 없다고 해서 무조건 그 환자의 사례를 믿을 수 없다고 부정할 수 있을까? 또 그럴 필요가 있을까?

맨발 걷기는 누구나 쉽게 할 수 있는 운동이다. 일반인도 해 볼 만한 운동일진대 암 환자들이 실행해서 해로울 것은 또 무엇일까?

이런 기사가 뜨기 전에도 특별한 병도 없는 사람들이 자신의 건강을 위하여 맨발로 걷는 것을 가끔 보기도 했다.

특별히 어려운 일도 아니고 무슨 부작용을 걱정할 것도 없다.

그냥 즐거운 마음으로 걷다 보면 기사에 나온 사람처럼 암이 없어지는 환자들이 생길지 누가 알겠어?

3개월 선고를 받고도 5년째 살고 있는 내 친구는 이렇게 말했다.

"암에 좋다는 것을 하도 많이 해봐서 만약에 내가 암이 낫는다면 무슨 방법으로 낫게 된 것인지 알 수도 없을 것이네."

그리고 그 친구도 즉시 산길을 맨발 걷는 사진을 카톡에 올렸다.

세간의 속설 중에서 하고 싶은 일이 있으면 하라. 하지 않고 후회하는 것보다 하고 나서 후회하는 것이 훨씬 좋은 일이다.

나의 경우 일단 병원 치료의 효과가 좋아서 특별하게 민간요법을 병행하지 않고 있다. 온갖 곡물들을 섞어서 아내가 끓여주는 '해독 주스'가 항암약물의 독성을 제거하는 데 좋다고 "특별히" 먹고 있는 거의 유일한 음식이다. 아내가 애써 담가 놓은 그 많은 종류의 효소를 아직 먹지 않고 있다.

그러나 나이 들고 병원 치료가 조금씩 힘들어진다고 느끼는 지금 암의 재발 여부와 관계없이 몇 가지 민간요법들을 병행해 볼 생각이다.

담근 지 10년이 다 되어가는 효소를 먹는 것은 물론이고 사람들이 좋다고 하는 것 중에서 내가 하고 싶은 것을 골라서 두어 가지 해봐야겠다.

거기에다 맨발 걷기도 병행해서.

49. 내가 읽은 책의 분석 1

암 판정을 받고 입원하자 지인들이 암에 관한 책들을 사다 주었다.

그 책들을 읽어보고 내 나름대로 생각한 바를 적어본다.

처음 읽은 책은 나처럼 직장암을 앓았던 사람이 쓴 책이었다.

직장암으로 수술했으나 재발한 것도 나의 경우와 같았다. 더구나 그 사람도 나와 똑같이 돼지고기와 소주를 즐겨 먹었다고 했다. 그러니 당연히 고기와 술 때문에 직장암이 생긴 것으로 생각하고 있었다.

그는 수술 후 직장암이 재발하자 산속으로 들어가 자연식으로 암을 극복했다고 했다. 자연식은 단순히 채식을 말하는 것이 아니라, 농약 등을 사용하여 인위적으로 재배하는 것이 아닌 그야말로 순수한 자연 상태에서 구한 식물성 음식을 말한다고 했다.

철저한 자연식을 통해 모든 암이 치유될 수 있다고 주장한다.

그는 산속에다 암 환자를 위한 요양시설을 지어서 운영하는데 급식은 전부 자연식이며 동물성 음식은 '멸치 한 마리도 없다.'고 강조했다.

더불어 우리 몸에 필요한 단백질은 자연식(채식)을 통해서도 충분히 섭취할 수 있다고 주장한다.

자연식 혹은 채식이 몸에 좋은 것은 맞는 이야기이다. 또한 그가 자연식을 통해서 암을 극복한 것도 사실일 것이다. 그렇다면 모든 암 환자들이 완벽한 자연식을 한다면 암을 극복할 수 있을까?

그럴 수만 있다면야 얼마나 좋겠는가? 앞에서 언급했다시피 사람들은 각자 자신이 옳다고 여기는 방법으로 암에 대처한다.

그 방법으로 성공한 사람들은 그 방법을 믿을 것이나 자신만의 방법을 모두에게 일반화시킬 수는 없는 노릇이다.

이 책의 저자도 "나는 의사가 아니다."라면서 자신의 주장에 대한 퇴로도 열어두고 있다.

나는 자연식(채식)의 좋은 점을 인정하면서도 체력 회복을 이유로 고기를 먹고 있다. 항암 약물치료를 받을 때 체력은 참으로 중요하다. 더구나 수술 후 체력 회복을 위해서도 나는 육식을 자주 한다.

앞에서 자주 언급한 의사도 강연에서 채식만 하고 온 환자는 체력 때문에 치료하는 데 애를 먹었다고 했다.

그리고 암 환자에게 좋은 육식으로 개고기와 오리고기를 추천했다.

개고기를 언급했다고 화를 내는 분들이 있을지 모르겠다. 여기서는 '약(?)'으로 이야기한 것으로 이해해 주기 바란다.

해물은 좋은 단백질원으로 의사들이 추천하는 음식이다.

그래서 내 생각은 이렇다. 음식은 몸에서 요구하는 것을 먹어야 한다. 그 몸에서 요구하는 음식이 무엇인지는 사람마다 다를 것이다.

주의할 사항도 있다. 입맛에 맞는 음식이 무조건 내 몸이 요구하는 음식은 아닐 것이다. 단 것은 몸에 해로우나 입맛에 맞을 수 있다. 매운 음식을 좋아하는 것도 입맛이지 몸맛(?)은 아닐 것이다.

내 몸이 진정 원하는 음식이 무엇인지 곰곰이 생각해 볼 노릇이다.

50. 내가 읽은 책의 분석 2

두 번째로 읽은 책은 기도와 정신력으로 암을 이겨낼 수 있다는 내용이었다. 저자는 병원에서 환자들의 상담을 담당하고 있는 듯했다.

기독교 사상이 투철한 듯 기도의 힘을 강하게 믿고 있었다.

한 암 환자가 절실한 심정으로 간절히 기도했더니 암세포들이 씻은 듯이 소멸하였다는 이야기도 나온다.

나 역시 정신세계를 믿는다.

이 책의 제목부터가 암에게 말을 걸고 있지 않은가?

또한 기도는 치료에 효과가 있다는 의사의 말도 인용했었지.

그리고 암 환자들에게 기도하라고 했다.

벌새가 불구덩이에 물방울을 떨어뜨리는 마음으로 기도하면 절대자는 산신령이 되어 비를 내려 줄 것이라고도 했다.

단, 무조건 살려달라고 구걸할 것이 아니라 모든 것을 절대자에게 맡기는 심정으로 기도하라고 주제넘은 충고까지 곁들였다.

그래서 '아. 이 사람은 종교적인 정신세계를 이야기하고 있구나.'하고 생각하면서 읽었다.

다른 병도 마찬가지겠지만 암 또한 마음가짐은 대단히 중요하다.

종교적 신념 또한 중요하다.

참된 신앙인이 정갈한 마음으로 기도하면 암 치료에 분명 효과가 있을 것이라고 공감하며 이 책을 읽었다.

51. 내가 읽은 책의 분석 3

세 번째로 읽은 책은 한 외과 의사가 쓴 것으로 앞장 〈36. 내 몸에 맞추어 치료하라〉에서 그 내용의 일부를 인용하기도 했다.

저자는 나름 자부심 많은 외과 의사였던 것 같다.

기독교인으로서 깊은 신앙심을 바탕으로 환자를 돌보았다. 위암 환자를 수술하고 환자가 회복할 때까지 정성을 다해 보살피는 마음이 글의 곳곳에 묻어나왔다. 참 훌륭한 의사라는 생각을 하며 책을 읽었다.

누구보다도 많은 위암 환자를 수술했다는 그는 어느 날 메스를 놓아버린다. 메스의 필요성을 인정하지 않는 게 아니라, 메스 즉 수술이 암을 치료하는데 만능이 아니라는 것을 인정하기 때문이라고 했다.

그리고 보완통합의학(대체의학)으로 환자를 돌보기 시작한다.

암을 초기에 발견하고 깔끔하게 수술하여 예후도 아주 좋던 환자가 갑자기 재발하여 죽기도 하고 반대로 치료를 포기하고 돌려보냈던 환자가 죽지 않고 살아 있는 것을 보고 생각 끝에 내린 결론이라고 했다.

늘 말했듯이 암은 그렇게 아무도 모르는 것이다.

어쨌든 그 의사는 환자들의 생활을 개선함으로써 암에 대처하도록 초점을 맞추었는데 그래서 앞장 〈36. 내 몸에 맞추어 치료하라〉의 사례처럼 약물치료를 거부하는 환자에게 선선히 그렇게 하라고 했을 것이다.

그는 특히 나이 든 사람들의 암 수술을 강력히 반대하고 있었다.

나이 든 암 환자의 가족들은 "이대로 돌아가시면 한이 맺힐 것 같아서" 수술이라도 한번 해드리고 싶다는 효심을 내보이지만, 그는 나이가 들수록 수술의 후유증이 더 크다면서 극구 만류한다고 했다.

누군가가 "만약 당신의 부모님이 이런 경우를 당한다고 해도 수술하지 않을 것이냐?"라고 묻는다면 당연히 그럴 것이란다.

그 책의 내용 중에 가장 인상 깊은 내용을 요약해 본다.

"우리 몸의 인체 방어망은 건강할 때나 아플 때나 존재하고 있다. 그런데 수술은 그 인체의 방어망을 극단적으로 깨뜨려 버린다."

그는 인체의 방어망을 작동시켜 암에 대처하는 방법을 찾는 것 같았다.

수술과 같은 극단적인 방법으로 암을 쫓아내는 것이 아니라 암을 살살 달래는 방법이 최선이라고 여기고 있는 듯 보였다.

많은 부분 공감하면서 읽었다.

52. 내가 읽은 책의 분석 4

네 번째로 읽은 책은 한방으로 암을 치료하는 사례였다.

옻의 성분을 추출해서 만든 한방 약물로 암을 치료한다고 했다.

옻은 칠하는 데 쓰인다. 어떤 물건에 옻을 입히는 작업이 칠이다.

저자는 암을 옻의 성분으로 감싸줌으로써 암의 성장을 억제하는 원리로 암을 치료하는 것이라고 설명하고 있었다.

무슨 말을 하는지 이해할 수 있었다.

치료의 대상은 한 번 수술했음에도 암이 재발한 환자나 말기 암 환자가 대상이라고 하니 참 반가운 일이 아닐 수 없다.

더구나 완치율도 높다고 하니 그야말로 금상첨화가 아니겠는가?

하지만 의학적인 검증과정이 없다는 이유로 양의학 쪽과 팽팽히 대립하고 있는 것 같다. 재판까지 갈 정도로 갈등이 심한 모양이다.

암 환자의 입장에서 본다면 참으로 안타까운 일이다.

어쩐지 밥그릇 싸움으로 보이기도 한다. 정부가 관여해서라도 과학적인 검증 절차를 거쳐 확실한 결론을 내주었으면 좋겠다.

암의 치료는 인간의 생명에 관한 문제이기 때문이다.

53. 제목 정하기

〈생활하지 않는 삶은 삶이 아니다〉

이 투병기를 쓰기 시작할 때 마음속으로 정해 놓은 제목이었다.

나름대로 많은 의미를 부여하면서 이런 제목을 정했었다.

생활한다는 것은 암의 치료에만 매달리지 않겠다는 생각이다.

내 삶을 의미 있게 이어가겠다는 각오이다.

만에 하나 암 치료에 실패하여 암이 내 목숨을 앗아갈지언정 암으로부터 도망가지 않고 당당히 맞서겠다는 의지의 표명이다.

그리고 또 생활한다는 것은 마음의 여유를 갖겠다는 생각이다.

마음이 여유롭지 아니한 채로 어찌 생활을 계속할 수 있겠는가?

생활한다는 말은 평정심을 유지한다는 또 다른 표현이다.

그렇게 여유로운 마음으로 하던 생활을 계속하면서 암을 치료하겠다는 생각으로 그렇게 제목을 정했던 것이다.

고교 동기인 박태동 친구가 이런 나의 설명을 듣고 말했다.

"의미는 참 좋으나 제목이 너무 길다고 느껴지는데…"

그런가? 그래서 그 자리에서 다른 제목을 생각해 보았다.

〈지금 무엇을 할 것인가?〉

암은 아무도 모른다. 모르기 때문에 공포스럽기도 하다. 하지만 모른다고 해서 무조건 무서워하고만 있을 것인가? 어차피 모르는 암이라면 그래서 내가 죽을지 살지 모르는 것이라면 왜 포기를 해? 무언가 해야 하지 않겠어? 무엇인가를 하다 보면 어떤 결말이 나겠지. 결과를 예단하지 말고 지금 내가 할 수 있는 일을 하는 거야. 앞에서 말한 벌새 이야기처럼.

나는 다른 암 환자들에게 이런 말을 많이 해주었다.

"암은 금방 죽는 병이 아니다. 여유를 가지고 일단 지금부터 무엇인가를 해

보자. 어떤 결과가 올지 누가 알겠는가? 그냥 묵묵히 지금 할 일을 하면서 우리의 삶을 이어가는 것이 최선이 아닐까?"

이른바 진인사대천명(盡人事待天命)을 강조하는 제목인데 이 말을 들은 그 친구가 또 이런 말을 했다.

"너무 진지하고 심각한 것 같아."

그런가? 참 독자의 맘에 드는 제목 하나 만들기 힘드네.

나는 이야기를 계속했다. 친구들은 입담이 좋은 내 이야기를 잘 들어준다. 곧잘 좌중을 웃기는 나는 지인들 사이에서 손꼽히는 논객(?)이다.

"암 판정을 받자 나는 암에게 내가 죽으면 너도 죽는다고 했지."

이 말에 많은 친구들이 웃었다. 순간 내 투병기의 제목들에 대해 자신의 의견을 이야기해 주던 그 박태동 동기가 얼른 "그거 제목으로 하면 좋겠다."라고 하는 것이 아닌가?

듣고 보니 그럴듯했다.

어찌 보면 웃기는 소리 같기도 하다.

그러나 여러 번 설명했다시피 정신세계를 강조한 말이다.

암 치료에 정신적인 면이 크게 작용한다는 믿음이 들어있는 말이다.

그렇게 이 책의 제목이 정해졌다.

〈내가 죽으면 암(癌) 너도 죽는다〉

54. 암 그리고 삶

1부를 마무리하기에 앞서 가만히 생각해 본다.

많은 사람이 암이라는 병에 대해 '모 아니면 도'라고 생각하는 것은 아닐까? 암에 걸리면 완치되거나 아니면 사망하거나. 더구나 완치될 확률이 낮기 때문에 모가 나오는 것은 기적이며 대부분 도가 나올 것이라는 인식이 마음속에 자리 잡고 있지 않을까?

절대 그렇지 않다고 나는 지금껏 힘주어 말해왔다. 도와 모 사이에 개, 걸, 윷이 있듯이 사망과 완치 사이에도 우리의 삶은 있다.

우리는 암도 모르고 삶 또한 모른다.

암도 모르고 삶도 모르는데 어째서 암에 걸리면 기적 같은 완치가 아니라고 사망이라고 단정 짓고 삶을 포기해 버릴까?

암에 걸리면 삶은 힘들어진다. 절대로 쉬워지지 않는다.

그러나 어려움 속에도 분명 의미 있는 삶이 있다. 그 의미 있는 삶에 생각의 초점을 맞추자는 것이다. 완치? 사망? 이 두 가지의 생각에 갇히지 말자는 것이다. 모가 나올 확률이 낮다고 해서 무조건 도가 나온다고 생각하지 말자는 것이다. 아예 도, 개, 걸, 윷, 모라는 생각에서 벗어나자는 것이다. 그냥 최선을 다해서 내 앞에 펼쳐진 윷놀이 말판에 네 개의 말을 던져보자는 것이다. 무엇이 나오든 그것이 나의 삶이다.

그리고 그렇게 최선을 다한 나의 삶에 의미를 부여하자는 것이다. 그 의미를 부여하는 일이 행복이라고 나는 생각한다.

그렇게, 나는 암에 걸리고 나서 10여 년을 행복하게 살고 있다.

55. 죽음의 문 앞에서 삶을 바라보며

보라.

세상에는 얼마나 많은 삶들이 명멸하고 있는지.

수많은 생명이 탄생하고 또한 사라진다.

우리의 삶 또한 마찬가지다.

누구나 그러하듯이 우리 또한 언젠가는 스러질 목숨이 아니던가?

죽지 않는 자 세상 어디에 있단 말인가?

어차피 죽는다고 함부로 해도 괜찮을 우리의 목숨인가?

암이 없으면 소중한 목숨이고 암에 걸리면 의미 없는 목숨인가?

목숨은 똑같은 것이다.

사는 것은 똑같은 것이다.

똑같이 의미 있게 살아야 하는 것이다.

그까짓 암 따위야 있으면 있는 것이고 없으면 없는 것이지

그로 인해 내 삶의 의미가 달라질 것은 또 무엇인가?

저 문, 죽음의 문을 똑바로 바라보자.

누구나 언젠가 들어가야 할 저 문.

삶이라는 것이 사실은 죽음을 향해 걷고 있는 것이 아니던가?

하루를 살았다는 말은 죽음에 하루 더 가까워졌다는 말이 아닌가?

암에 걸렸다고 곧바로 죽음의 문으로 들어가는가?

절대 그렇지 않다는 것을 우리는 알고 있지 않은가!

담담한 마음으로 우리의 삶을 살아가자.

인생은 꿈을 꾸는 것.

꿈을 꾸며 한 걸음씩 걸어가자.

생활하는 것이 바로 인생이 아니겠는가?

왜 절망하며 생활을 포기해야 하는가?

그냥 생활하며 사는 거야.

지금 무엇을 할 것인가를 생각하고 실천하며 사는 거야.

우리는 암을 극복해야만 살 수 있는 것이 아니라,

극복해 가는 과정 중에도 살고 있는 거야.

암을 무시하며 살다 보면 암도 슬며시 물러날지 몰라.

암에게 이렇게 말하며 사는 거야.

"내가 죽으면 너도 죽는다."라고.

암도 알아들을 것 같지 않아?

그렇게 하루 또 하루씩 걸어가는 거야.

걷다 보면 언젠가 저 죽음의 문에 다다르겠지.

모든 사람이 그러하겠지.

모든 사람이 그러할진대 왜 죽음만을 바라보며 살아야 해?

암에 걸리지 않았을 때처럼 삶을 바라보며 사는 거야.

그렇게 즐겁게 사는 거야.

그거 알아?

사실은 말이야,

그렇게 즐겁게 사는 것이

암을 극복할 수 있는 가장 효과적인 방법인 거야.

2부

투병
- 10년의 기록

1. 암을 선고받다

"선생님. 제가 암인가요?"

젊은 여자 의사 선생님의 얼굴이 굳어진다. 이 사람은 마음이 참 여린 것 같다. 암이란 말을 하기가 무척이나 어려운 듯 머뭇거리고 있다.

"말기인가요?" 재차 묻는 말에 얼굴이 창백해진다. 그 모습이 안쓰럽기까지 해서 나는 픽 웃으며 오히려 위로하듯이 덧붙여 말했다.

"환자가 병을 확실하게 알아야 맞서 싸울 수 있지 않겠어요?"

"그렇다면……."

굳어졌던 얼굴이 풀리면서 의사 선생님은 비로소 대꾸했다.

대장 내시경을 했는데 직장에서 종양이 발견되었다. 악성인지 아닌지를 알아보기 위해 조직검사를 하는 동안 나는 그 병원에 입원해 있었다.

2012년 10월 24일. 그 결과가 나온 것 같은데 이 착한 의사 선생님은 환자한테 직접 사실을 말하기가 무척이나 어려운 모양이다.

"CT 촬영 결과 암이 간과 폐까지 전이 된 상태입니다."

"수술하면 되나요?" 옆에 있던 아내가 긴장된 표정으로 묻는다.

"수술은 불가능합니다."

아내의 표정이 절망적으로 바뀐다. 의사 선생님은 말을 이어 나갔다.

"표적치료제를 써야 할 것 같습니다. 아바스틴이라는 신약이 있는데……."

"그런데요?" 지푸라기라도 잡는 심정일지, 아내가 다급하게 되묻는다.

"그 약을 한번 투여하는데 500만 원 정도가 듭니다. 12회를 투약해야 하는데… 돈을 마련할 수 있으실까요?"

나중에 안 사실이지만 항암 약물을 1회 투여하는데 약 100만 원의 비용이 든다. 그중 95%는 의료보험으로 해결되어 환자가 부담할 비용은 5만 원 정도이다. 그런데 개발된 지 얼마 되지 않은 신약은 보험이 되지 않아 정해진 비용을 모두 환자가 부담한다고 한다.

치료에 앞서 돈을 언급하는 의사를 야박하다고 할 수는 없다. 그 비싼 약을 무작정 쓸 수는 없지 않겠는가?

"마련할 수 있습니다." 아내는 얼른 대답했다.

참, 진작 암 검사를 해 볼 걸. 아니면 내시경이라도 해 볼 걸.

후회란 아무리 빨라도 이미 늦은 것!

나는 내가 암에 걸릴 것이라는 생각을 해 본 적이 결코 없다. 나는 암에 걸리지 않을 것이라는 확신이 있어서가 아니라 암이란 질병 자체를 염두에 두고 있지 않았다는 말이다. 대부분의 사람도 나와 같은 생각이리라.

아프지 않은 이상 병원에 가기 싫어하는 것은 당연한 심리가 아니겠는가? 그래서 많은 사람은 예방적 정기 검진을 하지 않고 그냥 살아간다.

그러다 주위에서 누가 어떤 병에 걸렸다더라 하면 화들짝 놀라 '어쩌면 나도?' 하는 마음에서 병원을 찾아 진찰해 보는 사람들도 있고, 그러거나 말거나 나와는 상관이 없다는 듯 그대로 살아가는 사람들도 많다. 물론 그대로 살아도 별 탈이 없을 수도 있지만, 나처럼 사달이 날 수도 있다.

그래서 정기 검진은 참으로 중요하다. 뒤늦은 깨달음이다.

2. 암의 징후들

암은 자각증상이 아주 늦게 나타난다. 자각증상이 나타날 때쯤에는 이미 암이 심각한 상태까지 진행되어 있어서 대부분 치료에 애를 먹는다.

나의 경우가 딱 그랬다.

돌이켜 생각해 보면 '그때라도 병원에 가서 진찰받아 보았더라면 훨씬 경미한 상태에서 암을 발견하여 수월하게 치료할 수 있었을 텐데……' 하고 후회하는 마음이 드는 상황들이 분명 있었다.

건강을 과신하는 사람들은 건강 검진을 소홀히 한다. 특히 운동을 좋아하는 사람들은 몸에 이상 증상이 와도 대수롭지 않게 여기는 경우가 많다.

'이런 증상쯤이야 하던 운동 계속하면 금방 좋아지겠지.' 혹은 '뭐, 이제 나이도 먹을 만큼 먹었는데 이 정도 피곤한 것은 늙어가는 자연스러운 현상 아니겠어?'라고 생각하기 쉽다. 주변에서 가끔 듣는 말이다.

썩 잘하지는 못해도 운동을 좋아하는 나는 배구며 탁구에 열을 올렸다.

배구에서는 나이 60에 주전 공격수로 활약하여 주변 학교와의 지구대회에서 우승한 것이 말기 암을 선고 받기 4개월 전이었다.

국가대표 경력이 있는 탁구 지도 교사에게 레슨을 받을 때 몸무게가 2~3Kg씩 빠지는데도 운동으로 인하여 몸무게가 빠지는 것으로 생각했다.

교사인 나는 2년마다 꼬박꼬박 공무원 건강 검진을 받았다.

그리고 한 번도 재검을 받아 본 적이 없이 몸의 모든 상태 - 예를 들어 혈압, 당뇨, 콜레스테롤 수치 등등이 수십 년간 정상을 유지하고 있어서 신체적 이상에 따른 질병을 염려해 본 적이 없었다.

그 건강 검진에 암 검사는 빠져 있는 점이 이제 생각해 보면 아쉽지만, 비용을 따로 지불하며 암 검사를 해 볼 생각은 당연히(?) 하지 않았다.

치질이 있은 지 꽤 되었다.

암을 발견하기 1년 전쯤 혈변이 나왔을 때도 치질이겠거니 했다.

아내는 치질이건 뭐건 빨리 병원에 가서 치료해버리자고 닦달했지만 바쁘다는 핑계로 차일피일 미루었다. 이때 아내의 말을 들었더라면 훨씬 더 일찍 암을 발견했을 것이고 치료 또한 한결 쉬웠을 것이다.

바쁘다, 바쁘다 하면서 병원 가기를 미룬 것은 사실은 병원에 가기 싫어 핑계를 댄 것이다. 병원 갈 틈도 없을 만큼 바쁠 일이 뭐가 있겠는가?

그 후 화장실 출입이 잦아지고, 변이 가늘어지고, 화장실에서 나온 후에도 잔변감이 남아 있는 증상이 나타날 때도 치질이겠거니 했다.

왜 나는 치질이라는 생각에만 매달렸을까?

우리는 세상을 보고 싶은 대로 보고, 듣고 싶은 것만 들으며 살아간다. 그렇게 나 좋을 대로 생각하며 살아간다.

치질은 병이랄 것도 없다. 내 몸의 증상을 내 멋대로 치질이라고 단정해버렸던 것은 사실은 치질이면 좋겠다는 바람이었을 것이다. 암이라는 생각을 하지 않은 것은 그렇게 생각하기가 싫었다는 표현이 맞을 것 같다.

더구나 암에 걸려 봤어야 그 자각증상을 알 수가 있을 것 아닌가?

가령 몸이 으슬으슬하다거나 콧물이 나오거나 하면 감기가 오는 것으로 알 수 있겠지만 암이라는 것이 어디 감기처럼 자주 걸리는 병인가 말이다.

들어보기야 했다. 책에서, TV에서 혹은 암 환자의 병문안을 갔을 때 우리는 암에 대해 여러 가지 정보를 얻기도 한다. 그러나 그때 뿐이다.

암이라는 질병은 어디까지나 남의 이야기로 치부해버린다.

나와는 상관이 없다는 생각은 어쩌면 상관이 있어서는 안 된다는 억지스러운 그러면서도 너무나 당연한 바람일지도 모른다.

이렇듯 암을 자각증상으로 일찍 알아내기는 어렵다.

앞에서도 강조했듯이 이상 증상을 느껴 병원에 가는 것보다는 암에 대한 정기 검진을 하는 것이 가장 좋은 방법이다.

정기적으로 암 검진을 받는다고 해서 암이 발병하지 않는 것은 물론 아니다. 다시 말해서 정기 검진이 암을 예방하는 방법은 아니다. 그러나 정기적인 검진은 암을 초기에 발견하게 해주며 암 치료 확률을 많이 높여준다.

나이가 들수록 암에 대한 정기 검진은 꼭 필요하다.

정기 검진을 연례행사로 생각하라. 자신의 건강을 위하여.

3. 마음 다잡기

1) 생각과 감정

생각과 감정은 다르다. 생각은 머릿속에 든 이성이요, 감정은 가슴속에 스며 있는 느낌이다. 나 자신의 주관적인 구분이다.

살아가면서, 우리의 생각은 감정의 지배를 받는 경우가 허다하다.

생각은 흔히 감정에 속아서 이기적인 감정이 원하는 대로 자신의 생각을 합리화해 버리곤 한다.

눈앞의 이익을 보면 갖가지 핑계를 갖다 붙이며 내 것으로 만들려고 한다. 잘못을 저질러 놓고도 애써 변명거리를 찾는다. 그렇게 이기적인 욕심(감정)들을 나름의 논리(생각)로 포장하여 감추려 든다.

힘든 일을 당하면 우선 걱정이 앞선다. 이 걱정 또한 감정이다. 걱정은 해결책이 아니다. 걱정스러운 감정을 누르고 해결책을 찾아야 한다. 생각해야 한다. 차분히 생각함으로써 바른 해결책을 찾을 수 있다.

합리적인 생각으로 이기적이고 충동적인 감정을 조절할 수 있다. 그것이 마음의 수양이라고 나는 생각한다.

2012년 10월 24일 - 내 운명이 바뀌어 버린 그 날,

암에 걸린 사실을 처음 알았을 때 모든 암 환자들이 그러했을 것처럼 내 마음 또한 극심한 혼란 속으로 빠져들었다.

'왜 하필이면 내가? 내가 무얼 그리 잘못 살았지? 앞으로 남은 삶은 얼마나 될까?' 까닭 모를 분노, 대상도 없는 원망……

내 암을 처음 진단한 의사는 내가 암에 걸렸다는 사실을 한사코 감추려 했다. 그만큼 절망적이라는 뜻일 게다.

그러나 남몰래 눈물을 훔치는 아내의 태도에서 내가 어떤 상황에 처해 있는지를 짐작하는 것은 전혀 어려운 일이 아니었다.

의사 앞에서 암하고 잘 싸울 수 있다고 호기롭게 말했지만 그것은 생각이었고 감정은 혼란 속에서 헤매고 있었다.

새벽. 잠에서 막 깨어나면, 잠인들 푹 잘 수 있었을까만 허무, 원망, 분노와 같은 감정들이 밀려 들어와 마음은 헝클어질 대로 헝클어지곤 했다.

그래도 옆에 누워서 어쩌면 한숨도 자지 못하고 눈물로 밤을 새웠을 아내에게 혼란스러워하는 모습을 보이기 싫어 애써 태연한 척했다.

그렇게 며칠이나 지났을까? 문득 이런 생각이 들었다.

'그렇다! 암은 이미 내 몸 속에서 자라고 있다. 내가 분노한다고 해서, 세상의 그 무엇을 원망한다고 해서, 걱정을 밤새워 한다고 해서 이미 와버린 암이 저절로 없어질 리는 없다.'

'그렇다면 지금 내가 해야 할 일은 해봐야 소용없는 걱정들이 아니다. 우선은 내 마음부터 혼란한 상태에서 벗어나야 한다. 그러기 위해서 지금부터 나는 무엇을 어떻게 해야 할 것인가를 생각하고 찾아내야 한다. 그러면서 암을 이기는 길도 찾아보아야 할 것이다.'

생각이 여기에 이르자 마음이 조금 편안해지는 것 같기도 했다.

매사에 긍정적인 내 마음이 이런 생각을 들게 했을까?

'그래, 누구나 암에 걸릴 수 있다. 나라고 어찌 예외일 수 있겠는가? 지금부터는 이 암을 극복하려고 노력하자.'

나는 이미 알고 있지 않은가?

모든 병은 마음먹기에 따라 이겨낼 수도 있다는 사실을.

'일체유심조(一切唯心造).' 원효대사의 말씀처럼 세상만사 모든 일은 마음먹기에 달린 것. 암을 이겨낸 사례들도 많지 않은가?

피할 수 없으면 즐기라고 했다. 그래, 게임하듯 암하고 싸워 봐야지. 생각은 그럴듯하게 정리되고 있었다.

그런데 생각하는 대로 감정도 따라줄까? 내가 합리적으로 생각하면 그 생각에 따라 마음도 편안해질까?

아이고, 모르겠다. 병은 의사보고 알아서 하라고 하고 나는 그냥 살던 대로 하고 싶은 것 하면서 살자.

체념인지, 아니면 달관인지 이런 생각도 들었다.

암 판정받고 일주일 정도 나는 이런저런 생각들을 계속하고 있었다. 두서도 없이 떠오르는 생각들로 머리가 아플 지경이었다.

당시에는 몰랐다. 나중에 되돌아보니 그렇게 생각에 생각을 거듭했던 것이 바로 마음을 다잡기 위한 노력이었다.

2) 버리기

절박하거나 해결책이 보이지 않는 상황에 직면했을 때 우리는 마음을 비우는 경우가 종종 있다. 마음을 비우고 도전했더니 어려운 상황을 극복할 수 있었다는 사례를 접하기도 한다.

마음을 비운다는 것은 헛된 욕심이나 생각들을 버린다는 뜻이리라.

암 선고를 받고 나서, 나는 당연히 살고 싶었다.

그러나 그 방법을 알 길이 없었다.

가슴속에서 시도 때도 없이 불쑥불쑥 치솟는 온갖 부정적인 생각을 떨쳐내고 이성적으로 생각해야 한다고 애는 썼지만 그렇다고 무슨 뾰족한 해결책이 보이는 것은 아니었다.

온갖 상념들이 헝클어져 혼란스러운 가운데 문득, 암이라는 것이 내가 세상을 잘못 살아와서 생긴 것은 아닐까? 하는 생각이 들었다.

욕심이 지나친 것이 원인이 되었을까? 그렇다면?

'마음을 비우자! 마음속 헛된 욕심들 모두 버리고 겸허하게 살자!'

그동안 꿈꾸며 애써 노력해 왔던 모든 일들이 부질없게 느껴졌다.

그래, 이제부터라도 모든 것을 다 버려서 마음을 텅텅 비우고 낮은 자세로 초연하게 살자.

얼마 전에는 암은 의사보고 알아서 하라고 하고 나는 나대로 하고 싶은 일 하면서 살아야겠다는 생각도 했었는데 그 생각이란 것이 순간, 순간 이렇게 흔들리는 것을……

그래도 모든 것을 버리기로 했으니 이제 마음이 편해질까?

아니었다. 그게 아니었다!

시간이 지나도 마음은 여전히 개운치가 않았다. 기껏 마음을 비운다고 결심 했는데 왜 마음은 편치가 않을까?

문득 깨달았다. 나는 왜 마음을 비우려고 했던 것일까?

…살고 싶어서였다! 마음을 비우면 살 수 있을 것 같았기 때문이었다.

'마음을 비우겠습니다. 모든 욕심 다 버리겠습니다. 겸허하게 살겠습니다. 그 렇게 살겠으니 제발 살려만 주십시오!'

내 속마음은 이렇게 무엇엔가 살려달라고 애걸하고 있었다.

욕심들을 버리겠다고 한 것은 지금껏 잘못 살아왔으니 앞으로는 그런 잘못 을 저지르지 않고 살겠다는 반성이 아니었다.

그것들을 버리면 살 수 있지 않을까 하는 얄팍한 계산 때문이었다. 단지 살 고 싶어서 마음을 비우고자 했던 것이다.

냉정하게 생각해 보자.

욕심 때문에 암이 생기는가? 천만의 말씀이다.

그리고 또, 내 마음속의 욕심이 그렇게 나쁜 것들인가?

인생을 철학적으로 관조해 볼 때 모든 욕심은 참으로 부질없을 수도 있다. 그렇다고 해서 그 욕심들이 나쁘다는 뜻은 아니다.

나쁜 것도 아닌, 내가 순수한 마음으로 바라고 이루고자 하는 욕심들을 버리는 것이 암하고 무슨 상관이 있길래 암에 걸렸다는 이유로 그것들을 버려야 한다는 말인가?

순수한 마음으로 인생을 되돌아보며 지금껏 살아온 과정을 반성하는 것은 참으로 좋은 일이다. 그러나 암에 걸리자 그 괴로움에서 벗어나기 위해서 욕심을 버리겠다고 하는 것은 전혀 엉뚱한, 잘못된 발상이다.

마치 도둑질을 하다가 들킨 사람이 진심으로 잘못을 뉘우치는 것이 아니라 우선 벌을 받지 않기 위해 한 번만 용서해 달라고 비는 꼴이다.

그런 잘못된 생각은 사실은 목숨을 구걸하는 행위였다.

어떤 절대자에게 "이러면 살 수 있지요?" 하고 애원하는 모습이랄까?

다 버리겠다고 하면서 정작 목숨에 대한 미련은 버리지 못하고 있었다. 아니, 목숨에 집착하고 있었다.

버려야 할 것은 자질구레한 욕심 따위가 아니었다. 목숨에 대한 미련이었다. 목숨에 대한 미련을 버리는 것이 진정한 비움이었다.

아아, 나는 그렇게, 어쩔 수 없이 죽음을 정면에서 바라보아야만 했다.

'…이게 무슨 꼴이람?'

자신에게 속마음을 들키자 나 자신이 구차스럽게 느껴졌다.

그게 싫었다.

살고 싶은 욕망보다 구차스러워지는 것이 더 싫었다.

그래서 마음을 바꿨다. 버렸던 욕심들을 마음속에 다시 주워 담았다. 이전처럼 하고 싶은 일 다 하며 살기로 했다.

대신 딱 한 가지 - 목숨에 대한 미련을 버렸다.

'그래. 살려고 최선을 다하자. 그러나 살려고 발버둥치지는 말자.'

나 자신에게 물었다. '지금까지 최선을 다해 살아왔는가?'

스스로 대답했다. '적어도 열심히 살아온 것만은 확실하다.'

그랬으면 됐다. 죽을 수밖에 없다면 그 현실을 담담히 받아들여야지.

비로소 마음이 편안해지는 것을 느꼈다.

버리기

내 인생을
폭풍처럼 강타해버린
말기 암
억울해할 겨를도 없다.
버리자.
이기적인 마음, 헛된 욕심들
다 버리고
정갈하게 살자.
여태껏 무언가 잘못 살아와
암에 걸린 것이겠지.
진심을 다해
모든 것 다 버리자.
그러면,
…그러면 살 수 있지 않을까?

들켜버렸다.
살고 싶어서,
버린다는 것이
그저 살고 싶어서
목숨을 구걸하는 일이라는 것을
나 자신에게
내 속마음을 들켜버렸다.

나는 혼자 뻘쭘해졌다.

3) 객관적으로 바라보기

60년을 살았으면 한세상 잘 살았을까?

옛날 같으면 상노인 소리를 들을 나이다.

내가 암에 걸렸다는 사실을 알고 나서 마음을 다잡기 위해 안간힘을 쓰던 중에 문득 이런 생각이 들었다.

그래, 60년 열심히 살았다. 후회는 없다. …그래도 조금은 아쉽다.

10년만 더 살고 70살쯤 암에 걸렸더라면 더 좋았을 것을 - 70세까지는 팔팔하게 살 수 있는 나이가 아닌가?

그러다 또 문득! 아니다. 내가 만약 50세에 암에 걸렸더라면 틀림없이 10년만 더 살고 60세에 암에 걸렸더라면 좋았을 것이리고 했을 것이다. 70세에 암에 걸렸다면 마찬가지로 80세에 암에 걸렸더라면 했을 것이고……

그렇다! 몇 살에 죽든지 누군들 어찌 죽음 앞에서 아쉬운 마음이 들지 않겠는가? 99세의 노인에게 "100세까지 사세요."라고 말하면 화를 낸다고 하지 않던가?

유구한 세월 속에서 보면 50년 사는 것이나 100년 사는 것이나 그야말로 오십보백보가 아니겠는가?

내가 암을 치료한 병원에는 암 병동이 따로 있었다. 암 환자들이 정말 많았다. 젊은 암 환자들도 그렇게 많았다.

소아암 병동이 따로 있었는데 아아, 저 어린 것들이 암이라니, 이 무슨……. 나는 화도 나고 눈물도 났다.

60년을 살고도 죽음 앞에서 삶이 짧은 것처럼 투정을 부린 듯한 나의 모습이 부끄러워졌다.

인간의 삶은 그 길이로 평가되지 않는다는 사실을 나는 잘 알고 있지 않은가? 영원히 사는 사람은 없다는 사실 또한 분명하지 않은가?

지금까지 살았던 삶에 후회가 없다면 좀 더 길게 살지 못한 아쉬움 정도야 접을 수 있어야 하지 않겠는가?

잠깐! 오해하지 말자.

좀 더 길게 살지 못한 아쉬움 정도야 접을 수 있어야 한다는 말은 삶을 포기한다는 뜻이 아니다.

삶과 죽음에 대해 초연해진다는 뜻이다.

포기하는 것과 초연해진다는 것은 어떻게 다를까?

나는 앞에서 생각과 감정은 다르다고 했다.

그 말을 여기에 대입하여 포기하는 것은 '감정'이며 초연해진다는 것은 '생각'이라고 말하고 싶다.

암에 걸렸으니까 이제 죽겠구나. 어쩔 수 없지. 내가 무얼 할 수 있겠나? - 이건 포기다. 감정에 사로잡힌 모습이다.

내가 암에 걸렸다고? 그렇다면 내가 할 일이 무엇일까? 앞으로 얼마를 살지는 모르지만 내가 할 일들을 찾아보자. - 이게 초연한 모습이다. 냉철하며 합리적인 생각을 하는 모습이다.

그게 쉬운 일이냐고? 당장 죽음이 눈앞에 있는데 그렇게 느긋하게 생각이란 것을 할 수 있느냐고?

물론 어려운 일이다. 나도 무척 어려웠다. 암에 걸리자마자 그렇게 느긋해진 것이 결코 아니다. 힘들었다.

하지만 그렇게 삶과 죽음에 대해 초연한 자세를 갖는 것이 바람직한 삶의 모습이며 암 치료에도 도움이 될 것이라 믿고 그렇게 하려고 노력했다. 노력하면 그렇게 된다고 믿고 지금도 애써 노력하는 중이다.

암에 걸렸을 때 내가 할 수 있는 일은 이렇게 마음을 다잡는 일이었다.

의학적 치료야 의사가 할 일이니 그냥 맡겨 둬야지.

암 치료에 도움이 되는 규칙적인 생활, 적절한 식습관과 운동 및 체력관리 등등도 마음이 안정되어야 제대로 할 수 있을 터.

이렇게 마음을 다잡는 일이 내가 가장 먼저 해야 할 일이었고 나에게 가장 중요한 일이었다.

그 마음을 다잡기 위해 힘썼던 일들을 요약해 보면

첫째, 냉철한 생각으로 흔들리는 감정을 다스리고

둘째, 살려고 최선을 다하되 목숨에 대한 미련은 버리고

셋째, 내 삶의 현재를 객관적으로 바라보려는 노력으로 요약된다.

한마디로 정리하자면 "평정심을 유지하며 생활하는 것"이다.

이러한 평정심은 암 치료에 분명 도움을 준다.

앞에서 말한 것처럼 10년을 암과 함께 살아온 내가 가장 자신 있게 말할 수 있는 부분이다. 단순한 평정심을 넘어서 아예 암과 함께하는 삶을 즐길 수 있다면 더욱 좋을 것이다.

많은 사람이 나에게 묻곤 한다.

"어떻게 암에 걸린 상태를 즐길 수 있단 말인가? 말이 쉽지 그게 어디 마음대로 되는가?"

나는 대답한다.

"쉬우냐 어려우냐 하는 문제가 아니다. 그 방법이 최선이라 여기기 때문에 그렇게 하려고 노력하는 것이다."

1부에서 이미 한 말이다.

웅크리다

몸을 웅크린 채 옆으로 누워있으면
얼마나 편안한지
애초에 우리의 생명은 어머니의 자궁에서
웅크린 자세로 시작되었다.
출발선에서 신호를 기다리는
달리기 선수들도 웅크리고
맹수가 먹잇감을 노릴 때도
웅크리지 아니한가?
웅크린다는 것은 이렇게
편안하면서도 또한
힘찬 출발을 위한 자세이며
생존을 위한 마음가짐일지니
암 선고를 받는 순간 나는 웅크렸다.
어쩌면 두려움 때문에
움츠러들려는 마음을 다잡아, 이내
어머니의 자궁에서와 같은 편안함으로
출발을 앞둔 선수의 자세로
먹잇감을 노리는 맹수의 눈빛으로
그렇게 웅크린 채
나의 암을 응시한다.

4. 나는 암에게 이렇게 말했다

정확한 시점은 기억나지 않는다. 암으로 판정받고 흔들리는 마음을 다잡기 위해 안간힘을 쓰던 시기였을 것이다.

문득 내 입에서 이런 말이 튀어나왔다.

"내가 죽으면 너도 죽는다!" 암에게 한 말이었다.

얼핏 협박처럼 들리는 이 말은 암에게 살려달라고 애원한 것이었을까?

아니면 암과의 일전을 불사하려는 의지의 표현이었을까?

그것도 아니면 담담한 마음으로 휴전을 제의한 것이었을까?

어쨌든 나는 자못 진지하게 그렇게 말했다.

불쑥 내뱉은 혼잣말이었지만 평소의 생각이 다분히 담겨 있는 말이었다.

마음은 상호 간에 교류된다고 나는 믿는다.

사람과 사람 사이뿐만이 아니라 생명이 있는 모든 것들 사이에서 마음은 소통되고 있다고 나는 믿고 있다.

식물을 가꿀 때 기르는 이의 마음에 따라 식물의 성장 모습이 달라진다는 실험 사례는 널리 알려지지 않았는가?

어느 과학자가 마음은 미세한 입자로 되어 있다고 했단다.

내가 암에게 "내가 죽으면 너도 죽는다"라고 말하면 암이 알아들을까?

알아듣는다고 증명할 방법을 나는 모른다.

그러나 서로 떨어져 있는 식물에게도 전달되는 마음이라면 내 몸의 일부인 암세포에게 어쩌면 전달되지 않을까?

말은 곧 마음인즉 당연히 암세포에게 전달될 것이라고 나는 믿는다.

나의 믿음이 과학적 근거가 없다고 누군가가 비난해도 상관없다.

그 믿음이 나의 병세를 호전시키는데 긍정적으로 작용한다면, 아니 단순히 말하는 순간 기분이라도 나아진다면 그 말을 하지 않을 이유가 없다.

나는 수시로 말했다. "암아. 내가 죽으면 너도 죽는다!"

나중에 암이 재발하였을 때 '내가 한 말이 아무 소용이 없는 것인가?' 하는 생각이 들기도 했다.

그런데 엄밀히 따져보자면 나는 암에게 거짓말을 한 셈이었다.

내가 죽으면 너도 죽는다는 말은 같이 살자는 말이다.

그런데 암의 크기가 줄었다고 덜컥 수술을 해버렸으니 암의 입장에서는 속았다고 생각할 수밖에 없을 것이 아닌가?

이렇듯 코미디 같은 생각을 나는 계속 이어 나갔다.

'암을 수술한 것은 의사의 생각이다. 의사의 결정을 환자가 바꿀 수 없다는 것을 잘 알 것 아니냐? 네가 자꾸 재발하면 그때마다 의사는 수술할 것이고 나는 거부할 수가 없다. 그러니 아예 내 몸 어디엔가 달라붙지 않았으면 좋겠다. 그냥 혈액 속을 떠돌며 그렇게 살아가거라.'

암은 참 멍청한 세포인 것 같다.

아무리 돌연변이라지만 다른 세포와 달리 무한 증식하여 자신이 속한 몸을 죽음에 이르게 하니 말이다.

몸이 죽는 순간 자신도 죽는 것을 안다면 성장을 멈추지 않을까?

그러므로 나는 계속 말할 것이다.

"내가 죽으면 너도 죽는다!"라고.

허황하게 들릴 수도 있는 내 말의 인과관계를 증명할 수는 없다.

그래서 앞으로 언젠가 혹시 내가 암 치료에 성공했을 때 "봐라. 내 말이 맞지 않느냐?" 하고 말하지 않을 것이다.

마찬가지로 혹시 암 치료에 성공하지 못했을 때도 "괜히 쓸데없는 생각을 했구나."라고 생각하지도 않을 것이다.

암에게 내가 죽으면 너도 죽는다고 한 말은 진지하되 그 말에 매달릴 필요도 없다는 뜻이다.

어쨌든 그 말은 암 치료가 끝날 때까지 계속할 것이다.

돈이 드나? 힘이 드나? 아니면 무슨 부작용이 생기나?

손해 볼 것 하나도 없다.

혹시 알아?

정말로 내 마음이 암에게 전달되어 치료에 도움이 될지.

이 책의 제목을 정하는데 그런 생각이 결정적인 영향을 주었다.

"내가 죽으면 암(癌) 너도 죽는다."

5. 암에 대한 시각들

암 치료를 위해 입원 수속하고 있을 때, 그러니까 2012년 11월 초 어느 날 고등학교 동기 정민호 친구가 자신이 다니던 교회로 나를 데리고 갔다. 마침 암 치료에 대한 강연이 있어서 일부러 나를 부른 것이다.

내가 암인 줄 알고 나서 여러모로 신경을 써주는 벗이다.

나는 오래전부터 그가 운영하는 상점의 위층에 있는 한의원에 가끔 뜸을 뜨러 다녔는데 계단에서 서로 만나 내가 말기 암이라는 사실을 알렸을 때 망연자실한 표정으로 어쩔 줄 몰라 하던 그의 모습이 잊히지 않는다.

나중에 그 한의원에서 뜸을 뜨다 갑자기 장폐색 증상이 왔을 때 병원으로 데리고 가서 치료비까지 내주며 진단을 받게 한 친구이다.

암에 관한 관심을 반영하듯 넓은 강당이 사람들로 거의 찼다.

강연하는 의사 선생님은 모두 세 명이었다.

두 명의 국내 의사 선생님들이 먼저 강연했는데 그중 한 사람은 자신도 암에 걸려서 수술한 상태라고 했다.

두 분의 강연 내용은 대동소이했는데 이렇게 요약할 수 있다.

"암 치료에 대한 최선의 방법은 정기 검진으로 암을 조기에 발견하고, 발견될 경우 빨리 수술을 해서 암을 제거하는 것이다."

그런데 마지막으로 나온 김의신 박사의 생각은 정반대였다.

미국 MD앤더슨 센터에서 정년퇴직한 의사 선생님이라고 했다.

세계에서 제일 크다는 그 암병원에서 '올해의 의사'로 2회나 선정되었으며 우리나라에서 훈장을 받기도 했다는 소개가 있었다.

삼성 이건희 회장의 암을 치료했다는 소개도 덧붙여졌다.

그의 말은 충격적으로 나에게 다가왔다.

"한국에서는 왜 암을 수술해버리는지 모르겠다. 추측건대 우선 환자가 수술을 원하고 다음으로는 병원에서 수가를 높이기 위해 그러는 것이 아닌가 하는 생각이 든다."

앞 의사 선생님들의 의견과 달라도 너무 다르지 않은가?

이 분이 그 후 방송에 출연한 것을 몇 번 본 적이 있는데 그때도 절대로 암을 수술하지 말라고 신신당부하듯 하는 말을 들었다.

불가피하게 수술해야만 한다면 암 덩어리를 모두 도려내지 말고 일부는 남겨 놓으라는 말 또한 충격적이었다.

"제발, 암이 사는 집을 때려 부수지 마세요."

혈액 속을 떠도는 암세포가 달라붙을 여지를 남겨 놓으라는 뜻으로 이해된다. 암세포가 달라붙을 곳을 찾지 못하면 아무 곳에나 달라붙어 전이가 쉽게 된다는 말이다.

이 분의 다른 말도 기억에 남는다.

"기도는 암 치료에 도움이 됩니다. 중보기도 또한 도움이 됩니다."

정신적인 면을 중요하게 여기는 이 말에 나는 절대적으로 공감한다.

"암 치료할 때 채식은 체력 유지에 도움이 되지 않습니다."

많은 사람이 암 환자들은 육식을 금하고 채식을 해야 한다고 믿고 있는데 김의신 박사는 두 사람의 한국인 환자를 치료한 경우를 예로 들어 설명했다.

두 달 간격으로 진찰받으러 오는 환자들이 있었단다.

한 환자는 채식만 하고 와서 치료에 애를 먹었고, 다른 환자는 두 달 동안 개고기를 실컷 먹고 왔다고 했는데 훨씬 수월하게 치료를 할 수 있었다고 한다.

김의신 박사가 추천하는 고기는 개고기와 오리고기이다.

"환자는 자신을 치료하는 의사를 전적으로 신뢰하고 따라야 합니다."

이 부분은 앞의 두 의사 선생님과 의견이 일치하고 있었다.

이어지는 말이 재미있었다.

"가장 치료하기 힘든 환자는 한국인 의사 출신의 환자입니다."

그들은 시시콜콜 따지고 든다. 이 항암제의 성분은 무엇인가? 부작용은 없는가? 부작용을 설명해 주면 투약을 거부한단다. 다음은 법조인의 치료도 힘들단다. 하기야 그들 또한 따지는 것이 직업이 아니던가?

"외국인들과 비교하면 한국인의 생각은 부정적인 측면이 많습니다."

신약을 만들어 투약했을 때 치료 효과가 5%라고 하면 외국인들은 "와!"하고 환호하며 박수를 보내는데 한국인들은 실망하며 야유를 보낸단다.

그럴 것 같다. 환자들의 암에 대한 인식의 차이를 보여주고 있는 사례가 될 것이다. 나를 포함한 우리나라 사람들은 암을 100% 뿌리 뽑아버리는 것만이 진정한 치료라고 여기고 있지 않은가?

"왜 한국인들은 암에 걸리면 모든 생활을 접으려 합니까? 일을 하십시오. 외국인들은 암을 치료하면서도 하던 일을 계속합니다. 심지어 죽기 하루 전까지 일하는 사람도 있습니다."

이 말은 새겨들을 만하다. 나 역시 그 말을 충실히 따르고 있다.

암에 걸리는 순간 인생이 바뀐다. 절망한 나머지 인생을 포기해 버리는 경우도 많다. 포기는 가장 좋지 않은 생각이다.

하던 일 모두 접고 암과의 투쟁에 전력투구하는 사람들도 많다.

그런데 하던 일 계속하면서도 암과 투쟁할 수 있다.

하던 일을 계속한다는 것은 마음이 그만큼 평정심을 유지하고 있는 것이라고 나는 생각한다. 그리고 그 평정심이야말로 암을 치료하는 환자에게 가장 필요한 조건이라고 또한 생각한다. 암과 사생결단하는 식으로 덤비는 것보다 좀 더 유연하게 대처하자는 말과도 일맥상통한다.

"암은 아무도 모릅니다."

그분 강연 중에 가장 인상에 남는 말이다.

환자들의 질문에 그는 그렇게 대답한다고 했다.

"선생님. 저는 얼마나 더 살 수 있을까요?"

"모릅니다."

병원에서 더 이상 치료할 수 없을 만큼 상태가 심각해져서 퇴원시킨 환자가 몇 년 후에 다시 찾아와 묻는 경우도 있었다고 했다.

"선생님. 제가 왜 죽지 않는 것일까요?"

"모릅니다."

그렇다. 암은 아무도 모른다. 안다면 암이라는 질병이 그렇게 공포스럽지 않을 것이다. 왜 발병하는지, 어떻게 치료하면 완치될 수 있는지, 언제 재발할지 등등 암이 어떤 형태로 진전될지를 환자는 물론 의사들도 모른다.

모르니까 온갖 민간요법들이 등장한다. 산속에서 생활하기도 한다. 그런 노력을 보면서 누구도 "그 방법은 틀렸다."라고 말할 수 없다.

모르니까 공포스러울 수도 있지만 모르니까 지레 포기할 이유도 없다.

의사도 아닌 내가 투병기를 쓰면서 이런저런 주장을 하는 것도 다들 암에 대해 모르기 때문이다.

그렇다면 암을 수술해야 한다는 주장과 수술하지 말아야 한다는 주장은 어느 쪽이 맞는 것일까? 환자는 어느 의견을 받아들여야 할까?

양쪽의 가능성을 다 열어 놓아야 한다는 것이 나의 생각이다.

한국의 의사 선생님들은 거의 모두가 수술이 최선이라 여기고 그 길로 가는 것 같다. 책에서 읽었는데 아주 소수의 의사 선생님은 수술보다 대체의학으로 암을 치료하는 경우도 있는 것 같다.

또 그렇다면 환자는 어떻게 해야 하나?

일단 자신이 선택한 의사를 믿고 따르는 것이 최선이다. 믿지 못한다면 그 의사에게 치료받을 이유가 없다.

암을 치료하는 방법은 의사에 따라 다를 수 있다. 그러나 모두 암 치료에 최선을 다하고 있는 것은 틀림없는 사실이다. 암에 대한 시각은 다를 수 있으나 암을 극복하려는 노력은 같은 것이다.

나 역시 수술을 할 것인가 말 것인가를 놓고 여러 가지 생각했었다. 그러한 생각들을 차근차근 풀어가며 설명해 보겠다.

6. 치료의 시작

여러 가지 이유로 병원을 옮겨 치료를 시작했다.

암 진단을 받은 병원의 진료 기록을 넘겨받아 새 병원으로 갔다.

"안녕하세요?"

나를 치료할 안중배 선생님과 마주 앉았다.

"어서 오세요."

웃는 얼굴로 나와 아내를 맞이한 그분은 우리에게 CT 촬영을 한 컴퓨터 화면을 그대로 보여주었다.

암 선고받은 병원에서 가져온 자료 화면이다.

내 암을 발견했던 젊은 의사 선생님은 내가 암이라는 사실을 알려주는 것조차 극히 꺼렸는데 이분은 아주 적나라하게 모든 것을 보여준다.

화면을 보아도 잘 알 수는 없었지만 내 암의 상태를 직접 보고 있으려니 뭐랄까, 불안감보다 차라리 마음이 차분해지는 것도 같다.

"직장암 말기입니다. 직장에 있는 암의 크기는 4.2cm 정도입니다. 그리고 간에 일곱 군데, 폐에 한 군데로 전이되었습니다. 현재 상태로는 수술이 불가능합니다. 일단 약물치료를 통해 암의 크기를 줄인 다음 수술하는 방법으로 가야 합니다."

CT 화면을 여기저기 짚어가며 담담하게 말하는 그분의 흔들림 없는 표정이 오히려 믿음이 갔다.

쉽게 말하는 것만큼 치료도 쉬울 것 같았다.

항암제의 선택도 이전 의사 선생님과 달랐다.

"그럼, 우선 약물치료부터 시작합시다."

"아바스틴을 쓰실 건가요?"

약물치료를 시작한다는 말에 아내가 재빨리 묻는다.

우리가 알고 있는 유일한 항암제 이름이다.

"아바스틴은 비싸지요. 우선 값싼 항암제를 써 보도록 합시다."

아내는 다시 아바스틴을 쓰고 싶다고 말했다.

아내는 '이 의사 선생님은 혹시 환자가 낼 돈이 없는 경우를 대비하고 말한 것이 아닐까?'라고 생각했을지도 모른다.

아니면 값이 싼 항암제는 효과도 떨어질 것으로 생각했을지도……

"값이 싸다고 해서 효과가 떨어지는 것은 아닙니다. 일단 값싼 약물을 써 보고 그래도 효과가 없으면 아바스틴을 쓰도록 하지요."

그 말이 일리가 있다고 여겨졌다. 약의 종류가 많다면 이것저것 사용해 봐야지. 그리고 값이 싼 것부터 사용해야지. 어떤 약이 잘 들을지는 아직 모르지 않는가?

결과적으로 참 잘한 선택이었다.

그 값싸다는 약물의 효과가 아주 좋았다.

7. 아내는 병실에서 희망을 보았다

환자복으로 갈아입으니 비로소 내가 환자 같다는 생각이 들었다.

5인실. 내 자리를 찾아 들어가 앉았다.

아내는 이것저것 필요한 물건들을 정리한다.

항암 약물은 2박 3일 동안 맞는다고 했다. 그런데 그에 필요한 몇 가지 검사를 해야 하는 관계로 며칠 더 입원해야 했다.

첫날 아내는 아무 말이 없었다. 하긴 무슨 말을 하겠는가? 마음은 더없이 심란하고 아는 사람도 없는데…….

보기에 안쓰러웠는지 옆 환자의 보호자가 아내에게 커피를 권했다. 그렇게 해서 옆 사람들 - 환자의 보호자들과 대화가 시작되었다.

대화를 통해서 알게 된 놀라운 사실은 오랫동안 암 환자를 간병해 온 사람들은 나름대로 암에 대한 풍부한 상식을 갖고 있다는 것이었다. 의학적으로 맞는 말인지 알 수 없지만 적어도 허무맹랑하게 들리지는 않았다.

커피를 권한 사람이 아내에게 일러준 첫 번째 상식.

"항암제를 맞으면 백혈구 수치가 뚝 떨어진다. 항암제가 암세포와 함께 백혈구까지 죽이기 때문이다. 백혈구 수치가 일정한 정도까지 올라가지 않으면 다음 항암제를 맞을 수 없다. 그래서 백혈구 수치를 올리는 데 힘써야 하는데 그 수치를 빨리 올려줄 수 있는 음식은 닭발을 고아낸 국물이 단연 으뜸이다."

자기 남편이 항암제를 맞으러 올 때마다 항상 먹고 온다고 했다. 이 말은 다른 사람들에게도 몇 번 더 들었다.

사실로 믿고 나도 항암 약물치료를 받으러 올 때마다 닭발 고아낸 국물을 마시고 왔다. 색깔은 영락없이 사골 국물인데 맛은 영 아니다.

그 외에도 해독주스 만드는 법이라든지 암에 좋은 음식 등등 여러 가지 정보들을 서로서로 자세하게 일러주고 듣고 한다. 그런 대화들로 환자의 보호자들은 하루하루를 보내고 있었다. 동병상련!

같은 병실에 나와 같은 직장암 환자가 두 명 더 있었다.

바로 맞은 편에 있는 환자는 암이 발견되었을 때 살 수 있는 기간이 3개월이라는 판정을 받았는데 현재 22개월째 치료받고 있다고 했다.

항암 약물치료로 암의 크기를 줄이는 데 성공해서 수술까지 받고 지금은 수술 후 마무리 작업으로 약물을 투여하고 있는 듯했다.

오랜 항암 치료로 인하여 얼굴은 검은 색이었으며 거동도 힘들어 보였으나 아내인 듯한 그의 보호자의 표정은 밝았다.

환자의 상태는 암 발견 당시보다 훨씬 좋아졌으며 그러므로 나을 수 있다고 확신하는 듯했다. 참 좋은 일이다.

또 다른 환자는 암 발견 당시 생존 기간이 4개월이라고 했단다.

지금 19번째 항암 약물치료를 받고 있다니 1개월에 2회 항암 약물치료를 받는다고 계산해 보면 1년 가까이 치료를 받는 것이다.

특이한 것은 이 환자는 실험적 신약 치료를 받고 있다는 점이었다.

실험적 신약 치료를 받는 경우 치료비를 내지 않는다고 했다.

약은 미국에서 가져오며 투약 후 경과를 미국에 보고한다고 했다.

암이 처음 발견되었을 때 그 크기가 4.8cm였는데 신약 투여 후 3.8cm까지 줄었다가 다시 4.0cm가 되었단다. 그런 결과도 그 신약이 효과가 있는 것으로 판단하고 있단다.

아무나 원한다고 실험 대상에 뽑히는 것이 아니라 희망자 중 몇 가지 검사를 해서 신약과의 조건이 맞으면 치료한다고 했다.

우리는 흔히 신약이 나왔다고 하면 '아, 이제는 암 치료가 한결 수월하겠구나.' 하고 생각하기 쉬운데 신약을 만들 때부터 이러저러한 조건을 갖춘 환자에게 맞는 약을 개발하는 것으로 이해할 수 있겠다.

다시 말하자면 신약 즉 새로운 항암제라고 해서 모든 사람에게 다 잘 듣는 것이 아니라는 점이다.

신약에 대한 나의 생각이 많이 달라졌다.

이 환자는 참 씩씩하였다.

집이 제주도인데 보호자도 없이 혼자 필요한 물건들을 배낭에 챙겨와서 2박 3일 동안 입원하고 퇴원하는 일을 반복하고 있었다.

표정도 매우 밝았으며 그렇게 힘들어하는 것 같지도 않았다.

3개월 그리고 4개월밖에 살 수 없다는 환자들이 꿋꿋이 치료받는 모습을 본 아내가 어느 순간 혼자 중얼거렸다.

"우린 더 길다고 했는데…!"

처음 내 암을 진단한 의사는 나에게는 한사코 감추려 했지만 아내에게는 생존 기간을 말해주었으리라.

나는 굳이 물어보지 않았지만 그 기간이 그들보다 길다는 뜻일 게다.

그렇게 말하는 아내의 표정에서 나는 희망을 읽을 수 있었다.

그래, 3개월 혹은 4개월밖에 살지 못할 것이라고 했다던 사람들도 저렇듯 멀쩡한데 우리는 그보다 조건이 더 좋지 않으냐, 그러니 더욱 희망적이지 않으냐? 아내의 표정은 이렇게 말하고 있었다.

그런 아내를 바라보는 내 마음 또한 그렇게 좋을 수가 없었다.

나의 조건이 그 사람들보다 더 좋아서가 아니었다. 그 사람들보다 더 오래 살 수 있으리라는 자신감이 생겨서도 아니었다. 나름 평정심을 유지하고 있는 나는 다른 사람의 상태를 보고 일희일비하지는 않았다.

암에 걸린 사실을 알게 된 순간 얼마나 아내에게 미안했던가!

평생 고생만 시켰다는 미안함. 건강에 대한 간섭을 잔소리로 흘려들었던 미안함. 병원에 빨리 가보라는 권고를 건성으로 듣고 무시해 버렸던 미안함…….

내가 암으로 판정받은 후 내 앞에서 절망적인 감정을 애써 감추려는 아내의 모습을 보면서 나는 그저 미안할 뿐이었다. 미안하고 또 미안했다.

그런 아내가 희망을 본 것이다. 그 희망은 아내의 마음을 참 많이 어루만져 주었을 것이다. 아니 어루만져 주기를 나는 간절히 바랐다.

그러면 나의 미안함이 조금은 줄어들 수 있지 않을까?

8. 암 치료를 위한 상담

1) 가려야 할 음식들, 먹어야 할 음식들

암 치료를 시작하면서 병원 측에서 소개한 전문가 세 명과 상담을 했다. 물론 상담료는 따로 내야 한다. 그들 중에서 약사와 영양사는 항암 치료를 하는 도중에 먹어서는 안 될 음식들에 대해 소상히 알려 주었다.

"차가버섯, 와송, 개똥쑥, 쇠비름……."

이 모두가 항암 작용이 강력하다며 민간요법에서 강력히 추천하는 단방약이다. 나는 이미 차가버섯 달인 물을 먹고 있었다.

"왜 먹지 말라는 겁니까?"

당연한 질문에 다음과 같은 대답을 해주었다.

"위에 열거한 단방약들에 강력한 항암 성분이 들어있는 것은 맞다. 그런데 항암 치료 중에 그런 단방약을 같이 복용하면 간에 무리가 온다. 우리 몸에 약물이 들어오면 일단 간에서 그 성분을 분해하는데, 단방약 성분을 분해하느라 간이 지쳐버리면 정작 병원에서 주사한 항암제는 제대로 분해하지 못하게 된다."

얼른 이해가 되었다. 항암 성분이 강력한 식품일수록 간이 분해하는 데는 힘이 들 것이다. 그리고 간에 무리가 와서 항암제를 제대로 분해하지 못하면 그 약물의 효과 또한 떨어질 것은 자명한 일이 아니겠는가?

그러므로 항암 성분이 강력한 단방약은 항암 약물치료가 끝난 후에 예방 차원으로 먹으라고 했다. 공감되는 말이다.

민간요법에서는 암 환자들에게 고기를 먹지 말라고 권하기도 한다.

암세포는 단백질로 이루어져 있기 때문에 암세포를 굶겨 죽이려면 온전히 채식만을 해야 한다는 주장도 있다. 암 환자가 채식 위주의 생활로 암을 극복했다는 이야기가 책으로 나오기도 했다. 물론 의학적인 근거가 없이 항간에 떠도는 말들이다.

그러나 영양사는 이렇게 말했다.

"항암제는 독성이 강하다. 그러므로 강한 체력이 없이는 항암 약물치료를 받기 힘들다. 약물치료받을 때에는 단백질을 충분히 섭취해서 체력을 유지해 주어야 한다."

나는 영양사의 말을 따랐다.

앞에서 언급한 김의신 박사의 말이 생각났다.

음식에 대해서는 좀 더 자세히 설명할 기회를 만들어야겠다.

2) 암 치료와 생활

암에 걸린 사실을 알게 되는 순간 암 환자들은 앞으로의 생활에 대해 갈등하게 된다. 하던 일을 계속할까, 일을 접고 치료에 집중할까?

당시 나는 정년 퇴임까지 2년여를 남겨두고 있었다. 이대로 교직 생활에 마침표를 찍어야 하나?

생활 전문 상담사는 나의 직업을 물었다. 초등학교 교장이라고 밝히자 대뜸 "계속 근무하십시오."라고 말했다.

'환자가 치료한다고 집에만 있으면 스트레스를 더 받을 수 있다. 심하면 우울증이 오기도 한다. 교장이라면 학교의 중요한 일만 결정해 주고 무리하지 않는 범위 내에서 근무할 수 있을 것이다.'는 취지의 말을 덧붙였다. 나 역시 계속 근무하고 싶은 마음이었기에 그의 말은 많은 힘이 되었다.

공기 맑은 산속으로 들어가라고 권유하는 지인들도 있었다.

그러나 나는 하던 일을 계속하고 싶었다. 사람들과 함께하는 생활도 좋고, 내가 하고 있는 일도 좋고, 더 하고 싶은 일도 많았다.

산속의 생활이 좋아 자신의 의지로 산으로 간다면 그것은 참 멋진 일이다. 그러나 단지 살기 위해서 쫓기듯 산속으로 들어가 하루 또 하루 살아간다면 그런 삶이 무슨 의미가 있겠는가?

그러던 차에 상담사의 조언은 나의 결심을 확고하게 만들었다.

'그래, 산속에 들어가 10년을 사느니 하던 일 계속하며 1년만 살자.' 스스로 다음과 같은 어록(?)도 만들었다. "생활하지 않는 삶은 삶이 아니다!"

또, 김의신 박사의 말이 소환된다.

"왜 한국인들은 암에 걸리면 모든 생활을 접으려 합니까? 일을 하십시오. 외국인들은 암을 치료하면서도 하던 일을 계속합니다. 심지어 죽기 하루 전까지 일하는 사람도 있습니다."

단, 힘에 겨운 일이라면 접는 것이 좋지 않을까? 암 치료받으면서 무리할 정도로 일을 하면 그것이 어찌 도움이 될 것인가? 그러나 한편으로 가계를 책임져야 하는 사람은 또 어쩔 것인가?

한 사례를 모든 사람에게 적용하기는 이처럼 어렵다.

그래서 나는 일을 계속하라는 말을 암과 사생결단하듯 덤비지 말고 유연하게 대처하자는 말로 이해한다. 일을 접는 것은 생활을 접는 것이라고 생각한다. 생활을 계속하는 것이 암 치료에 도움이 된다고 믿는다.

그런데 교장이란 직책이 암을 치료하면서 대충 해도 되는 직업일까?

절대 그렇지 않다. 적성에 맞지 않는 사람들은 견디기 힘든 것이 교직이다. 교직은 나의 적성과 딱 맞는 직업이었다. 나는 교사로서, 교감으로서, 그리고 교장으로서 재직하는 나의 삶에 만족하고 있었다.

교직이 적성에 맞지 않아 스트레스를 많이 받고 있었다면 암이라는 병을 얻고 나서 계속하기가 힘들었을 것이다. 당연히 치료를 이유로 퇴직했겠지. 정년이 불과 2년 정도밖에 남지 않았으니 더욱 그랬을 것이다.

나는 학교생활을 계속했다. 나중에 좀 더 자세하게 소개하겠다.

직장 생활 이외에도 지인들 모임에 될 수 있는 대로 많이 참석했다.

대학원에서 미술을 전공했으므로 그림도 그렸고, 꾸준히 시도 써 보고 그리고 음악을 좋아해 성악을 배우면서 작곡도 해 보고…….

인생 참 즐겁지 아니한가?

9. 항암 약물치료(1~4회)

입원하고 몇 가지 검사가 끝난 후 항암 치료가 시작되었다.

암 치료가 시작된 것이다.

주치의 선생님이 설명해 준 치료 계획은 이러했다.

한 가지 항암제를 12회 투여하는 것이 한 사이클이다. 일단 4회를 투여하고 CT 촬영을 하여 항암제의 효과를 살펴본다. 그 결과에 따라 같은 항암제를 계속 투여할지 아니면 다른 항암제로 바꿀지를 결정한다.

항암제는 2주 간격으로 투여하며 1회 투여에 2박 3일이 걸린다.

항암제를 2주 간격으로 투여하는 이유는 다음과 같다.

항암제를 맞기 시작하면 백혈구 수치가 뚝 떨어진다. 앞에서도 말했듯이 항암제는 암세포뿐만 아니라 백혈구도 죽여버리므로.

그래서 백혈구 수치가 일정 수준에 미치지 못하면 항암제를 투여하지 않는다. 특히 백혈구 중 호중구 수치가 1,000 이하이면 안 된다고 했다. 호중구는 백혈구의 일종으로 감염을 막는 일을 한단다.

항암제를 맞고 난 후 백혈구가 정상 수치로 회복되는 기간을 2주로 잡는데 만약 그 기간에도 백혈구 수치가 정상으로 올라오지 않으면 다음 항암제 투여를 미루거나 백혈구를 생성시키는 주사를 맞기도 한다.

항암제는 두 가지를 차례로 링거주사로 맞았다.

첫 번째 항암제는 유리병에 담겨 있었다.

모두 맞는 데 약 2시간 정도가 걸렸다.

다 맞고 나자 주치의 선생님이 어지럽다거나 어떤 이상 증상을 느꼈느냐고 물어본다. 별다른 느낌이 없었다고 대답했더니 "잘 견디시네요." 하고 말한 것으로 미루어 볼 때 꽤 독한 약물인 듯싶었다.

두 번째로 맞는 약물은 비닐봉지에 담겨 있었는데 두 봉지를 이틀에 걸쳐 맞았다. 이때도 별다른 느낌을 받지 못했다.

항암제가 든 비닐봉지는 그 위를 다시 검은 비닐봉지로 감싸서 햇빛을 차단하고 있었다. 그래야 하나 보다.

고통은 서서히 찾아왔다.

시간이 흐르면서 손발이 저려오기 시작했다.

특히 찬물에 닿으면 손발이 찌릿찌릿하여 놀라곤 한다. 그리고 피부가 검어지는데 특히 손가락과 발가락 끝이 심하게 검어졌다.

누워있다가 일어서면 현기증이 나고 어지러웠다. 이 증상은 약물 투여가 끝나고 집에 왔을 때도 계속되었다.

누워있다가 화장실에 가고 싶으면 나는 일어나자마자, 어지러움을 느껴서 몸이 비틀거릴 새도 없이, 후다닥 화장실 안으로 들어갔다.

그리고 벽에 머리를 기댄 채 어지럼증이 사라질 때까지 기다리곤 했다. 어지러워 비틀거리는 모습을 식구들에게 보이기 싫어서였다.

가장 견디기 힘든 것은 구토 증세였다. 음식만 보면 구토가 나왔다.

병원 음식은 솔직히 보통 때도 맛이 없다. 항암제를 맞은 후에는 아예 쳐다보기도 싫어진다. 병원에서는 계속해서 구토 방지제를 링거주사 속에다 넣어주지만 그래도 음식은 정말로 먹기 힘들었다. 암 치료를 받는 환자들이 암 때문에 죽는 것이 아니라 굶어 죽는다는 말이 실감 날 정도이다.

내가 입원할 때마다 아내는 아예 3일분의 음식을 집에서 만들어 가지고 갔다. 조금이라도 입에 맞는 음식을 먹이기 위해서다. 죽과 밥 그리고 국물과 반찬까지 여러 가지를 장만하다 보면 한 트렁크 가득하다.

내가 여러 번 입원해 있는 내내 이렇게 철저하게 음식을 준비해 오는 다른 환자나 보호자를 한 번도 본 적이 없다. 그렇게 정성을 들인 음식도 먹기 싫은 것은 마찬가지지만 그래도 병원 음식에 비할 바는 아니었다.

나는 음식을 잘 먹었다. 주는 음식을 남기는 경우가 거의 없었다. 입원일이 정해지면 며칠 전부터 아내는 이 음식을 만들기 위해 얼마나 애를 썼던가? 그런 아내 앞에서 음식 투정을 할 수는 없는 노릇이다.

음식을 남김없이 잘 먹었다는 말은 사실은 음식을 입속으로 꾸역꾸역 집어넣었다는 말이다. 나는 정말 악착같이 음식을 내 입속에 떠 넣었고 씹어 삼켰다. …살기 위해서!

옆의 환자들은 음식을 잘 먹는 나를 부러워(?)했다. 그들도 음식 때문에 고통을 받는 것은 마찬가지일 것이다. 아내는 준비해 간 음식물을 그들에게 나누어주기도 했다. 당연히 그들도 병원 음식보다는 더 잘 먹었다.

입원일은 조정이 가능했다. 나는 금요일에 입원하여 일요일에 퇴원할 수 있도록 일정을 잡았다. 그리고 월요일이면 출근했다. 어쩌다 일정이 어긋나면 토요일에 입원해서 월요일에 퇴원하고 화요일부터 출근했다.

항암제의 고통은 그렇게 견딜 만하기도 했다. 그리고 항암 치료를 시작한 지 얼마 후 겨울방학이 시작되어 한결 여유롭게 치료할 수 있었다.

4번의 항암 약물 투여를 마치고 CT 촬영을 하였다.

그 결과가 매우 좋았다.

간에 있던 7개의 암 중에서 4개가 소멸되었으며 폐에 있던 암의 크기도 2cm에서 1cm로 줄었다고 했다.

다만 직장에 있던 암은 여전히 만만치가 않아서 방사선 치료를 해야겠다면서 주치의 선생님이 밝은 표정으로 덧붙여 말했다.

"이렇게 결과가 좋으면 수술도 가능할 겁니다."

그래, 한국인 의사들은 수술을 최선으로 여기고 있지. 절망적인 상황에서 수술이 가능한 상태로 호전되고 있으니 이 얼마나 좋은 일인가?

그러나 나는 자꾸 김의신 박사의 말이 떠올랐다.

'4번의 약물치료로 효과가 이렇게 좋다면 수술하지 말고 계속 약물치료를 하면 안 되나?' 혼자 속으로 이런 생각을 했다.

어쨌거나 기분은 좋았다.

10. 문병하러 오는 사람들

암 치료를 시작하자 정말 많은 사람이 나를 찾아 주었다.

암 진단을 처음 받았을 때 앞으로 어떻게 해야 할지 막막해서 고등학교 동기인 내과 의사 이신형 친구에게 전화했다.

그는 평소에도 동기들의 건강 문제를 세심히 배려하며 동문회 행사 때마다 큰 역할을 맡아 동기들 사이에서 왕회장으로 불린다.

우리 가족은 아프기만 하면 그의 병원을 찾는다.

그렇게 해서 고등학교 동기들이 내 병을 알게 되었다.

아니, 나 스스로 지인들을 만나면 "나, 암 걸렸어." 하고 알리고 다녔다. 그래서 고등학교 동기들, 대학 동기들, 교직의 동료들, 미술 동호인들, 제자들 등등 참 많은 지인이 병원 또는 학교로 찾아와 주었다.

나는 문병하러 오는 사람들이 반가웠다. 그래서 밝고 명랑한 표정으로 그들과 즐겁게 대화를 나누었다.

아내는 말을 많이 하면 에너지가 소모될 것을 걱정하였으나 나는 별로 개의치 않았다. 말이 많을수록 에너지 소모도 커지는 것은 분명하겠지만 즐거운 대화를 통해서 얻어지는 마음의 위안 또한 크다고 생각한다. 물질적 에너지를 소모한 대신 정신적 에너지를 충전시킨다고 하면 설명이 될까?

나의 그런 태도는 문병하러 온 사람들의 마음까지도 한결 편안하게 해주는 것 같았다. 내가 나의 병에 대해 워낙 대수롭지 않은 듯이 말하면 걱정스러워하던 지인들의 표정도 한결 밝아지는 것을 분명하게 느낄 수 있었다.

"문병을 와서 오히려 힐링이 되어 간다."

이런 말을 많이 들었다.

한 번은 문병하러 온 고등학교 동기들에게 이렇게 말했다.

"야, 너희들. 내가 몇 년이나 살 수 있을지 내기 한번 해 봐라. 1년, 2년, 3년…

이렇게 만 원씩 걸어 놓고 맞힌 사람이 가져가는 거야. 재미있지 않겠냐?"

물론 웃자고 한 소리였다. 그런데 아무도 웃지 않았다. 내 유머가 지나쳤나? 지금도 친구들 사이에 이 말이 회자되고 있다.

당시 나는 그런 유머를 할 수 있을 정도로 평정심을 유지하고 있었다. 앞에서 언급한 마음 다잡기에 성공했기 때문일 것이다.

암 치료를 시작하면서 나는 '혹시 치료가 잘못되면 어쩌나?' 하는 걱정을 한 번도 해 본 적이 없다.

그렇다고 '치료가 잘 되겠지.' 하는 기대도 하지 않았다.

암 치료의 결과에 신경 쓰지 않고 그냥 치료 과정을 밟아 갔을 뿐이었다. 암에 대한 공포감이 없었기 때문에 가능한 일이었다.

많은 암 환자들이 자신의 병세가 알려지는 것을 꺼린다고 한다.

암 치료를 받으면서 출근할 때 나는 교감 선생님에게 내 상태를 소상하게 설명해주곤 했다. 그분의 친척 한 분도 나와 같은 시기에 암 치료를 받고 있었는데 주변에 알려지는 것을 극도로 꺼린다고 했다.

문병도 오지 못하게 한다고 했다. 당연한 말이지만 그래서 교감 선생님은 오히려 내 병세를 더 잘 알고 있다는 것이다.

어느 쪽이 암 치료에 더 도움이 될까?

혼자 있는 것이 안정적이라고 생각하고 있는 사람을 억지로 여러 사람 앞에 노출하는 것은 좋을 리가 없다.

그러나 가능하다면 자신의 상태를 여러 사람이 알게 하는 것이 좋지 않을까? 병은 자랑하라고 하지 않았던가?

병을 남에게 자랑(?)한다는 것은 그만큼 마음의 여유가 있다는 말이다. 그 마음의 여유가 치료에 도움을 준다고 나는 믿는다.

어떤 경우든 환자가 자신의 마음을 밝게 유지할 수 있다면 그것은 분명 암 치료에 도움을 준다고 나는 확신한다.

나는 많은 사람이 찾아 오는 것이 반가웠고 행복한 마음도 들어서 "행복"이란 제목의 시도 써 보았다.

행복

정말 많은 지인이
찾아 주고
위로하고, 격려하고…

인생 60년
헛살지 않았다 싶어
난 참 행복했다.

행복은 그렇게
암 속에도 숨어있었다.

〈사족〉

암 환자를 문병했을 때 부정적인 걱정은 금물!

"나는 이렇게 미리 조심하고 있는데 너는 이 지경이 되도록 뭐하고 있었니?"

"항암 치료는 고통스럽다는데 어쩌면 좋으니?"

"만약 치료 결과가 나쁘면 큰일이로구나."

이런 걱정은 환자를 더욱 불안하게 만들 뿐이란다.

그럴 것 같다.

11. 음악제

나는 음악을 참 좋아한다. 음악은 여러 사람을 같은 시간에 같은 장소에서 같은 마음으로 하나 되게 만든다. 이런 예술의 장르도 드물다.

그래서 나는 "행복해서 웃는 것이 아니라 웃음으로써 행복해진다."라는 말을 바꾸어 "행복해서 노래하는 것이 아니라 노래함으로써 행복해진다."라고 말하곤 한다.

내가 근무했던 서울개포초등학교에는 음악을 좋아하는 선생님들이 참 많았다.

음악을 담당했던 진혜원 선생님은 합창부를 지도하면서 전교생에게 오카리나를 가르쳤고, 전문 성악가를 초빙해서 희망하는 선생님들이 일주일에 한 번씩 성악 레슨을 받도록 했다. 나도 그 연습에 참여했다.

그리고 1년에 한 번씩 강남문화회관을 빌어 〈개포음악제〉를 열었다.

학생과 교사가 함께 만든 무대에는 방과 후 음악 활동으로 갈고 닦은 어린이들의 연주와 교사들의 합창 및 독창 공연이 펼쳐진다.

나도 교장이라는 어드밴티지(?)로 독창을 하곤 했다.

음악제가 열린 시기가 12월 초였으니 두 번째 항암 치료를 받고 나서 세 번째 항암 치료를 받기 전이었을 것이다.

이미 언급했지만 항암 치료를 받을 때 가장 고역인 것은 구토 증세로 인해 음식을 잘 먹지 못한다는 점이다. 어쩔 수 없이 체력은 저하된다.

그런데 성악은 에너지가 참 많이 소모되는 작업이다. 선생님의 지시대로 호흡하고 발성하면 이마에 땀이 맺히기도 한다.

나는 열심히 연습했다. 체력 소모보다 얻어지는 성취감의 효과가 더 크다고 주장하면 맞는 말일까?

그런 나를 무대에 서도록 용인해 준 아내의 마음은 어떠했을까?

내 차례가 되어 동요 〈함박눈〉과 가곡 〈고향의 노래〉를 불렀다.

아내는 방청석에서 내 노래를 들으며 하염없이 울었다고 공연이 끝난 후 한 선생님이 귀띔해 주었다. 항암 치료를 막 시작할 무렵이니 내 상태가 무척 심각한 시점이었다. 아내는 내 생애의 마지막 행사로 생각했을까?

그러나 나는 그 상황에도 노래하는 것이 즐겁기만 했다. 한껏 폼을 잡고 성악 선생님께 배운 대로 감정을 잡아 불렀다. 참 속도 없는 것 같다.

운영위원장 등 학부모들이 꽃다발을 안긴다. 이들도 내가 아픈 것을 알고 있다. 모두 나의 쾌유를 비는 마음이리라. 얼마나 고마운 일인가!

강남구민회관은 밀폐된 장소이며 난방도 충분치 않아 썰렁한 편이었다. 여러모로 암 환자에겐 좋지 않은 환경인데 이런 곳에서 두어 시간 동안 앉아 관람도 하고 노래끼지 부르는 일이 혹시 몸에 해롭지는 않을까?

내 생각은 이렇다.

일단 하고 싶은 일을 하는 것이다. 그럴 때 마음은 즐거워지고 이는 암의 치료에도 도움이 될 것이다. 그래서 두꺼운 외투에 마스크까지 준비해서 썰렁한 환경에 나름 철저히 대비했다. 이만하면 괜찮지 않을까?

암은 모르는 것. 나는 얼마를 살든지 생활하며 살고 싶은 것이다.

이렇게 주장하지 않았는가? - "생활하지 않는 삶은 삶이 아니다."라고.

그래서 즐거운 마음으로 노래를 불렀다.

강남문화회관에서 독창도 해 보고… 좋지 않나!

12. 방사선 치료 1

2012년 11월과 12월, 2개월 동안 4회에 걸쳐 항암 약물치료를 받고 예정대로 방사선 치료에 들어갔다.

언급했다시피 1~4회의 약물치료 효과는 매우 좋았다.

다만 직장에 있는 암은 그 크기가 아직도 만만치 않아서 방사선 치료를 해야 한다는 주치의 선생님의 판단에 따라 치료를 시작한 것이다.

방사선 치료는 하루에 10분씩 5일간 받았다.

담당 의사 선생님은 1회에 10분씩 방사선을 쬐는 것은 아주 강한 치료이며 5회로 끝내는 것은 짧은 치료라고 했다. 말하자면 "짧고 강한" 방사선 치료를 받는 것이다.

의사 선생님 두 분이 치료를 담당한 듯했는데 그들은 CT 촬영한 내 복부 사진을 보고 매직펜으로 내 아랫배를 빙 둘러가며 표시를 했다. 방사선을 표적에 정확하게 쬐이기 위한 좌표인 것 같다.

소변을 오래 참으라고 했다. 소변이 가득 차 팽창한 방광이 소장을 위로 밀어 올려 방사선을 직장에 쬐일 때 그 피해를 줄일 수 있단다. 그 지시대로 따르려고 애를 썼고 의사 선생님은 매우 잘했다고 칭찬해 주었다.

지시에 따라 내가 침대(?)에서 자세를 바꾸어 가며 누웠다 엎드렸다 하면 둥그런 기구가 반원을 그리듯 회전하면서 방사선을 쬐었다.

방사선 치료를 받는 동안에는 별다른 느낌이 없었다. 약물치료를 받을 때는 구토 때문에 음식을 먹지 못하는 것이 그토록 고역이었는데 방사선 치료를 받으면서는 음식을 제대로 먹을 수 있어서 정말 좋았다.

방사선 치료가 별거 아니라는 생각이 들었다. 담당 의사 선생님은 2주일쯤 지나면 설사가 시작될 것이라고 했는데 뭐 그러려니 했다.

그리고 2주 정도 지나자 그 설사가 시작되었다.

장난이 아니었다.

설사가 시작되면서 5분 간격으로 화장실을 들락거렸다. 변기에서 일어나 화장실을 나서는 순간 다시 아랫배가 싸르르 아파서 화장실을 찾게 된다.

이렇게 쏟아지는 물질은 변이 아니었다. 시커먼 진액 덩이가 조금씩 나오는데 아마도 방사선에 피폭된 부분이 헐어서 쏟아지는 것이 아닐까?

암세포에 방사선을 쪼일 때 어디 방사선이 암세포에만 고스란히 쪼여지겠는가? 어쩔 수 없이 주변 장기도 피폭될 것이고 그 찌꺼기들이 몸 밖으로 배출되는 것이겠지. 그나마 직장 쪽이니 찌꺼기들이 쉽게 몸 밖으로 배출되는 것이리라. 내 멋대로 이런 생각을 해 보았다.

의사 선생님이 말한 "강한 치료"라는 말이 정말이지 실감이 났다.

방사선 피폭 시간을 줄여서 약하게 오랫동안 치료하는 방법도 있다는데 아마도 찌꺼기 배출이 힘든 기관을 치료할 때 이 방법을 쓰겠지.

설사가 시작되고 한 사흘 동안은 밤을 꼬박 새웠다. 정말로 한숨도 자지 못했다. 그 후로도 잠을 자는 둥 마는 둥 하는 날이 지속되었다.

아이고, 차라리 약물치료가 더 쉬웠을까? 마음이란 이처럼 간사하다. 지금 받는 고통이 가장 크게 느껴진다.

한 달 정도가 지나서야 화장실을 찾는 횟수가 이전과 같아졌다.

방사선 치료도 이토록 힘들었다. 하기야 쉬운 암 치료가 어디 있으랴.

13. 벗들 마당

2007년부터 나는 '벗들 마당'이라는 행사를 치러왔다.

시와 노래를 좋아하는 고등학교 동기들을 중심으로 시 낭송과 가곡을 부르는 무대를 마련하여 발표하는 자리이다. 적은 인원으로 시작한 행사가 반응이 무척 좋아서 전체 동기들의 행사로 확대되었다.

기획부터 진행까지 내가 맡아 하는데 암 치료를 받는 중에도 중단하지 않았다. 연 1회씩 12회까지 행사를 치르다가 코로나로 인하여 잠정적으로 중단된 상태이다. 물론 코로나가 끝나는 대로 다시 진행할 것이다.

암은 소모성 질환이다.

항암 치료를 하는데 체력관리는 대단히 중요하다.

운동은 적당히 하고 힘든 일은 될 수 있으면 피하는 것이 좋으며 몸이 조금이라도 피곤하다고 느껴지면 곧바로 쉬어야 한다.

'벗들 마당' 행사를 치르는 것도 그리 만만한 것은 아니다.

공연 장소도 예약해야 하고, 글 쓰는 친구들과 노래하고 악기를 연주하는 친구들에게 연락하여 당일 발표할 것들을 확정해야 한다. 프로그램을 짜야 하고 PPT 자료와 행사 안내장도 만들어야 한다.

나는 반주를 맡고 있어 노래하는 친구들과 2~3회 정도 호흡을 맞추어야 한다. 행사 당일에는 안내와 진행 그리고 공연이 끝난 후 참석자들의 저녁 식사까지 직접 책임져야 한다.

이런 일을 추진하는 것이 나의 병에 어떤 영향을 미칠까?

나는 추호도 망설임 없이 '벗들 마당'을 추진했다.

이번 2013년 1월에 치르는 '벗들 마당'은 제6회 - 그러니까 여섯 번째 치르는 행사이다. 스스로 말하지 않았던가? "생활하지 않는 삶은 삶이 아니다!"라고. 나는 내 삶을 즐기고 싶은 것이다.

'벗들 마당'을 추진하면서 내가 할 수 있는 일을 최소화했다.

송수근 교수가 PPT 자료를 만들어주었고 어려운 곡의 반주는 큰딸 경은이의 도움을 받았다. 안내장은 김기주 선생님이 만들어주었으며 당일 간식은 아내가 맡았다. 문인수 동창회 사무총장이 '김홍균 교장 쾌유 기원 벗들 마당'이라고 안내하여 동기들이 부부 동반으로 참석하였다. 어찌 모르겠는가? 나를 응원하는 그들의 마음을. 나는 사회를 보면서 말을 되도록 아꼈다.

언제나처럼 친구들은 시를 낭송하고 가곡을 부르고 판소리도 하고 악기도 연주했다. 나는 늘 강조한다. '벗들 마당'은 남들보다 잘하는 재주를 선보이는 자리가 아니라고. 연주 실력보다 더 중요한 것은 우리들의 마음가짐이라고. 시와 음악을 사랑하며 살아가는 모습을 보여주는 자리라고.

행사 내내 나의 가장 큰 걱정은 화장실 문제였다. 방사선 치료의 후유증으로 설사가 지속되고 있었기 때문이었다.

'행사 중에 화장실이 가고 싶어지면 어떡하나?' 그런데 정신력의 문제였을까? 두 시간 가까이 진행된 행사 내내 별문제가 없었다.

행사 이후에도 체력적으로 별다른 어려움을 느낄 수 없었던 것은 참으로 다행이었다. 체력이 꽤 소진되었을 법도 한데 마냥 즐겁기만 했다.

역시 하고 싶은 일을 하면서 사는 것이 치료에 도움이 되지 않을까?

14. 협진

항암 약물치료 1~4회를 마치고, 방사선 치료도 끝나고, 개인적으로 '벗들 마당' 행사도 잘 치르고 나서 협진이 있었다.

협진은 말 그대로 나를 치료하는 여러 명의 의사 선생님들이 한자리에 모여 각자의 분야에서 전문적인 의견을 제시하고 그 의견들을 종합하여 치료의 방향을 결정해 나가는 시스템으로 이해된다.

나의 병은 직장암 말기이므로 나를 총체적으로 진찰하고 관리하는 주치의 선생님은 종양내과 의사이다. 병원에 갈 때마다 이분과 대면한다.

그리고 종양이 있는 직장의 상태를 보면서 수술 여부를 결정하는 장 전문의 선생님, 암이 간에 전이 되었으므로 간 전문의 선생님과 폐도 전이 되었으므로 폐 전문의 선생님, 그리고 방사선 치료를 담당한 선생님 이렇게 다섯 분이 한자리에 모여서 나와 상담하고 치료 방법을 결정하는 것이다.

이 다섯 명의 의사 선생님들이 돌아가면서 나의 병세에 대해 소상히 설명해 줄 것이라는 나의 기대는 싱겁게 무너지고 말았다.

먼저 주치의 선생님이 병세에 대해 전체적인 의견을 피력하였다.

"4번의 항암 약물치료 효과는 매우 좋다. 방사선 치료 결과도 좋다. 간에 일곱 군데에 있던 암 덩어리는 절반으로 줄어 흔적만 보이고 폐의 2cm짜리 암도 1cm로 줄었다. 이만하면 수술할 수 있다. 앞으로 네 차례의 항암 약물치료를 더 하고 수술할 예정이다."

다른 의사 선생님들은 고개를 끄덕여 동의를 표하고 그걸로 끝이었다.

나는 조심스럽게 물었다.

"…저, 몰라서 묻는 것인데요. 이렇게 항암 약물치료의 효과가 좋다면 수술하지 않고 그냥 약물치료만으로도 치료가 되지 않을까요?"

"약물치료는 오래 하면 내성이 생겨서 더 이상 약물이 듣지 않을 수도 있습니다. 수술해야 깨끗이 마무리할 수 있습니다."

또 생각나는 김의신 박사의 말. "왜 암을 수술하려고 하는가?"

그러나 담당 의사 선생님에게 수술을 거부하는 의사를 표시할 시점은 아니라는 생각이 들었다. 앞으로 수술까지 4차례의 약물치료 과정이 남아 있다. 그때까지 심사숙고해 보자는 생각을 가지고 협진실에서 나왔다.

맨 처음 암 판정을 받았을 때 수술이 불가하다는 상황을 생각해 보면 지금은 그때와는 비교할 수 없을 만큼 희망적이다. 수술을 할 것인가 말 것인가를 놓고 선택적으로 고민할 정도가 되었으니 말이다.

김의신 박사의 말에 끌렸던 나는 되도록 수술하지 않으려 했다.

같은 지역 교장 선생님들이 모여서 회의하는 자리에서 나는 이 협진 이야기와 내 생각을 말했다. 그랬더니 바로 얼마 전에 사모님을 암으로 떠나보낸 옆 학교의 교장 선생님이 펄쩍 뛰면서 이렇게 말했다.

"제 아내는 암이 작아졌는데도 수술을 미루다 암이 뇌로 전이되어 손을 쓸 수가 없었습니다. 수술할 수 있을 때 빨리 수술하십시오."

만약 빨리 수술했더라면 살 수 있었을지도 모른다는 미련이 강하게 남아 있다고 했다. 이 말 또한 일리가 있지 않은가?

한참 동안 갈피를 잡지 못하던 나는 '그래, 수술해도 좋고 안 해도 좋다. 어떤 경우든 이겨낼 자신이 있어!' 이런 결심을 하기에 이르렀다.

돌이켜 보면 참 좋은, 내 마음을 잘 다잡는 결심이었다.

15. 항암 약물치료(5~8회) 그리고 변명

약물치료는 똑같은 방법으로 진행되었다. 2013년 2월부터 3월까지 2박 3일 동안 입원하여 링거주사를 맞았다.

손발은 여전히 저리고 구토 중세로 인하여 음식을 먹는 일 또한 고역이었다. 특히 주사를 맞고 나서 1주일 정도는 정말 견디기 힘들었다.

약물 투여가 끝나고 퇴원하면 구토가 심하게 나오지 않을 음식을 골라 먹었다. 평소에는 비린 생선을 맛있게 먹곤 했는데 약물이 들어가는 순간 그런 음식이 오히려 구토를 더 유발했다. 냄새를 맡기도 힘들었다.

그래서 비린 맛이 덜 날 것 같은 음식을 골라 먹었다. 추어탕, 칼국수 등을 먹었는데 참고 먹을 만한 음식이야 사람마다 다를 것이다.

날이 지나면 구토 중세가 줄어드는데 겨우 음식을 먹을 만하면 다시 병원에 갈 날이 돌아온다. 몸이 정상으로 회복될 때쯤 다시 약물치료를 시작하는 것이다. 정말 병원 가기가 싫어진다. 만약 일주일 만에 몸이 정상 컨디션으로 돌아온다면 그 간격으로 약물을 투여했을 것 같다.

예전처럼 금요일부터 일요일까지 입원하고 월요일엔 출근했다.

2월은 학년 말 방학이 있어 조금 수월하였으나 새 학년이 시작되는 3월은 선생님들처럼 교장도 참 바빠서 차분히 쉴 틈이 없다.

바쁜 중에 문득 이런 생각이 들었다.

나는 나의 입장에서 하던 일을 계속하고자 했다.

암과 싸우면서도 내 생활을 포기하지 않으려 했다. 그런 행동이 내 삶을 의미 있게 만드는 일이며 치료에도 도움이 된다고 믿고 있다.

그런데 다른 사람들은 나를 어떻게 보고 있을까?

저 혼자 좋자고 직장 동료들에게 피해를 준다는 사실을 외면하고 있다고 생각하지는 않을까? 저 정도의 병이라면 직장 구성원들에게 피해를 주지 말고 퇴직하는 것이 마땅하다고 여기고 있지는 않을까?

그럴 수도 있을 것 같아서 혼자 속으로 애써 변명해 보았다.

'공무원은 1년에 60일은 병가를 낼 수 있도록 법으로 보장되어 있다. 나는 업무 공백을 최소화하기 위해 공휴일을 끼고 치료에 임하고 있다. 이 정도의 결근으로 학교 경영에 지장을 초래하지는 않을 것이다.'

그러나 직장의 구성원들에게 조금의 피해도 주지 않았다고 어떻게 자신할 수 있겠는가? 지금도 동료들에게 미안한 마음 가득하다.

서울개포초등학교 직원들은 모두 더할 나위 없이 잘해주었다.

조정숙 교감 선생님은 영민하였다. 내가 아프기 전부터도 간섭이 필요 없을 만큼 학교의 모든 일을 잘 처리해 왔었다. 최영아 보건교사는 날마다 내 건강 상태를 체크하였고 조리종사원들은 암 환자에게 해롭다는 음식 - 예를 들어 튀김 요리를 할 때면 내 몫은 따로 조림을 만들어주었다. 젊은 주무관 이재학은 점심시간만 되면 달려와 뜸을 떠주었다. 교무 보조교사 김기주는 날마다 내 간식을 챙기는데 먹어야 할 것을 먹지 않고 있으면 대뜸 야단(?)을 친다.

나는 그들의 배려가 고마웠고 그래서 행복했다. 그 행복감이 민폐에 대한 미안함을 잊게 했는지도 모른다.

선생님 한 분은 나에게 와서 고맙다고 했다.

자신의 아버지가 최근 암으로 판정받았는데 처음엔 가슴이 철렁했다가 암을 꿋꿋이 이겨내는 내 모습을 보고 자신과 아버지 등 식구들 모두 마음의 안정을 찾고 치료에 임하고 있다는 것이다. 나도 기분이 좋았다.

나는 선생님들을 믿었다. 그들이 하는 일에 간섭하지 않았다.

물론 내가 아프기 전부터 그렇게 학교를 경영했었다.

교사를 믿는 것은 나의 교육철학이다. 나는 있는 듯 없는 듯한 교장이었다. 이 말은 있으나 마나 한 교장이라는 말과는 전혀 다르다.

내가 부임해서 우리 학교는 서울시교육청의 학교 평가에서 2년 연속 최고등급인 S등급을 받고 있었다.

그 후 내가 퇴임할 때까지 5년 내리 S등급을 받았다.

이는 다른 학교에서는 보기 힘든 자랑스러운 일이거니와 나의 투병이 학교 경영에 부정적인 영향을 주지 않았다는 반증이 아닐까?

학교 평가가 그렇게 잘 나온 것은 당연히 교감 선생님과 선생님들이 열심히 노력한 결과이다. 거기에 살짝 교장의 생색을 얹어보자면 선생님들을 믿어준 내 경영 철학도 작은 보탬이 되었을 것이라고 생각해 본다.

이처럼 모든 구성원이 세심하게 배려해 주고 학교 평가도 우수하게 나와서 내가 끼쳤을 민폐를 느끼지 못했을 수도 있다.

어찌 민폐가 없었겠는가? 그들의 배려 자체가 민폐일 수도 있다. 다만 나는 그들의 진심어린 행동에서 민폐의 미안함보다는 커다란 고마움을 느꼈기에 민폐라는 생각 자체를 아예 하지 않았던 것 같다.

변명이 길었다.

8회의 항암 약물 투여가 끝나고 다시 CT 촬영이 있었다.

16. CT 촬영 결과

총 8회의 항암 약물치료 후 2013년 3월 말쯤 CT 촬영이 있었다.

결과는 아주 고무적이었다.

직장에 있던 지름 4.2cm짜리 암은 소멸되었고 간에 7군데로 전이되었던 암들도 흔적이 없어졌다고 했다. 폐에 있던 지름 2cm짜리 암은 6mm로 줄어들었다. 나는 수술을 하지 않았으면 좋겠다는 바람을 가지고 5명의 의사 선생님들과 개별 면담을 하였다.

첫 번째 나의 암 치료를 총괄 지휘하는 주치의 선생님과의 면담.

"폐에만 암이 남아 있는데 약물치료를 계속하면 안 될까요?"

"항암제를 오래 투여하면 내성이 생깁니다. 수술해야 합니다."

두 번째 직장을 담당한 의사 선생님과의 면담.

"직장의 암이 없어졌는데 수술할 필요가 있을까요?"

"그냥 두면 이것이 스멀스멀 기어 나옵니다. 수술해야 합니다."

세 번째 간 담당 의사 선생님은 나에게 먼저 말했다.

"전이된 곳의 암이 없어졌으니 굳이 수술할 필요가 없겠네요."

수술을 한다고 했을 때 나는 간이 제일 걱정되었다. 암이 7군데나 넓게 퍼져 있는데 어디를 어떻게 자른단 말인가? 그런데 암의 흔적이 모두 사라져서 수술할 필요가 없다니 얼마나 다행인가? 그래서 슬쩍 물어보았다.

"직장도 흔적이 사라졌는데 수술하지 않아도 되지 않을까요?"

"직장은 수술해야 합니다. 거기가 본부이거든요."

네 번째 폐 담당 의사 선생님과의 면담.

"암 덩어리가 아주 작아졌는데 약물치료를 계속하면 안 될까요?"

"약물치료의 지속 여부는 제가 판단할 부분이 아닙니다. 이 암 덩어리가 죽었다면 수술할 필요가 없겠지만 살아 있다면 수술해야 합니다."

참. 약물치료는 종양내과 주치의 선생님의 일인 걸 깜박했다.

그래서 또 슬쩍 물어보았다.

"직장의 암은 소멸되었다고 했는데 수술하지 않아도 되지 않을까요?"

"그곳은 수술해야 합니다."

다섯 번째 방사선 치료 담당 의사 선생님과의 면담.

방사선 치료 결과 직장의 암은 소멸된 바 성공적인 치료에 기분이 좋은 듯 의사 선생님이 먼저 말을 꺼냈다.

"직장의 암은 없어졌네요. 암 수치도 정상인과 똑같습니다."

"그렇다면 수술하지 않아도 되지 않을까요?"

"수술해야 합니다."

모든 의사 선생님들의 의견은 일치했다. 수술이 최선이라는 신념이 확고했다. 나는 수술을 피하고 싶었지만 이분들의 결정을 거부할 수가 없었다. 의사의 결정에 따르지 않으려면 이 병원에서의 치료를 포기해야겠지.

지금까지의 치료 경과는 아주 좋다. 그렇다면 이 치료를 진행해 온 주치의 선생님을 당연히 믿고 따라야 한다. 처음의 절망적인 상태를 돌이켜 생각해 보면 지금 수술 여부에 대한 선택은 확실히 행복한 고민이다.

'그래. 나는 이미 수술을 하든 하지 않든 다 이겨낼 자신이 있다고 생각하지 않았던가? 수술하면 하는 것이지.'

결국 그렇게 나는 수술을 기다리고 있었다.

17. 개인전

2013년 4월 3일. 인사동에서 개인전을 열었다.

약물치료를 끝내고 수술은 5월로 예약되어 있었다.

그룹전은 여러 번 해 보았지만 개인전은 처음이다.

오래전부터 회갑 기념 개인전을 계획했었고 약 1년 전에 전시장을 계약했었다. 그러다 덜컥 암 판정을 받아버린 것이다. 순간 '전시회는 어떻게 하지?' 하는 생각이 들었으나 곧바로 계획대로 하기로 마음을 굳혔다.

모처럼 하는 개인전이니 뭔가 특색 있는 전시회를 열고 싶어서 평소에 즐겨 그리던 장미 그림만으로 〈김홍균 장미전〉을 기획했었다.

그래서 틈나는 대로 그림을 그려왔었는데 일이 꼬여버린 것이다.

장미 그림을 즐겨 그렸다고는 하나 개인전을 열려면 훨씬 더 많은 작품을 준비해야 했다. 그런데 암 치료를 하면서 그림에 몰두할 수도 없어서 할 수 없이 그동안 모아놓은 여러 종류의 그림들을 걸기로 했다.

그렇다고 해도 개인전을 앞두고 붓을 아주 놓을 수도 없는 노릇이었다. 마무리 혹은 보완이 필요한 작품이 있었다. 나는 작업을 계속했다.

다 아는 사실이지만 유화는 물감을 기름에 녹여 쓴다. 테레핀 기름의 냄새는 독해서 어쩐지 몸에 좋지 않을 것 같다는 생각도 들었다.

고등학교 친구 강경배 사장은 나만 보면 그 기름을 멀리하라고 걱정 가득한 야단(?)을 치는데 나는 건성으로 "응, 응."하고 대답만 한다.

체력이 달려 작업 시간은 길지 않지만 그 시간은 참으로 즐겁다.

개인전 기간에 참 많은 사람이 찾아 주었다.

소박하게 하고자 작은 화랑을 예약했었는데 오픈 행사 때 사람들을 실내에다 들일 수가 없었다. 전시 기간 내내 화랑은 사람들로 붐볐다.

서울은 물론이고 충청도, 경상도, 전라도 그리고 광주 등지에서 찾아 준 사람들……. 이 사람들은 나를 마지막으로 본다고 생각하고 찾아왔을까? 아무려면 어떠냐? 나는 고맙고 또 행복했다. 모르는 사람들도 많이 와서 구경했고 인터넷 방송을 하는 사람이 찾아와 인터뷰도 했다. 재미있었다.

사람들이 자꾸 그림 가격을 묻길래 높은 가격을 책정해 놓았다. 팔지 않겠다는 뜻이다. 그래도 사겠다는 사람들에게는 책정가의 절반만 받았다.

많은 지인이 그림을 사주었고 모르는 사람들이 사 가기도 했다. '이거, 그림만 그려도 밥 먹고 살겠네.' 농기 어린 생각도 해 보았다.

내 그림의 어떤 점이 마음에 들어 사느냐고 물었더니 따뜻한 느낌이 좋다나? 전에도 내 그림이 따뜻하다는 말을 많이 들었었다.

딸내미는 자기가 갖고 싶은 그림이 팔려버릴 것을 염려해서 그 작품에 미리 빨간 스티커를 붙여놓았다. 얘한테는 그림값을 어떻게 받지?

개인전은 그렇게 성공적으로 끝났다.

수술을 한 달 앞둔 시점이었는데 수술을 대비해서 체력을 비축하는 것이 좋을까, 아니면 즐겁게 하고 싶은 일을 하는 것이 좋을까? 답은 잘 모르겠다. 다만 나는, 늘 강조한 대로 하고 싶은 일을 하면서 살고 싶었다.

농담처럼 하던 말 - "모르겠다. 암은 의사 선생님이 알아서 하라고 하고, 나는 나대로 즐겁게 살자."

18. 수술

2013년 5월 초. 수술 날짜가 잡혔다.

수술이 불가하다고 하던 때가 불과 반년 전이었다. 참 열심히 치료했고 그 과정을 잘 견뎌내었구나. 직장과 폐 일부를 잘라내는 수술로 약 5시간 정도가 걸린다고 주치의 선생님이 말해주었다.

이동용 침대에 누워 수술실로 들어갔다. 천장에 성경 문구가 적혀 있었다.

'두려워하지 말라. 내가 너와 함께 함이라.'

솔직히 두렵지 않았다. 나는 알고 있다. 직장과 폐의 일부를 잘라내는 수술이 생명에는 지장을 주지 않는다는 사실을.

목사님일까? 한 분이 조용히 다가와 속삭이듯 말한다.

"교회에 나가십니까?"

"아니요."

"기도해 드려도 되겠습니까?"

"감사합니다."

성공적인 수술을 기원하는 기도 소리를 들으며 나는 생각해 본다.

'이번에는 마취되는 순간을 느낄 수 있을까?'

왜, 영화를 보면 마취되는 순간이 있지 않은가? 화면이 가물가물해지며 점점 흐릿해지는 장면 말이다. 실제로도 그럴까?

이미 1986년에 맹장 수술을 할 때 전신 마취를 하면서도 그런 생각을 했었는데 영화 속의 장면을 느껴보는 일은 실패(?)하고 말았다. 마취되는 순간 아무런 느낌이 없는 듯하다가 어느 순간 눈을 떠보니 수술은 이미 끝나 있었다. '이번에는 꼭 느껴봐야지.' 이 무슨 쓸데없는 집착인지.

그리고 그 쓸데없는 집착은 또 실패하고 말았다.

마취실에서 입과 코에 호흡기 같은 것을 씌웠는데도 정신이 말똥말똥했다.

'언제 마취가 되나?' 생각하고 있는데 "긴장 풀고 심호흡하세요."라는 말이 들린다. 그래서 심호흡을 했을까? 또 눈을 떴더니 역시 수술은 끝나 있었다. 아이고, 영화 속 장면은 순 거짓이었구만.

걱정스럽게 내려다보는 딸내미와 눈이 마주쳤다.

나는 싱긋 웃어주었다. 그리고 "쉽네, 뭐." 하고 말해주려고 했었다. 그런데 딸내미가 어이가 없다는 듯 "심지어 웃어요?" 하지 않는가? 순간 '아, 수술이 힘들었나 보다.'라는 생각이 들어 말을 바꾸었다.

"수술 시간은 얼마나 걸렸니?"

"열 시간이요."

그랬구나. 기다리는 사람들은 얼마나 가슴을 졸였을까? 성질 급한 아내가 받았을 고통은 짐작하고도 남는다. 수명 좀 단축되었지 싶다.

수술 시간이 예정보다 두 배나 길어진 이유는 이렇단다.

첫째, 직장은 복강경으로 수술하려 했으나 골반이 좁은 탓에 기구가 들어가기 힘들어 개복 수술로 전환했단다. 뭐라? 178cm의 신장인데 골반이 좁아? 직장의 일부와 대장의 일부를 18.5cm 정도 잘라냈다고 한다.

둘째, 폐는 흉강경으로 수술했는데 폐를 자르는 작업은 쉬우나 그 전에 유착이 심한 폐를 주변의 장기와 분리하는 시간이 오래 걸렸었단다.

나는 어렸을 때부터 폐 질환을 자주 앓았었다. 감기는 연례행사였고 폐렴도 앓았다. 특히 중학교 때는 폐디스토마에 감염되어 각혈까지 했었는데 그러한 질환 때문에 생긴 폐의 염증 부위가 주변 장기에 달라붙어 심한 유착이 생긴 것 같다. 그렇게 폐는 모든 기능이 정상인 내 몸의 아킬레스건이다.

나중에 X-Ray 사진을 보니 오른쪽 폐 아랫부분이 1/5 정도 잘려져 있었다. 시간은 많이 걸렸지만 다른 부작용은 없어 곧바로 일반병실로 옮겨졌다.

침대에 누워 내 모습을 살펴보니 참으로 가관이었다.

코에는 산소를 공급하는 줄이 끼워져 있었고 소변줄도 끼워져 있었으며 수술 부위 주변에 고이는 불순물을 뽑아내려는 듯 복부와 폐 주위의 옆구리에서는 3개의 줄이 길게 나와 아래쪽 주머니에 연결되어 있었다. 옛날에 만화책에서 본 사이보그 모습 같기도 하고……

오른쪽 옆구리에 장루가 달려 있었다.

장루란 항문이 폐쇄되었거나 일시적으로 항문으로 배설할 수가 없을 때 옆구리를 뚫어 배설물을 받아내는 장치이다. 항문을 아주 폐쇄할 때는 왼쪽 옆구리를 뚫어 대장의 끝부분에 장루를 단다. 평생 장루를 달고 살아야 하므로 장애인으로 등록된다. 반면 일시적으로 항문을 폐쇄하면 나의 경우처럼 오른쪽 옆구리를 뚫어 소장에 장루를 단다.

수술 전에 나는 주치의 선생님에게 물었다.

"항문은 살릴 수 있나요?"

"살릴 수 있습니다."

주치의 선생님은 확실하게 대답했다.

암이 발생한 부위가 대장과 가까워서 항문을 폐쇄하지 않아도 된다는 것이다. 그나마 다행이라고 해야겠지. 일시적으로 장루를 달고 있다가 약 4개월 후에 다시 복원 수술을 한다고 했다.

그러한 모습으로 나는 회복 절차에 들어갔다.

19. 회복 훈련

장장 10시간의 수술이 끝나고 하루가 지났다.

수술 부위가 별로 아픈 줄 모르겠다. 내 감각은 아주 무디다. 살아오면서 그런 느낌을 받은 적이 많다.

부지런히 걷는 연습을 하라는 의사 선생님의 말이 생각나 아침 식사 후 병원 복도를 한 바퀴 돌고 왔다. 병원 복도에는 나처럼 걷는 환자들도 보였다. 병실에 들어서니 사람들이 이상하다는 듯 쳐다본다.

아내가 가만히 말해주는데 어제 수술하고 어떻게 오늘 걸을 수 있느냐고 했단다. 뭐, 의사 선생님께서 시키는 대로 해야 하지 않겠어?

젊은 의사 선생님이 드레싱을 하러 왔다. 수술 부위를 덮고 있는 붕대를 떼어내자 배꼽 위부터 저 아래까지 길게 찢어 놓은 상처가 보인다. 상처를 따라 스테플러 핀을 촘촘히 박아 놓은 것도 보인다. 아, 요새는 상처를 실로 꿰매지 않고 이렇게 핀으로 박아 놓는가 보다. 그래도 효과는 똑같겠지?

그 젊은 의사 선생님은 인정사정없었다.

아물지 않은 상처 속으로 핀셋을 쑥 집어넣었다 빼내어 안의 상태를 확인해 본 후 그곳에 고여 있는 불순물을 밖으로 배출시키려는 듯 내 배를 쥐어짜듯이 주물럭거린다. 스테플러 핀 사이로 진물이 빠져나온다.

내 감각이 무디다고? 엄청 아프다.

"선생님. 아무리 남의 몸이라고 이렇게 인정사정없이 주무릅니까?"

"아버님. 이렇게 해야만 하는 제 가슴도 찢어질 듯 아픕니다."

"선생님 가슴은 찢어질 듯하겠지만, 제 배는 이미 찢어져 버렸네요."

젊은 의사 선생님은 웃음을 참으려 애쓰면서도 주무르는 동작을 멈추지 않았다. 그 후에도 드레싱 할 때마다 그렇게 주물러댔다.

또 하루가 지났는데 물을 마셔보란다. 나는 방귀가 나온 후에 마시는 것으로 알고 있었는데 괜찮단다. 조금 마셔보았다. 그날 오후에 방귀가 나왔다. 순조롭게 회복되는 것 같았다. 3일째 되던 날에는 미음이 나왔다.

회복 절차가 엄청 빠른 것 같아 의사 선생님에게 물어보았다.

"언제쯤 퇴원할 수 있을까요?"

"모레 퇴원시킬 예정입니다."

뭐라? 10시간 동안이나 수술한 환자를 5일 만에 퇴원시키겠다고? 언뜻 이해되지 않았다. 그러나 퇴원시킬 만하니까 퇴원시키겠지.

미음을 먹고 난 후 기어이 사달이 나고 말았다. 잠을 자는데 갑자기 배가 아프기 시작했다. 참기가 힘들어 간호사를 불렀는데 의사 선생님이 오실 때까지 기다리란다. 땀이 삘삘 날 정도로 통증이 계속되었다.

아침에 의사 선생님이 와서 보더니 장폐색 증세라고 했다.

수술 후 헝클어진 장들이 제자리를 찾아가는데 그 과정에서 꼬일 수 있다. 그러면 음식물과 가스 등이 정상적으로 내려가지 못하고 통증이 유발되는 것이다. 시간이 지나면 저절로 낫기도 하지만 수술을 할 수도 있단다.

운동이 효과적이라고 해서 부지런히 걸었다. 하루를 더 앓고 나서 밤잠을 설치는 중에 방귀가 나오면서 통증이 사라졌다. 같이 잠을 자지 못하고 지켜보던 아내가 무척이나 기뻐한다.

장폐색 증세로 인하여 3일을 더 입원하고 8일 만에 퇴원하였다.

의사 선생님은 집에서 한 달 정도 요양하라고 했지만 일주일 후에 출근했다. 학교에 가고 싶어서.

20. 항암 약물치료(9~12회)

2013년 6월. 또 약물치료가 시작되었다. 이미 말했듯이 약물치료의 한 사이클을 12회로 잡았기 때문에 마지막 4회를 더 해야 한다.

마지막이라는 생각 때문인지, 수술 후 체력이 많이 떨어졌기 때문인지 아니면 지금까지 몸속에 주입된 약물의 독성이 누적되었기 때문인지 이번의 약물치료는 무척이나 힘들었다. 아마 위에 든 세 가지 이유가 다 해당하지 않을까? 링거주사를 맞고 나면 회복하는 데 오랜 시간이 걸렸다.

2박 3일 동안 링거주사를 맞는 일을 2주마다 반복해야 하는데 백혈구 수치가 부족하다는 이유로 3주 만에 맞기도 했고, 그 3주 만에도 백혈구 수치가 정상으로 올라오지 않자 백혈구를 생성시키는 주사를 맞기도 했다.

주치의 선생님은 그 주사를 놓으면서 꾸지람 비슷하게 주의를 준다.

"고기를 많이 드시고 다음에는 백혈구 수치를 충분히 올려 오세요."

나는 이미 고기를 많이 먹고 있었다.

암 환자들은 육식보다 채식을 선호하는데 주치의 선생님은 나도 그러리라 짐작한 모양이다. 순간, 장난기가 발동했다.

"저, 선생님."

주치의 선생님이 고개를 들고 나를 바라본다. 나는 짐짓 진지한 척 그러나 눈에 웃음기를 머금고 물었다.

"혹시 백혈구 파는 곳을 알고 계시나요?"

주치의 선생님은 픽 웃었고 그 옆에 앉아 있던 젊은 여자 의사(아마도 레지던트인 듯)는 웃음을 참느라고 어쩔 줄을 모른다.

10번째 약물치료가 끝났을 때 갑자기 온몸에 물집 같은 것이 생겼다.

피부과를 찾았다. 의사 선생님에게 물집을 보여주자 대뜸 묻는다.

"혹시 지금 항암 치료를 받고 계십니까?"

"예."

"대상포진입니다. 항암 치료로 면역력이 약해지면 나타날 수 있지요."

"대상포진은 주로 오른쪽 몸의 일부에 나타나는 것 아닙니까?"

"면역력이 떨어지면 온몸에 나타나기도 합니다. 많이 아프시겠습니다."

아프지는 않고 가렵기만 한데? 그래, 나는 감각이 엄청 둔한 거야.

주사 맞고 약 먹고 대상포진은 일주일 만에 나았다. 그 일로 해서 항암 약물 치료는 또 일주일 뒤로 미루어졌다.

정상을 앞에 둔 깔딱고개는 그렇게 가파르고 숨이 차다. 이번 약물치료만 끝나면 나의 항암 치료의 긴 여정이 끝나는데 마지막 부분이 이렇게 힘들다. 그러나 이 또한 지나가겠지.

2013년 8월.

약물치료가 모두 끝났다. 이로써 2012년 11월에 시작한 나의 항암 치료의 모든 과정이 끝난 것이다. 약 10개월 동안 12회의 약물치료, 5회의 방사선 치료 그리고 10여 시간의 수술……. 힘든 여정이었다.

나는 치료의 전 과정을 무리 없이 소화해 냈다.

이제 CT 촬영을 하고 그 결과를 확인하는 일만 남았다.

참. 오른쪽 옆구리의 장루마저 떼어내야 완전히 끝이 나는 것이겠지.

21. 치료의 결과

CT 촬영의 결과는 매우 좋았다. 몸 어느 곳에서도 암의 흔적을 찾을 수 없었다. 암 수치가 1.8이라고 주치의 선생님이 말해주었다.

10개월 전 처음 암으로 판정받았을 당시 나의 암 수치는 48이라고 했었다. 혈액 검사에서 암 수치가 5 이하로 나오면 정상이라고 한다.

수술로 잘라낸 부위의 조직검사를 해 보니 직장의 암세포는 괴사 상태였고 폐의 암세포는 살아 있는 상태였다고 했다. 어쨌든 몸 안의 암세포들이 말끔하게 제거된 사실은 반가운 일이 아닐 수 없다.

그러나 마냥 마음 놓을 수만은 없는 일. CT에서는 확인이 안 되지만 혈액 속에는 여전히 암세포가 떠돌아다닐 수 있단다. 특히 나처럼 암이 다른 장기로 전이까지 된 환자의 혈액 속에는 암세포가 존재하고 있을 확률이 더욱 높단다. 그 암세포가 다시 몸에 달라붙는 일이 없어야 할 텐데.

어떻게 하면 암이 재발하지 않을 수 있을까?

수술에 성공한 암 환자들은 각자 나름대로 여러 가지 방법을 총동원하여 재발을 막고자 노력한다. 그 결과 완치로 판정받기도 하고 안타깝게 재발하기도 하고…… 나 역시 나한테 알맞은 방법을 찾아봐야겠지.

많은 사람이 축하해 주었다.

모든 치료를 끝내고 출근한 날 조정숙 교감 선생님이 반갑게 맞이해 주었다. 날마다 울면서 아내와 통화하며 내 병세를 확인해 주는 분이다.

"교장 선생님. 암이 없어져서 얼마나 기쁘세요?"

뛰어난 업무 능력을 교육청에서도 인정 받는 교감 선생님은 직원들을 사랑으로 감싸 안아 모두가 그를 따른다.

그런 교감 선생님 덕분에 나는 마음 놓고 병원을 들락거릴 수 있었다. 교육청의 학교 평가도 해마다 최고점을 받고 있다.

나는 담담하게 대답했다.

"교감 선생님. 나는 암에 걸렸을 때 별로 슬프지 않았어요. 그러므로 암이 없어졌다고 해서 그렇게 기뻐할 것도 없지요."

나는 암으로 판정을 받고 마음을 다잡을 때 완치에 대한 희망을 갖지 않았다. 희망은 좋은 일이나 만약 암이 재발한다면 그 희망은 절망으로 바뀌기 쉬울 것이기 때문에.

그렇다고 나는 암 때문에 죽을 것이라는 절망은 더더욱 하지 않았다. 절망은 암을 치료하는 데 아무런 도움이 되지 않으므로.

희망에 목메지 아니하고 절망에 겁먹지 아니하는 담담한 마음으로 암에 대한 공포에서 벗어났고 그 마음을 유지하기 위해 애쓰고 있다.

그 담담한 마음이 항상 유지되느냐고?

그렇지 않다. 치료가 성공적으로 끝났을 때 어찌 기쁜 마음이 들지 않았겠는가? 의식적으로 기쁜 마음을 떨쳐내기 위해 노력했었다.

이제는 암이 없어졌다는 생각은 자연스럽게 '혹시 재발하면 어쩌지?' 하는 걱정을 동반하고 있었다. 그 마음 역시 떨쳐버리고자 애썼다.

담담한 마음을 유지한다는 것은 마음이 항상 담담한 상태라는 말이 아니다. 그렇게 되려고 노력한다는 말이다. 그 길이 최선이라고 여기기 때문에.

그렇게 담담한 마음을 유지하기 위해 애를 쓰면서 한편으로는 암의 재발을 막는 방법도 찾아보고 실천해야 할 것이라고 다짐해 본다.

우선 걷기부터 해야 할 것 같다.

조함해안도로에서

살 수 있을까?
조함해안도로 길섶
거친 돌 틈 사이 비집고 피어 있는
이름 모를 풀꽃

살 수 있을까?
햇살 한 오라기 간신히 부여잡은
저 가녀린 꽃잎
예외 없이 불어 닥칠 모진 바닷바람
견뎌낼 수 있을까?

머언 수평선
헐떡이는 파도 소리
조천에서 함덕까지 바닷가 길을 따라
항암제로 찌드는 몸뚱이를 이끌고
오늘도 나는 걷는다,
살기 위해서

살 수 있을까?
늘 그랬듯이
갔던 길 되짚어 돌아오는데
그 조그만 꽃잎
나를 보고 조용히 웃고 있다
지금! 이렇게 살고 있다고.

22. 안산 산행

2013년 9월. 고교 동기 모임인 녹산회에서 안산 산행이 있었다.

내가 입원했던 병원의 바로 옆 산이다. 병실에서 늘 바라보던 산이다. 나도 참가했다. 높지 않은 산이어서 오를 수 있을 것 같았다.

동기들이 아낌없는 축하를 보내주었다.

"현대 의술도 놀랍고, 네 의지도 놀랍다."

10여 시간의 대수술을 하고도 5일 만에 퇴원시키려고 했다고 내가 말을 꺼내자 다들 대학병원이 너무하는 것 아니냐고 놀라운 반응을 보였는데 한 친구가 명쾌하게 정리해 준다.

"대학병원은 중환자를 수술하는 것으로 그 임무를 다하는 것이다. 수술 후 회복은 일반병원으로 옮겨서 해야 한다."

맞는 말이다. 대학병원에 가 본 사람은 안다. 얼마나 많은 환자가 몰려 있는지. 예약된 시각보다 30~40분씩 늦게 진료하는 일이 흔하다. 그렇게 기다렸다가 진료실로 들어가도 의사와 면담하는 시간은 길어도 5분을 넘지 않을 것이다. 불평할 일이 아니다. 한 환자에게 더 많은 시간을 할애한다면 뒤에서 기다리는 그 많은 환자를 어떻게 다 진료할 수 있겠는가?

수술도 마찬가지다. 환자들이 줄줄이 대기하고 있는데 수술이 끝난 환자의 요양까지 책임질 수는 없다는 말이 설득력 있어 보인다.

낮다고 해도 산은 산이다. 약간 비탈진 길을 올라가는데 벌써 숨이 차기 시작한다. 조금 걷다가 다들 쉬기로 했다. 나를 배려한 결정이리라.

한 발짝 앞서 걷던 친구들이 쉬고 있는 곳을 불과 2~3m 앞두고 나는 멈추었다. 의도적으로 멈춘 것이 아니라 더 걸을 수가 없기 때문이었다. 서너 걸음만 더 걸으면 되는데 숨이 차서 움직일 수가 없었다. 정신은 말짱하고 다리도 풀리지 않았는데 숨이 차서 움직일 수가 없다니, 참…!

오른쪽 폐를 1/5 정도 잘라냈지만, 폐활량에는 지장이 없을 것이라고 했었는데……. 그래, 수술에 약물치료에 그 힘든 과정을 거치면서 체력이 저하된 것은 너무나 당연하지 않겠는가? 이렇게 생각하기로 했다.

결국 정상에 오르는 것을 포기하고 중간에서 쉬면서 내려오는 친구들을 기다렸다. 하산하는 길은 걷기가 쉬웠다.

녹산회 회원으로 전국 여러 산을 다녀 보면서 느낀 점은 우리나라의 등산 인구가 참 많다는 사실이다. 모든 산이 사람들로 북적인다면 과장된 표현일까? 정말이지 아무 산이나 올라가도 사람들을 쉽게 만날 수 있다. 우리나라 사람들이 체력을 기르는 수단으로 가장 선호하는 것이 등산이 아닐까?

나는 천성이 게을러서 평소에는 움직이는 것을 아주 싫어한다. 방안에 콕 들어박혀 글을 쓰거나 그림을 그리는 것을 좋아한다.

그러던 내가 수술 후에는 어쩔 수 없이(?) 수시로 걸었다.

집에 있을 때는 집 앞 공원을 날마다 걸었고 출근해서는 점심시간에 학교 앞 양재천을 걸었다. 근처의 대모산을 쉬엄쉬엄 올라 보기도 했다.

그러다 내친김에 안산 산행에 도전한 것이다. 정상에 오르지 못했으므로 실패한 것일까? 뭐, 중간까지 올라갔으니까 절반의 성공이라고 해 두자.

23. 장루 수술

2013년 9월 말. 안산 산행이 있은 지 얼마 후 장루 수술이 있었다.

언급했지만 장루는 항문으로 배설할 수 없을 때 옆구리를 뚫어 변을 받아내는 장치이다. 나처럼 장을 잘라내는 수술을 한 사람은 수술 부위가 아물 때까지 일정 기간 장을 비워 두어야 한다. 그동안에 섭취한 음식물을 장의 중간을 잘라서 연결한 옆구리의 장루 - 비닐 주머니라고 설명할 수 있겠다. - 로 받아내는 것이다.

수술은 간단했다. 배설물을 받아내기 위해 절개해 놓았던 오른쪽 옆구리 쪽의 소장을 꿰매고 장루를 떼어내면 끝이었다.

전신 마취를 했지만 수술하고 회복하는데 2시간도 채 걸리지 않았다. 10시간의 대수술도 거뜬히 이겨낸 내가 아니던가? 이 정도쯤이야.

그런데 탈이 생기고 말았다.

장폐색 증상이 나타난 것이다.

이미 한 번 겪어본 일이어서 나는 바짝 긴장했다.

장 속의 가스가 빠지지 않고 변도 나오지 않아 배가 임산부처럼 불러오면서 통증이 시작되었다.

걷는 것이 거의 유일한 방법임을 이미 알고 있는 나는 부지런히 걸었다. 그렇게 어느 정도 시간이 지나면 좋아질 줄 알았다.

소용없었다. 병원 복도를 아무리 걸어도 가스가 나올 기미는 없었고 점점 불러오는 배만큼 통증도 심해졌다. 배에 차오르는 가스를 빼내기 위해 코를 통해 위에까지 고무관을 집어 넣었다. 별 효과는 없었다.

소변도 나오지 않아 빼냈던 소변줄을 다시 끼웠다. 하루 정도 지나자 소변이 정상적으로 나오는 것 같아 소변줄을 빼냈는데 또 소변이 나오지 않았다. 다시 의사 선생님을 부르고 소변줄을 끼워 넣어야 했다.

그렇게 며칠이 지나자 의사 선생님도 걱정하는 표정이 역력했다. 2~3일이면 퇴원할 것이라는 예상은 여지없이 빗나갔다. 나는 그저 부지런히 걷는 것 외에 다른 그 무엇도 할 수 있는 일이 없었다.

그러던 어느 날. 드디어 방귀가 나왔다. 변도 정상으로 나왔다. 불러왔던 배가 꺼지고 통증도 사라졌다. 담당 의사 선생님도 무척이나 기뻐했다.

10시간의 대수술을 하고도 5일 만에 퇴원시키는 병원에서 간단한 장루 수술을 했는데 10일 만에 퇴원했다. 그 10시간 수술 후에도 장폐색 증상 때문에 3일을 더 입원했었는데 이번에는 일주일을 더 입원한 것이다.

장폐색. 이것 참 무섭다.

24. 재발

2013년 10월. 녹산회에서 지리산을 갔다. 둘레길을 걷는다는 말에 속아서(?) 참가했다가 산이 가팔라 엄청나게 고생했다.

친구들에게 민폐를 끼치고 말았다.

11월에는 남한산성에 올랐다. 걸을 만했다.

녹산회 행사에 빠지지 않고 참가하는 것은 물론 체력을 기르기 위한 노력이다. 학교 옆 대모산을 날마다 오르고 있었다.

11월 중순. CT 촬영 결과를 보러 갔다.

주치의 선생님이 고개를 갸웃한다.

"폐에 약 2mm 정도의 새로운 흔적이 보이는데 암인지 염증인지 잘 구분이 되지 않습니다. 1월에 다시 한번 CT를 찍어 봅시다."

나는 불안해지려는 마음을 강하게 떨쳐버렸다.

'그래. 평정심을 유지해야 한다. 암 수술에 성공했을 때도 기뻐할 것 없다고 하지 않았던가? 암이 재발한다고 해서 무슨 대수로운 일이겠는가?'

하던 운동을 열심히 계속했다. 어쨌든 체력은 길러야 하니까.

내 주위에 암 수술을 한 후 재발하지 않은 친구들이 더러 있다. 그들은 산행 혹은 운동으로 꾸준히 체력을 기르고 있으며 체력을 길러야 면역력이 강해지고 암이 재발하지 않는다고 믿고 있다.

나는 면역력과 암의 재발과의 상관관계를 믿지 않는 쪽이다. 수술 후 그렇게 열심히 운동을 해도 암이 재발한 사례들을 더 많이 보았기 때문이다. 이 말은 체력이나 면역력이 중요하지 않다는 말은 물론 아니다.

2014년 1월. 다시 CT 촬영이 있었다. 그 결과 다시 암으로 판정이 내려졌다.

2mm 정도였던 흔적이 8mm 정도로 커져 있었다.

주치의 선생님과 면담 후 지난번에 폐 수술을 담당했던 의사 선생님을 찾았다. 그 의사 선생님이 안타깝다는 듯이 말했다.

"우리는 다시는 만나지 말아야 한다고 했었는데 또 만나고 말았네요."

아내는 실망한 표정이 역력하였으나 시간이 흐르면서 차츰 안정을 되찾는 것 같았다. 고맙고 미안하고 안쓰럽기도 하고…….

나는 이미 각오하고 있었던 터라 별다른 생각은 들지 않았다.

'어쩔 거야. 암이 또 생겼으면 다시 싸우는 수밖에.'

그렇게 암과의 싸움 제2라운드가 시작되었다.

25. 수술이냐, 약물치료냐?

폐에 크기가 8mm 정도 되는 암이 두 군데나 다시 생겼다.

폐에 생겼다고 해서 폐암이라고 하지 않고 직장에서 전이된 것이므로 직장 암으로 분류된다고 했다.

주치의 선생님은 당장 수술하자고 했다.

"암의 크기가 작을 때 수술하기가 쉽습니다." 수술하고 나서 확인 사살(?) 차원에서 약물치료를 12회 실시할 예정이라고 했다.

나는 건의하는 듯한 태도로 내 생각을 말했다.

"수술을 한 다음에 약물치료를 하면 그 약물이 암 치료에 효과가 있는지 없는지 알기가 힘들지 않겠습니까? 그러므로 먼저 약물치료를 하면서 그 효과를 살펴보고 효과가 있다면 수술 하고 그 다음에 다시 계속해서 약물치료를 하면 더 좋지 않을까요?"

맨 처음 암 치료할 때와 같은 과정을 밟아 가자는 말이었다.

주치의 선생님도 선뜻 동의해 주었다.

이렇듯 환자의 말에 귀를 기울여주는 주치의 선생님이 나는 참 좋다. 의학적 지식이 거의 없는 환자의 의견을 선선히 받아들이는 것은 그분의 사고방식이 그만큼 열려 있다는 방증이다. 명색이 한 기관의 관리자인 나는 열린 사고를 매우 중히 여기며 그런 사고를 가진 주치의 선생님을 신뢰한다.

"예리하시네요."

주치의 선생님 옆에 있던 레지던트가 슬쩍 말해준다.

아직도 수술을 피하고 싶은 것이 솔직한 내 마음이다.

주치의 선생님은 나를 폐 담당 의사 선생님에게 보냈다.

작년에 폐 수술을 담당했던 의사 선생님은 다른 병원으로 옮겼다고 한다. 다른 젊은 의사 선생님이 나를 맞이했다.

그 의사 선생님은 CT 사진을 살펴보더니 나에게 수술할 거냐고 물었다. 약물치료를 받고 싶다고 했더니 역시 선선히 그러라고 했다.

"아직은 암이 작아서 약물치료 후에 수술해도 될 것 같습니다."

그리고 아직은 수술이 필요하지 않다는 소견서를 적어 주치의 선생님에게 보내주었다. 그렇게 또다시 약물치료가 시작되었다.

26. 두 번째 약물치료와 케모포트

2014년 2월. 다시 약물치료가 시작되었다.

지난번 약물은 내성이 생겼을 것이라는 가정하에 약물의 종류를 바꾸었다. 이전 약물은 손발이 저렸었는데 이번엔 머리카락이 많이 빠졌다.

암세포는 일반 세포에 비해 분열 속도가 빠르다고 한다. 그래서 분열이 빠른 특징을 가진 세포를 공격하는 항암제를 만든 것인데 머리카락도 분열이 빠른 세포로 구성되어서 그렇게 잘 빠지는 것이라고 했다.

약물을 2회 투여하고 나니 그 많던 머리숱이 많이 없어졌다. 3월에 1학년 입학식이 끝나면 머리를 아예 박박 밀어버리겠다고 마음먹었다.

그런데 웬걸, 가을바람에 낙엽 지듯 우수수 빠지던 머리카락이 어느 순간부터 별로 빠지지 않는 것이 아닌가? 몸이 약물에 적응한 것이라고 주치의 선생님이 일러주었다. 그래서 머리를 밀겠다는 계획은 취소되었다.

밥맛이 떨어지고 음식만 보면 구토가 나오는 증상은 이전과 같았다. 그래도 먹어야 한다. 그야말로 끈기의 싸움이었다.

이번 약물치료는 케모포트를 이용했다.

케모포트는 링거주사를 쉽게 맞을 수 있게 만든 기구이다. 엄지손톱만 한 돔 모형을 가슴 피부 속에 넣고 가는 선을 정맥과 연결해 놓는다.

약물 병을 허리에 두르고 거기에서 나온 줄 끝의 바늘을 케모포트에 연결해 주면 병 속의 약물이 압력에 의해 줄어들면서 케모포트를 통해 혈관으로 들어간다. 거추장스럽지도 않아 약물을 맞으면서 생활할 수 있다.

이번에도 지난번처럼 두 가지의 항암 약물을 맞았다.

처음 약물은 병원에서 2시간 정도 링거주사로 맞는다. 그리고 다음 약물을 케모포트로 투입할 수 있도록 조치하고 퇴원한다. 2일이 지나고 약물이 다 들어가면 그때 병원에 가서 케모포트와 연결된 주사의 줄을 뺀다.

케모포트는 참 편리했다.

지겨운 병원 냄새를 맡지 않아도 되었다. 2박 3일 동안 입원해 있을 때 먹이려고 그 많은 음식을 만들어야만 했던 아내의 수고를 덜어줄 수 있어 정말 좋았다. 구토는 여전했으나 병원에서 먹을 때보다 훨씬 나았다.

약물 투여를 시작하는 날과 끝나는 날 병원에 갔다 와야 하는데 차로 1시간 30분 정도 걸리는 거리를 스스로 운전하고 다녔다. 전처럼 휴일을 끼고 일정을 잡았으며 약물 주입이 끝나면 곧바로 출근했다.

약물을 맞는 중에 지인들의 모임이 있으면 참석했다.

"항암 치료 중이라며 어떻게 나왔나?"

궁금해하는 친구에게 옷깃을 들고 허리에 찬 약물 병을 보여 주었다.

"지금 이렇게 항암 약물을 맞는 중이야."

해마다 열어오던 '벗들 마당' 행사도 당연히 계속했다. 작은 규모로 시작했던 행사인데 박종철 동창회 사무총장이 "이런 행사는 동창회 차원에서 행해져야 한다."라며 동창회비를 지원해 주는 바람에 규모가 커져 버렸다.

연초에 열린 '제7회 벗들 마당'에는 많은 친구가 참여해서 시를 낭송하고 가곡을 불러주었다. 그들이 나를 염려해 주는 마음을 잘 안다.

이번 공연은 항암 약물치료가 시작되는 시점과 겹쳐서 힘들기도 했지만 늘 그랬듯이 즐거움이 더 컸다.

나는 그렇게 치료와 생활을 병행했다.

27. 약물치료의 경과

항암약물을 4회 투여한 후에 CT 촬영을 하였다.

암의 크기가 조금 줄었다고 했다. 기분이 좋았다.

구토 증세는 여전히 힘들었지만 참고 견딜 만했다.

4회를 더 투여한 후에 다시 CT 촬영을 하고 결과를 보았다.

암의 크기는 변함이 없다고 했다.

"암이 움직이지 않고 있네요."

주치의 선생님의 말을 듣고 생각해 보았다.

'이건 효과가 있다는 말인가, 아니면 없다는 말인가? 움직이지 않는다는 것은 암이 죽었다는 말인가?'

주치의 선생님은 속 시원한 설명 대신 좀 더 지켜보자고 했다. 암 수치는 1.98이라고 했다. 정상인과 똑같은 수치이다.

마지막 4회를 투여하고 CT 촬영 후 결과를 확인했다.

역시 암의 크기는 변함이 없었다. 그대로 죽어버린 것이 아닐까? 이런 희망 섞인 생각도 들었다. 암 수치는 1.8로 더욱 줄어 있었다.

2월에 시작한 약물치료가 8월 중순에 끝나자 주치의 선생님은 다시 2개월 후에 다시 CT 촬영을 하고 결과를 보자고 했다.

내 마음은 갈피를 잡지 못하고 있었다. 암이 커지고 있었다면 수술하자는 결심을 굳혔을 수도 있다. 암이 계속 작아진다면 그대로 소멸되기를 기대했을 것이다. 그런데 암의 크기가 변함이 없다고 하니 이건 또 뭐야?

다시 병원에 갈 날을 기다리면서 가을이 시작되고 있었다.

28. 내 마음이 머무는 곳

마음이 이상했다.

맨 처음 암으로 판정받았을 때 이런 마음이었을까?

그때처럼 가을이었기 때문이었을까?

거리에서 서 있으면 불어오는 바람이 내 몸을 그대로 통과해버리는 듯 마음이 허전해졌다. 그 허전함을 어떻게 붙들어 맬 수가 없었다. 바람 앞에 나는 그렇게 흔들리고 있었다.

'… 안 되는 걸까?'

'이대로 끝이 나는 것일까?'

하루, 이틀…….

며칠이 지나고 나니 갑자기 나에 대해 실망감이 들고 화가 났다.

'내가 살려고 했던가?'

살려고 최선을 다하자. 그러나 살려고 발버둥 치지는 말자. 이렇게 마음먹지 않았던가? 나 자신을 객관적으로 바라보자고 하지 않았던가? 그런데 이렇게 허무한 듯, 허전한 마음은 또 무엇인가?

그래. 다시 내 마음을 냉철하게 분석해 보자.

여태껏 그렇게 담담했던 내 마음이 왜 이렇게 흔들릴까?

… 그랬었다!

암 치료를 받아오면서 지금까지 나는 암의 치료에 자신감을 갖고 있었다. 아니, 완치에 대한 희망을 품게 되었다.

첫 번째 암 치료에서 암을 성공적으로 제거했고 두 번째 약물치료도 그 경과가 좋았다. 그러는 사이 내 마음속에 희망이 자리 잡은 것이다. 이제는 살수 있다는 희망이!

그런데 그 희망이 꺾이는 순간 - 암이 재발하고 약물치료를 했지만, 또 수술을 할 수도 있다는 생각이, 치료가 어려울 수도 있다는 생각이 들면서 희망 대신 절망에 가까운 허전함이 마음속으로 파고든 것이리라.

이렇게 분석해 보았다. 그리고 내 분석을 믿기로 했다.

나는 교감 선생님에게 이렇게 말하지 않았던가?

"교감 선생님. 나는 암에 걸렸을 때 별로 슬프지 않았어요. 그러므로 암이 없어졌다고 해서 그렇게 기뻐할 것도 없지요."

그 마음이어야 했다. 그렇게 내 마음은 희망도 아니고 절망도 아닌 곳에 머물러 있어야 했다. 그런데 치료 경과가 좋다 보니 나도 모르게 마음이 희망 쪽으로 기울어진 것이다. 그래서 그 좋았던 치료 경과가 나빠진다고 여겨지는 순간 이렇게 마음이 흔들리는 것이다.

그래. 다시 원래의 마음으로 돌아가야지. 치료야 잘 될 수도 있고 잘 안될 수도 있는 것. 어떤 경우이든 그런대로 견뎌내야지.

정말로 냉철하게 다시 생각해 보자.

암의 크기는 아직 작다. 치료할 수 있는 시간이 많다는 뜻이다. 의사는 수술을 권하고 나는 약물치료를 원한다. 치료 방법이 많다는 뜻이다.

암하고 사생결단하려 하지 말고 동행해야 할 것이다. 막말로 치료하지 않고 내버려 둔다고 한들 낼모레 곧바로 죽는 것도 아니다. 조급해하지 말자. 여유를 갖고 생각해 보면 불안해질 이유가 없다.

이렇게, 흔들리는 마음을 제자리에 돌려놓으면서 가을이 깊어가고 있었다.

29. 또 한 번의 약물치료

2014년 10월 초. 예정되었던 CT 촬영 후 그 결과를 보러 갔다.

"암이 다시 커졌네요." 그리고 그 주위에 조그맣게 암이 하나 더 생겼단다. 주치의 선생님은 단호한 어조로 덧붙였다.

"이젠 수술을 해야 할 것 같습니다."

암의 크기는 1cm 정도여서 수술하는 데는 별문제가 없다고 했다. 나는 약물치료를 더 하고 싶다고 말해보았으나 수술을 꼭 해야 한다며 나를 폐 치료 담당인 흉부외과 의사 선생님에게 보냈다.

지난번에는 약물치료를 권하던 담당 의사 선생님도 이번엔 강경하였다.

"수술을 해야 할 것 같습니다."

나는 아직 암의 크기가 작으니 약물치료를 더 하면 안 되겠느냐고 물어 보았으나 젊은 의사 선생님은 자신의 의견을 굽히지 않았다.

"수술을 최종적으로 결정하는 분은 종양내과 선생님이십니다. 나는 그 의견에 따를 뿐입니다. 다만 나의 소견은 수술하자는 것입니다."

그리고 다시 나를 종양내과로 보내면서 수술 여부를 결정해 오라고 했다. 그때는 이미 퇴근 시간이 지나버려서 일주일 후에 주치의 선생님과의 면담을 예약하고 집으로 왔다.

집에 돌아와 곰곰 생각해 보았다.

암을 치료하면서 나는 다음과 같은 자세를 견지하고자 했다.

의사 선생님에게 나의 생각을 충분히 설명하겠지만 최종적으로는 의사 선생님의 결정을 따르겠다고. 의사 선생님의 결정을 따르지 않으려면 그분에게 치료받는 것을 포기해야 할 것이라고. 그래서 결심했다.

'그래. 수술하라면 하자.'

수술을 하면 내 몸속의 암은 일단 제거되겠지. 그 후 재발 여부가 치료의 관건이 되겠지. 혹시 약물치료를 또 하게 되면 더 나은 결과가 올 수도 있지 않을까 하는 나의 생각은 확실한 근거가 없다.

지금 나를 치료하고 있는 의사 선생님은 수술을 최선으로 여기고 있는바 그의 결정을 따르는 것이 당연하다.

일주일 후.

예약된 시간에 주치의 선생님과 마주 앉았다. 여느 때처럼 자상한 얼굴로 나를 맞아주신다. 내 자료를 죽 훑어보더니 이렇게 말했다.

"약물치료를 한 번 더 받아 보시겠다고요? 그럼 이번에는 먹는 항암제를 사용해 볼까요?"

이건 무슨 소리인가?

불과 일주일 전에 내가 약물치료를 원한다고 했을 때는 강력하게 수술을 강조하더니 묻기도 전에 약물치료를 한 번 더 해 볼 거냐고 하다니.

"예. 그랬으면 좋겠습니다." 나는 얼른 대답했다.

그래서 뜻밖에 약물치료를 다시 할 수 있게 되었다. 수술 결정이 내려진 것보다 훨씬 가벼운 마음으로 병원 문을 나서며 나는 생각해 보았다.

'주치의 선생님은 왜 갑자기 태도를 바꾼 것일까?'

혹시 많은 환자를 대하다 보니 일주일 전에 당신이 했던 말보다 수술하지 말자던 내 말만 기억해 내고 그런 결정을 한 것은 아닐까? 아무려면 어때? 내가 원하던 약물치료를 하게 되었으니 그걸로 된 거지.

'그런데, 먹는 항암제는 또 뭐야?'

30. 먹는 항암제 - 젤로다

먹는 항암제 이름은 '젤로다'였다.

항생제처럼 mg로 용량이 표시되는데 주치의 선생님은 내 몸무게 등을 고려하여 1회에 먹는 양을 2,300mg으로 결정해 주었다. 500mg짜리 알약 4개와 100mg짜리 알약 3개를 한 번에 먹는다. 아침 저녁 12시간 간격으로 2주일 먹고 1주일 쉬는 것을 1회로 하여 총 12회를 먹어야 한다.

중간에 3회를 먹고 나면 CT 촬영을 하여 경과를 확인한다고 했다. 부작용으로 손발이 부르트고 설사가 날 수도 있다고 했다. 주치의 선생님은 손발에 바르는 크림과 지사제를 처방해 주었다.

전에 이 항암제를 사용한 환자를 본 적이 있다. 그는 손발이 부르트다 못해 짓물러 크림을 듬뿍 바른 붕대를 감고 있었고 발바닥이 부르터 걷기가 힘든 듯 휠체어를 타고 있었다. 나도 그럴 각오를 해야지.

좋은 점도 있었다.

구토 증세가 없는 것이다. 음식을 먹을 때 그 맛을 느끼며 먹는 것이 얼마나 행복한 것인 줄 아는가? 구토를 느끼느니 차라리 굶어 죽는 것이 낫겠다는 생각이 든다면 믿기 어려울 것이나 나는 이해가 된다.

문득 방사선 치료를 받을 때의 생각도 났다. 그때도 처음에는 구토 증세가 없다고 좋아했었지. 그러다가 설사 때문에 얼마나 고생했었나?

1회 분량을 다 먹을 때까지, 그러니까 2주 동안은 견딜 만했다. 손발과 입안이 약간 부르텄지만 생활하거나 음식을 먹는 데 별 불편함이 없었다. 설사 증세도 없어서 처방받아 지어온 지사제는 한 알도 먹지 않았다.

예약된 날짜에 병원에 가서 1회 복용 결과를 주치의 선생님께 보고했다. 주치의 선생님은 내 상태가 양호하다며 계속 복용할 것을 지시했다.

그래서 또 2주 동안 약을 복용하고 1주일을 쉬는데 이때부터 본격적인 부작용이 나타나기 시작했다.

손발이 퉁퉁 붓고 손가락 마디가 갈라져 젓가락 쥐기가 힘들었고 발바닥도 부르터 걷기가 힘들었다. 전에 병실에서 본 그 환자가 생각났다.

갈라진 손마디에서는 피가 났고 온몸의 피부가 한 꺼풀씩 벗겨지기 시작했다. 온몸이 가려워 밤에 잠들기가 힘들었다. 내복을 벗으면 각질들이 방바닥에 떨어져 쌓였다. 입 안도 심하게 헐어 음식이 조금만 맵거나 뜨거워도 먹을 수가 없었다. 씹는 둥 마는 둥 대충 우물거려 목구멍으로 넘겼다.

나는 딸내미에게 이런 말을 했다.

"나의 이런 증상이 어떤 병에 의해 나타나는 것이라면 아마도 유언을 해야 할 것 같다. 그러나 지금은 약물의 부작용에 의한 것이므로 약을 끊으면 사라질 심각하지 않은 증상이라고 해야겠지."

2회 복용 후 병원에 갔다. 내 몸을 살펴본 주치의 선생님이 말했다.

"이런 상태로는 약을 계속 복용할 수 없습니다."

그리고 일주일을 더 쉰 다음 약의 복용 여부를 결정하자고 했다.

"지금까지 약을 2회 복용했으니 CT를 한번 찍어 보면 어떨까요?"

아내가 건의했다. 예정된 CT 촬영을 한 주 앞당기자는 것이다.

"아. 그것도 한 방법일 수 있겠네요. 그렇게 합시다."

주치의 선생님이 선뜻 동의했다.

그래서 CT 촬영을 하고 일주일 후에 결과를 보러 갔다.

31. 젤로다의 효과

새해가 되었다.

2015년 1월. 항암제 젤로다의 복용 효과를 보기 위해 병원을 찾았다. 주치의 선생님은 언제나처럼 미소 띤 모습으로 우리를 맞아준다.

부작용이 엄청 심했던 터라 치료 방법을 바꿀 수도 있겠다고 생각했는데 CT 화면을 보던 주치의 선생님이 밝은 표정으로 말했다.

"암의 크기가 많이 줄었네요. 1.2cm가 6mm로 줄었습니다."

전혀 예상치 못한 결과였다. 2주 복용과 1주 휴식을 12회 반복해야 하는데 불과 2회 복용으로 암의 크기가 절반으로 줄었다니!

더구나 주위에 새로 생겼던 암은 보이지 않는다고 했다.

"이 약을 계속 복용하도록 합시다." 반대할 이유가 없었다.

"그런데 부작용이 심해 보이니 용량을 줄여 복용하도록 합시다."

내 손발의 상태를 본 주치의 선생님은 이런 상태로는 전과 같은 투약을 계속할 수 없다고 했다. 그래서 한 번에 2,300mg씩 복용하던 약을 1,800mg으로 줄여서 복용하기로 했다. 2주 복용하고 1주 쉬던 일정도 1주 복용과 1주 휴식을 하는 것으로 부담을 줄였다.

뜻밖의 결과에 좋은 기분으로 병원을 나왔다. 그러면서도 자꾸 좋아지려는 마음을 다잡았다. '한 번의 결과에 일희일비하지 말자. 그냥 암이 조금 줄었나 보다고 생각하자.' 희망도 절망도 아닌 담담한 마음으로!

1주 복용과 1주 휴식을 두 차례 반복한 다음 병원을 찾았다. 약의 용량을 줄인 까닭인지 손발에 이상 증상이 전혀 나타나지 않았다.

그래서 다시 약을 좀 더 강하게 쓰기로 했다. 약의 용량은 같지만 2주 복용과 1주 휴식을 두 번 반복하고 CT 촬영을 하기로 했다.

약을 강하게 쓰니 다시 손발이 벗겨지기 시작했다.

처음보다는 심하지 않았지만 그래도 손가락 마디가 찢어지고 발바닥이 얇아져 걷기가 조금 힘들었다.

그래. 이렇게 몸이 부대끼는 만큼 효과도 있었으면 좋겠다.

그 무렵 나는 항암 약물치료에 대해 이런 생각을 하고 있었다.

항암 약물치료의 목적은 단지 암의 성장을 억제하는 역할을 하는 것이 아닐까? 암을 근본적으로 없애버리지는 못하는 것이 아닐까?

나의 경우를 보아도 약물을 투입하면 작아지던 암이 약을 끊은 후에 다시 커지는 상황이 되풀이되고 있으니까. 아니다. 간의 암들은 약물로 소멸되었다. 그런데 이번에는 소멸에 이르지는 못하고 있다.

만약 약물을 투입하는 시간만큼만 생명이 연장된 것이라면 약물치료의 고통을 생각해 볼 때 그런 생명 연장이 어떤 의미 있다고 해야 할 것인가? 그래서 대체의학을 통한 치료를 권하는 의사도 있는 것이겠지.

물론 혼자만의 생각이다. 이 생각은 나의 치료 경과에 그 근거를 두고 있다. 의학적으로 타당한 논리일까?

그런데 암은 아무도 모른다. 이 말은 확실할진대 항암 약물치료가 단순히 암의 성장을 억제하는 역할만 한다고 할지라도 그 과정에서 아예 소멸해 버릴지 또 누가 알아? 그래. 즐거운 마음으로 약물치료를 계속해야지.

32. 정년 퇴임

2015년 2월.

내 교직 생활의 마지막 달이다. 날을 잡아 정년 퇴임식을 했다.

평생을 천직으로 삼아 온 교직을 떠나는 소회가 어찌 없겠는가?

교사로서 나는 참 행복한 삶을 살았다.

교직은 나의 적성과 소질에 딱 맞는 직업이었다. 열성적으로 아이들을 가르쳤고 교직 업무를 수행하는 데도 적극적이었다.

나는 존재감 있는 교사였고 직원들과 격의 없이 소통하는 관리자였다.

지금도 많은 제자가 꾸준히 찾아와 옛날의 추억을 되새기고 있다.

대학원에서 미술을 전공했으며 평소 음악을 좋아하고 글쓰기를 즐겼다. 그런 적성을 살려 퇴임 기념으로 〈도시락(圖詩樂)〉이란 책을 출간했다.

제목 그대로 내가 그린 그림 50점, 내가 쓴 시 50편, 내가 작곡한 노래 50곡을 한데 엮어 만든 책이다.

나름으로 의미 부여해 보자면, 지금까지 그 누구도 그림과 시와 노래를 버무려 책을 만든 일이 없다는 사실이다. 내가 아는 한 세계 최초로 그런 책을 만든 것에 대해 내심 뿌듯한 마음도 있다.

책을 출간한다는 것이 쉬운 일은 아니다. 암을 치료하는 중이어서 더욱 힘들 수도 있었지만 나는 즐거운 마음으로 작업을 했다.

나중에 〈도시락(圖詩樂) 2〉도 출간했다. 그 〈도시락(圖詩樂) 2〉에 적어놓은 글을 그대로 옮겨 적는다.

"지금부터……."

사회를 보는 태재희 교무부장 선생님이 울컥 울음이 치미는 듯 한 참 숨을 고른다.

누구 앞에서도 자신의 의견을 분명하게 말할 수 있는 사람. 아닌 것을 아니라고 말하면서도 상대방의 논리적인 설명을 들으면 자신의 생각을 수정할 줄 아는 사람. 항상 올곧은 행동과 바른말로 교장인 나를 보필해주던 부장님이다.

"김홍균 교장 선생님의 정년 퇴임식을 시작하겠습니다."

1976년 6월 21일. 전남 영광 염산초등학교에 첫 발령을 받고 부임하던 날의 기억이 또렷하다.

"저기 이발관에 가서 머리 좀 짧게 자르고 오시오." 인자하시면서도 교사의 단정한 용모를 강조하시는 이승범 교장 선생님 말씀에 나는 이발관을 세 번이나 들락거려야 했다.

그 후 지금까지 38년 9개월.

11개 학교를 거쳤다. 모든 학교의 기억이 주마등처럼 스쳐 간다. 학교마다 아름다운 기억들이 깃들어 있다. 내 인생은 그렇게 아름다웠다.

마지막 순간에 암이라는 만만치 않은 암초를 만나기도 했지만 꿋꿋하게 대처하면서 교직 생활의 기나긴 항해를 마무리하는 오늘이다.

섬마을 평교사를 꿈꾸다가 서울 강남의 교장으로 정년 퇴임을 하게 된 나의 인생은 성공한 것일까, 실패한 것일까?

매사에 적극적인 이경숙 교감 선생님께서 선생님들과 함께 퇴임식장을 정말로 정성껏 꾸며놓았다. 떠나는 사람을 배려해 주는 따뜻한 마음이 느껴진다. 고맙다.

여기저기서 나를 위해 준비한 감사패, 공로패 등을 전달해 준다.

하헌태 전 교장 선생님께서는 축사하시기도 전에 울기부터 하신다. 이 좋은 날 아마도 병마와 싸우고 있는 나의 힘든 처지를 생각하시는 것이겠지.

차분하게 송별사를 읽어가던 이선영 선생님도 그러나 어느 대목에서 기어이 눈물을 흘리고야 만다. 한참 동안 송별사가 끊겼다.

내가 서울개포초등학교의 모든 직원을 가족으로 여겼듯 그들도 그러했으리라 믿는다. 내가 아무런 사심이나 거짓이 없이 그들에게 내 속마음을 다 드러내 보였듯 그들이 나에게 보여주었던 웃음과 친근한 말들이 모두 진심이었을 것을 믿는다.

아이들이 고운 목소리로 나의 자작곡 〈오월〉과 〈달아 달아 밝은 달아〉를 불러준다. 합창부 아이들의 수고로움을 고마운 마음으로 받고 싶다.

나는 아이들을 가르치는 것이 즐거웠다. 학교는 먹고 살기 위한 직장이 아닌 나의 꿈을 펼치는 삶의 터전이었다. 누구의 말처럼 나는 관리자보다 아이들을 직접 가르치는 교사가 더 어울릴지도 모른다. 이선영, 진혜원, 김소영 선생님이 머리를 맞대어 작사하고 진혜원 선생님이 작곡한 정년퇴임가를 여러 선생님이 함께 불러준다.

내가 모시던 교장 선생님께서 정년 퇴임을 하시게 되었을 때면 직접 퇴임가를 만들어 불러드리곤 했었는데 오늘은 나를 위해 만들어 준 노래를 이렇게 듣고 있다.

오늘 - 2015년 2월.

교직에 발을 들여놓으면서 늘 꿈꾸어 왔던 바로 그 날이다.

나의 퇴임을 축하해 주기 위해 모인 모든 분께 감사한 마음을 표했다. 그리고 그 긴 세월 동안 묵묵히 아이들을 키우며 가정을 지켜온 아내에게 오늘의 이 영광스러움은 오롯이 당신의 몫이라고 어쩌면 처음으로 고맙다는 말을 했다.

33. 항암제와 몸의 반응

2015년 3월. 백수가 되었다. 퇴임하고 한참 동안 엄청 바빴다. 선배들이 하신 말씀이 딱 맞았다. 백수가 과로사한다던가?

먹는 항암제 젤로다. 부작용이 심해 용량을 낮추어 복용한 결과를 알아보기 위해 CT 촬영을 하고 예약된 날짜에 병원을 찾았다. 지난번에 1.2cm였던 암의 크기가 6mm로 줄어들었는데 용량을 줄인 후의 결과는?

"암의 크기가 그대로입니다."

주치의 선생님이 미소를 띤 얼굴로 말한다.

1년 전의 두 번째 약물치료 기억이 떠올랐다.

약물을 투여하고 나면 머리카락이 빠졌었다. 많이 빠질 때는 암의 크기가 줄었다가 몸이 항암제에 적응해서 머리카락이 별로 빠지지 않을 때는 그 크기가 변함이 없었다. 그리고 투약이 끝난 후에는 다시 암이 커지고……

당시에 나는 주치의 선생님에게 이렇게 물었었다.

"머리카락이 덜 빠지면서 암이 줄어들지 않는 것은, 몸이 항암제에 적응할 때 암도 같이 적응해서 효과가 없어지는 것이 아닐까요?"

"그렇지 않습니다. 세포마다 각각 다르게 반응합니다."

머리카락은 머리카락대로 암세포는 암세포대로 반응하는 것이니 머리카락이 빠지는 상태로 항암제의 효과를 단정할 수 없다는 말이다. 그런가?

이번에도 비슷한 질문을 했다.

"약의 효과가 없는 것일까요?"

"효과가 없는 것이 아니라 현 상태를 유지하고 있는 것입니다."

암세포가 커지지 않는 것은 항암제의 효과로 보아도 된다는 말이다. 약의 용량을 좀 더 늘려줄 수 있느냐고 물었지만 그대로 복용하잔다.

아내는 암의 크기가 줄지 않은 것에 대해 실망한 표정이 역력했다. 그런 아내에게 나는 조금 강한 어조로 말했다.

"암이라는 것이 그렇게 금방 좋아지겠어? 느긋하게, 차근차근 치료해야지."

나 자신에게 한 말이기도 했다.

주치의 선생님의 처방대로 이전과 같은 용량의 약을 복용하면서 나는 한 가지 생각을 계속하고 있었다.

'정말로 항암제에 대한 적응이 세포마다 다를까?'

항암제의 부작용이 심할 때는 암세포가 줄었다. 몸이 항암제에 적응해서 부작용이 나타나지 않을 때는 암세포도 더 이상 줄어들지 않았다. 암세포가 더 커지지 않는 것도 효과가 있다는 말은 이해된다.

하지만 정해진 12회의 투약이 끝나면 암세포는 다시 커질 것이 아닌가? 암세포가 계속 줄어든다면 소멸까지 기대해 볼 수 있겠지만 크기가 변함없다는 것은 암세포도 항암제에 적응해서 견뎌내고 있다는 말이 아닌가?

결국 항암제를 투여하는 목적은 암의 소멸이 아니라 그 시간만큼 생명을 연장하자는 것이 아니겠는가?

그래, 그럴 수도 있겠다. 그래서 뭐, 어쩌자고? 나는 그 길을 걷겠다고 마음먹었지 않았는가? 뚜벅뚜벅 걸어가 보자.

용량을 늘리지 않은 항암제는 먹을 만했다. 부작용도 심하지 않았다. 아내는 다음 진료 때 다시 용량을 늘려달라고 부탁해 보잔다. 그럴까?

34. 우리는 암에 대해 얼마나 알고 있을까? - 암의 발병 원인

몇 년 동안 암 치료를 받다 보니 나도 암 박사가 다 되었다. 의학적인 근거가 있을 수도 또 없을 수도 있지만 암에 대해 나름대로는 확신처럼 자리 잡은 생각들도 있다. 그 생각들을 정리해본다.

우리는 암에 대해 얼마나 알고 있을까?

그 답은 확실하게 알고 있다. 암은 아무도 모른다고.

그렇다면 암의 발병 원인도 모를까?

우리 몸의 정상적인 세포들은 일정 기간이 지나면 스스로 자살(?)하며 새로운 세포로 교체된다. 그런데 어떤 원인에 따라 죽지 않고 분열을 계속하는 세포가 생겨나는데 이를 암세포라 부른다. 암세포의 지속적 성장은 신체적 기능을 방해해서 결국 우리 몸을 죽음에 이르게 한다. 이것이 내가 알고 있는 암에 대한 지식이다. 왜 그런 암세포가 생기는 것일까?

유전적 요인이 작용한다는 주장은 일리가 있다고 여겨진다.

그런데 우리나라는 땅이 좁아 혈연으로 이리저리 얽혀 있는데 유전적 요인에서 자유로울 사람이 얼마나 될까? 그래서 우리 국민이 평균 수명까지 살 때 암에 걸릴 확률이 36%나 된다는 연구 결과가 나온 것일까?

발암물질이 원인이라는 발표도 많다. 근무 여건 때문에 암이 발생했다는 판결로 산재 보상을 받는 사례가 나오는 것을 보면 맞는 말 같다.

그런데 평생 담배를 피워도 폐암에 안 걸리는 사람이 있는 반면, 담배를 전혀 안 피운 사람이 폐암에 걸리는 경우는 또 어떻게 설명이 될까?

우리 국민이 채식을 주로 하던 옛날에는 대장암 발병률이 아주 낮았다고 한다. 그러던 것이 육식을 선호하게 된 요즈음 서양인들처럼 대장암 발병률이 높아졌다는 통계는 음식물과 암의 상관관계를 잘 말해주고 있다.

또 그런데 누구는 해롭다는 음식은 입에 대지도 않고 그야말로 몸에 좋다는 음식만 먹고 살았음에도 암에 걸렸다는 이야기를 듣기도 한다. 평생 공기 맑은 곳에서 살아온 사람이 폐암에 걸리는 것의 경우일 것이다.

면역력이 떨어지면 암 발생 확률이 높다고 말하는 사람도 있다. 그럴까? 그렇다면 건강한 사람들이 암에 걸리는 것은 왜일까? 나 역시 신나게 운동하다가, 즉 건강에 자신 있는 상태에서 암으로 판정받았다. 골골거리면서도 암하고는 상관없이 장수하는 사람도 있다. 담배까지 피우면서 말이다.

게놈지도를 분석하면 그 사람이 몇 살 때 어떤 암에 걸리게 될 것이라는 정보까지 유전자에 들어있다고 한다. 태어나면서부터 이미 암 발생의 유무가 결정되어 있다는 말이다. 그렇다면 암은 운명적인 것인가?

언론 보도를 보면 배우 안젤리나 졸리는 자신의 유전자를 분석하고 예방 차원의 수술을 했다고 한다. 그 방법이 맞는 것일까?

이처럼 암 발생 원인은 알 듯 말 듯 하다. 분명 맞는 말 같은데 그렇지 않은 사례도 많아서 확실하게 암을 예방하는 길인지 무엇인지 단정 지어 말할 수 없다. 결국 암의 발병 원인은 잘 모른다고 할 수밖에.

어차피 암의 발병 원인을 모르니 함부로 살아도 될까? 절대 그렇지 않다. 환경에 의해서, 음식에 의해서 발병 확률이 높아지는 것은 확실하지 않은가? 다만 그것들이 암 발병 원인을 다 설명해 주지 못하고 있을 뿐이지……

이렇듯 발병 원인을 다 모르니 꼭 암 검진을 정기적으로 하시기를!

35. 우리는 암에 대해 얼마나 알고 있을까? - 암의 치료

암은 치료될 수 있을까? 치료된다. 확률이 낮을 뿐이지. 확률이 낮다는 것은 무슨 뜻일까? 아직 확실한 치료법을 모른다는 뜻이다.

암의 치료를 위해 의학계는 많은 노력을 하고 있지만 완벽한 답은 아직 찾지 못하고 있다. 앞에서 말했듯이 암의 발병 원인을 확실히 모르기 때문이며 발생한 암을 소멸시키는 방법 또한 모르기 때문이다.

많은 병이 외부에서 침투한 바이러스나 세균에 의해서 발병된다. 발병 원인을 알기 때문에 예방 백신을 만들어 그들을 무력화시키기도 하고 치료제를 개발하여 퇴치하기도 한다. 외부에서 침투한 바이러스나 세균은 그 성질이 일정하여 그에 맞는 백신이나 치료제를 개발할 수가 있는 것이다.

치명적인 질병으로 여겨지던 에이즈 바이러스도 점점 정복해 가고 있지 않은가? 또한 지금 세계적으로 유행하고 있는 코로나바이러스도 백신과 치료제가 나오고 있으며 언젠가 더 효과가 뛰어난 약들이 나오리라고 믿는다.

암은 우리 몸의 내부에서 발생한다.

혈압, 당뇨 등 신체적 부조화로 생긴 증상들은 그에 맞는 약들이 개발되어 우리는 불편하지만 위협을 크게 느끼지 않고 살아가고 있다.

그런데 암은 세포가 돌연변이를 일으킨 것이다. 어느 부위의 어느 세포가 언제 돌연변이를 일으킬까? 게놈지도를 분석하기 전에는 아무도 모른다. 발병 원인과 시점을 알 수가 없으니 어떻게 예방과 치료를 할까?

이 환자에게 듣는 항암제가 다른 환자에게는 듣지 않는 경우가 허다하다. 외부에서 침투하는 병과는 달리 암의 종류와 발생 부위와 체질이 사람마다 다른데 한 가지 항암제가 모든 암에게 동일하게 작용하겠는가?

신약 개발에 많은 기대를 하기도 한다. 그런데 신약을 투약할 때 환자들에게 유전자 검사를 먼저 하는 이유는, 그 약을 사용할 수 있는 환자가 제한적이라는 말이다. 그 제한적인 환자들의 치료 확률마저도 높지 않다.

수술 또한 완벽한 치료법은 아니다. 수술하면 일단 암을 제거할 수는 있으나 그 후 재발 여부에 대해서는 아무도 장담하지 못한다.

이렇듯 암은 예측하기 어렵다. 수술이 잘 되었어도 재발하여 죽는 사람도 있고 병원에서 치료를 포기한 환자가 죽지 않는 경우도 있다.

참으로 희망적인 것은 암 환자의 생존 기간이 점점 늘어나고 있다는 사실이다. 의료계의 치열한 노력 덕분이다. 거기에다 환자들의 노력이 더해지면 더욱 좋지 않겠는가?

암에 걸렸을 때 생존 확률은 낮다.

그렇다고 생존율이 0%는 결코 아니다.

암은 아무도 모른다. 모르는데 왜 지레 겁을 먹고 포기를 하나? 포기하는 순간 암에게 지는 것은 확실하다. 반대로 긍정적인 생각이 생존율을 높여주는 것 또한 확실하다. 그 점만으로도 포기할 이유가 없지 않은가!

그래 봤자 어차피 죽을 확률이 높다고? 맞는 말인데 세상에 죽지 않는 사람도 있나? 죽을 때까지 즐겁게 살면 안 되나?

우리가 암의 공포로부터 해방될 날은 언제일지 알 수 없다. 그렇다면 내가 먼저 스스로 암의 공포로부터 해방되면 어떨까? 이 책 1부의 첫머리에 소개했던 제인 마르크제프스키의 말을 여기에 다시 옮겨 본다.

"인생이 쉬워지기를 기다릴 수가 없어서 내가 먼저 행복해지기로 했다."

36. 동행

2015년 5월. 예약된 날에 병원을 찾았다. 원무과에 접수하고 채혈한 다음 혈액 검사 결과가 나올 때까지 2시간 남짓 기다리는 일에 익숙해졌다.

주치의 선생님이 일주일 전에 찍은 CT 화면을 보면서 말한다.

"암의 크기에 별 변화가 없습니다."

암은 여전히 6mm 정도의 크기를 유지하고 있었다. 부작용 때문에 용량을 줄여 8회까지 복용한 결과 크기에 변화가 없는 것이다.

한 항암제를 계속 투여할 수 있다면 얼마나 좋겠는가?

고혈압 환자가 한 가지 약을 평생 복용하면서 혈압을 조절할 수 있는 것처럼. 그런데 항암제를 오래 복용하면 내성이 생겨 효과가 없어지므로 나의 경우 한 가지 항암제를 12회 투여하기로 한 것이다.

이제 4회를 더 복용하고 나면 12회 투여가 완료된다.

"이제 어떻게 할까요?"

조금 망설이는 듯한 말투로 주치의 선생님이 말한다.

"무슨 말씀이신지요?"

"이렇듯 부작용이 심한데 이 약을 계속 복용하실 수 있겠어요?"

아닌 게 아니라 지금까지 누적된 부작용의 증상은 만만치가 않았다. 손가락은 갈라져 피가 나오고 발바닥은 얇아져 걷기가 힘들었다.

2회 복용 후 용량을 줄여서 부작용이 줄었으나 누적되어 나타난 증상은 주치의 선생님이 보기에 문제가 있다고 여겨질 정도인가 보다.

그래도 나는 별로 심각하게 생각하지 않았다. 언제든지 투약을 중단하면 없어질 증상이라 여기기 때문이다. 나는 젤로다를 계속 복용하겠다고 말했고 주치의 선생님은 내 말대로 약을 처방해 주었다.

아내는 애써 실망감을 감추고 있다. 이 약의 복용이 끝나면 그때는 또 어떻게 할 것인가? 이런 고민을 하는 것 같아 나는 일부러 대수롭지 않다는 듯 그러나 진지한 표정으로 다음과 같은 설명을 해 주었다.

늘 그랬듯이 아내에게 하는 말은 나 자신에게 하는 다짐이기도 했다.

젤로다의 복용이 4회 남았다. 그 후에 선택할 방법은 많다.

1. 또 다른 항암제를 투여하거나 - 그러면 또 1년 정도 지나가겠지.
2. 표적치료제를 써 보거나 - 이 약은 아껴두는 카드이다.
3. 수술하거나 - 그 길은 언제나 열려 있다.
4. 나중엔 민간요법을 쓰던가 - 그러면 또 세월이 많이 흐르겠지.

만에 하나 지금 이 작은 암을 그대로 둔다고 해도 이놈이 나를 죽음에 이르게 하려면 많은 시간이 걸릴 것인데 꾸준히 치료하면 10년 정도는 너끈히 살고도 남겠다. 뭐, 그동안에 암이 질려서 스스로 없어지면 더 좋고. 처음 암을 발견했을 때 몇 개월밖에 살지 못할 것이라고 했는데 벌써 3년째 살고 있잖아? 하던 일 그대로 하면서 말이야.

아내는 내 말에 동의하는 듯 고개를 끄덕여주었다.

암과의 동행이 쉽기야 하겠는가? 그러나 지레 포기하는 것보다 혹은 암과 사생결단하는 것 보다 훨씬 낫다.

마음의 여유를 가지고 치료에 임하는 것이 바로 암과의 동행이다.

37. 생존율의 의미

"저 사람이 과연 살 수 있을까?"

암에 걸린 사람들을 보면 이런 생각이 들기 쉽다.

비록 암에 걸렸다고 하나 지금 살고 있는 사람을 보고 '살 수 있을까?' 하고 생각하는 것은 참 우습지 않은가?

물론 그 말의 뜻은 '암을 극복할 수 있을 것인가?' 하는 의미일 것이다.

그러나 환자가 암을 극복하지 못한다고 할지라도 죽는 순간까지는 살아 있는 것이다. 우리는 그 점을 간과하기 쉽다.

암을 앓고 있으면 살아도 산목숨이 아닌 것으로 생각해 버린다. 환자도 그렇고 주변 사람들도 그렇게 생각한다.

의학계에서는 '몇 년 이상 생존할 확률'이라는 표현을 쓴다. 이 말이 정확하다. 암을 치료하는 동안에도 그 사람은 살고 있는 것이다.

의사가 환자의 생존 확률을 1년이라고 진단해도 얼마든지 그 이상 살 수 있다. 특히 암에 걸린 사람들을 이 점을 명심해야 할 것이다.

치명적인 질병이 없이 살 수 있다면 얼마나 좋겠는가?

하지만 암에 걸렸다고 해서 곧바로 죽어버리는 것도 아닌데 살아 있는 목숨을 지레 포기할 이유는 또 무엇인가?

"누가 그걸 몰라서 그러나? 암 자체가 시한부 인생을 의미하니 그래서 안타까운 것이지."

그렇다.

어찌 안타깝고 아쉽지 않겠는가? 암에 걸리면 완치될 확률은 지극히 낮아 대부분 천수를 다하지 못하고 죽지 않는가?

그러나 조금만 크게 생각해 보자. 인생 자체가 시한부가 아니던가?

죽지 않은 자 세상에 없거늘…!

중요한 문제는 얼마를 사느냐가 아니다.

사는 동안 어떻게 사느냐 하는 점이다.

'생존율'이란 말은 차근차근 분석해 볼 필요가 있다.

가령 "치명률이 높은 암에 걸린 환자는 생존율이 낮다."라고 말은 일단 맞는 말이다. 치명적인 암에 걸리면 살기 어렵다는 뜻이다.

그런데 자세히 분석해 보면 몇 가지 생각해 볼 점들이 있다.

생존율의 사전적 의미는 '죽지 않고 끝까지 살아남는 비율'이다. 암에 걸린 사람들이 암을 극복하고 살아남는 비율로 이해할 수 있겠다.

그렇다면 다음의 경우를 대입해서 차근차근 따져보자.

생존율 10%인 암이 있다. 이 암에 걸린 사람이 100명이라면 그중 10명은 살고 90명은 죽는다고 해석하면 무리가 없을 것이다. 다시 말해서 10명은 암을 극복하고 90명은 그렇지 못한다는 말이다.

갑은 암에 걸렸다가 5년 동안 치료하고 완치된 후 1년을 더 살다가 다른 이유로 죽었다. 갑은 암을 극복한 사례로 기록될 것이다.

반면 을은 똑같은 암에 걸렸는데 10년 넘게 치료를 받고 있는 중이다. 당연히 을은 암을 극복하지 못한 경우에 해당 되겠지.

이 이야기에서 생존율은 어떤 의미가 있을까?

물론 하나의 예를 가정하여 만들어 낸 사례지만 생존율이라는 말을 암 환자의 삶에 단순하게 연결 짓지 않는 것이 옳다고 본다.

앞서 말한 것처럼 '몇 년 이상 생존할 확률'이 정확한 표현이기 때문에 암 환자들은 단순히 '생존율'이라는 단어에 집착하여 자신의 삶을 예단하여 포기하지 말았으면 좋겠다.

몇 번이고 되풀이해서 강조하고 싶은 말 - "우리는 암을 극복해야만 살 수 있는 것이 아니라, 극복해 가는 과정 중에도 살고 있는 것이다!"

내게 이런 생각을 심어준 환자가 있었다.

처음 입원했을 때 같은 병실에 입원해 있던 36세의 젊은이였다.

그 젊은이는 7세 때 처음 암이 발견되어 치료를 시작했는데 치료하는 과정에서 몇 가지의 암이 지속적으로 발생해서 지금까지 병원을 들락거리고 있단다. …무려 30년을!

더욱 놀라운 것은 자신의 병에 대해 웃으면서 이야기하는 그 젊은이의 밝은 모습이었다. 정말로 밝은 얼굴이었다. 오랜 투병 생활에도 불구하고 암 환자의 어두운 그림자는 전혀 찾아 볼 수가 없었다.

이 사람에게 암의 생존율은 무슨 의미이고 삶은 또 어떤 의미일까?

우리는 이 암 환자에게 "살 수 있을까?"라고 말할 수 있을까?

요즘 '유병장수'라는 말을 자주 쓰기도 하고 듣기도 한다.

암도 하나의 질병일 뿐이므로 암 환자들이 생존율이라는 단어에 얽매여 지레 포기하는 일이 없었으면 좋겠다. 투병 중에도 우리는 살고 있는 것일진대 암을 치료하는 시간을 의미 있는 삶의 과정으로 가꾸어 가면 좋겠다.

38. 암과 음식물

암 치료를 시작할 때 병원 상담사로부터 암 환자가 가려야 할 음식과 먹어야 할 음식에 대해 들었고 앞에 소개도 했었다.

암 환자들은 음식에 민감한 편이다. 10년간 암과 함께 살아오면서 나는 음식에 대해 어떤 생각을 하게 되었는지 소개해 본다.

물론 순전히 내 개인적인 생각이다.

처음 암으로 판정받았을 때 두려움은 둘째치고 우선 바짝 긴장했다.

비단 음식뿐만 아니라 모든 행동거지 하나하나가 조심스러워졌다.

외출할 때면 꼭꼭 마스크를 썼다.

음식은 조미료가 들어간 것들조차 먹는 것을 꺼렸다.

확실한 근거를 따질 겨를도 없이 그냥 조금이라도 몸에 해로울 것 같으면 무조건 피했다. 몸에 좋다고 하면 이것저것 다 해 보았다.

침도 맞고 뜸도 떴다.

시간이 지나면서 음식에 관한 생각이 조금씩 바뀌어 갔다.

물론 바뀐 생각이 더 합리적인 것인지는 알 수 없다.

그래서 아래의 글은 그냥 개인적인 의견으로 이해해 주었으면 좋겠다.

"몸에서 원하는 음식을 먹어라."

내가 가장 공감하는 말이다. 위암 수술 후 완치로 판정받은 친구의 부인이 나에게 해 준 말이다.

그 말을 듣는 순간 선뜻 공감할 수 있었던 것은 평소에도 "몸에 필요한 것은 몸이 원한다."라는 지론을 믿고 있었기 때문이다. 어느 경우에도 몸에서 원하는 음식을 먹는 것이 최선일 것이라고 나는 믿는다.

친구 부인의 경우 수술 후에 모든 음식을 먹기가 힘들었는데 한 가지 생선 초밥만은 먹을 수 있었다고 한다. 친구는 부지런히 생선 초밥을 사다 주었고 그 결과가 좋으니 위와 같은 믿음이 생겼을 것이다.

다만, 몸에서 원하는 음식과 혀가 원하는 음식은 전혀 다를 수도 있다는 사실을 또한 잊지 말아야 한다.

예를 들어 보자면 짠 음식을 즐겨 먹던 사람이 고혈압으로 판정받으면 의사는 당연히 싱겁게 먹으라고 한다.

그런데 짠 음식이 입맛에 맞는다고 계속 먹어야 할 것인가?

그렇지 않다는 것을 모두가 알 것이다.

이렇게 간단한 예로 알 수 있듯이 입맛에 맞는 음식이 꼭 몸이 원하는 음식은 아니라는 점에 유의하며 알맞은 음식을 찾아야 할 것이다.

일반적으로 암에 이로운 음식과 해로운 음식에 대해 민간요법의 차원에서 여러 가지 설이 제시되고 있다. 나는 얻어들은 의견들을 받아들이기도 하고 혹은 무시하기도 하면서 음식을 가려 먹고 있다.

내가 얻어들은 '암에 해로운 음식들'을 적어 본다.

① 찬 음식

암은 섭씨 35도에서 가장 활발하게 움직이며 섭씨 42도에서 죽는다고 했다. 의학적인 근거가 있는 말인지는 모르겠다.

그러나 암 환자는 몸이 따뜻해야 좋은 것은 확실하다.

그래서 찬 음식은 해롭다는 말은 일리가 있다고 믿고 의식적으로 음식을 따뜻하게 먹으려고 애를 썼다.

아무리 더운 날에도 물을 끓여 따뜻한 상태로 마셨다.

어쩔 수 없이 찬물을 마셔야 할 경우에는 일단 물을 입속에 머금고 있다가 찬기가 없어지면 삼키곤 했다.

그렇게 한 3년 지나다 보니 속이 니글니글해지는 느낌도 있었다. 아, 시원한 생맥주 500cc를 단숨에 쭉 들이켜 봤으면…!

세월이 더 흘러 이제는 따뜻한 물을 마셔야 속이 개운해진다.

몸이 적응해버린 것 같다.

② 단 음식

암은 단것을 좋아한다고 한다. 꼭 암이 아니더라도 단 것이 몸에 해로운 줄은 잘 알기에 평소에도 잘 먹지 않는다.

③ 흰 음식

백미보다 현미가 몸에 좋다는 사실도 다 알고 있지 않은가? 몸에 좋지 않은 음식은 암 치료에도 좋지 않은 건 어쩌면 당연하겠지.

④ 밀가루

흰 음식이기도 하지만 예로부터 한방에서는 밀가루가 찬 음식이어서 몸에 이롭지 않은 음식으로 분류해 온 것으로 안다.

다만, 그렇다면 서양 사람들은 몸에 해롭다는 밀가루(빵)를 주식으로 하는 것인데 이는 과연 의학적으로 근거가 있는 설인가?

누구에게도 속 시원한 답을 들을 수 없었다. 처음에는 철저하게 멀리했던 빵이나 비스킷 종류를 요새는 커피와 함께 먹기도 한다.

⑤ 날 음식

날 음식이 왜 암 환자에게 좋지 않을까?

누군가에게 - 아마도 같은 병실에 있던 환자의 보호자에게 - 듣고는 날 음식을 피해 왔다. 어디서든지 "이런 음식이 암에 해롭다더라."하는 말을 듣게 되면 일단 그런 음식을 먹기가 께름칙하다.

먹을 음식은 많은데 굳이 해롭다는 음식을 왜 먹겠는가?

그런데 이글의 앞부분에 소개했던 친구의 부인은 생선 초밥만을 먹었다고 하지 않은가? 생선 초밥은 날 음식인데……

나는 여러 의사 선생님들에게 물어보았다.

"날 음식은 암 환자에게 해롭다는데 왜 그럴까요?"

시원한 대답 대신 "날 음식은 상하기 쉽고, 또 기생충 같은 것이 있을 수도 있어서 그런 것 아닐까요?" 하는 정도의 말만 들었다.

상한 음식 조심하란 소리야? 그건 암하고는 상관이 없잖아?

이왕 참기로 했으니 10년만 참았다가 다시 먹어야겠다. 이 말은 진심이어서 이 책이 출간될 때는 나는 회를 먹고 있을 것이다.

⑥ 육고기

"붉은 고기"는 암에 해롭다는 의사의 말을 방송에서 들었다.

대표적인 붉은 고기로 양고기를 꼽아 주었는데 구체적으로 어떤 육고기가 "붉은 고기"에 해당하는지 세세하게 설명해 주지는 않았다.

다만 나는 돼지고기를 엄청 좋아했기 때문에 내 암의 발병 원인이 되었을 수도 있겠다 싶어 소고기와 더불어 거의 먹지 않게 되었다.

앞에서 의사 선생님이 추천한 개고기와 오리고기를 주로 먹는다. 가금류는 괜찮다고 어느 의사가 말했던 것으로 기억해서 닭고기도 먹는다.

민간요법에서는 육식을 철저하게 금하는 경우가 많다.

암은 단백질로 되어 있어 철저한 채식으로 암세포를 굶겨 죽여야 한다는 식인데 선뜻 동의하기 어렵다. 우리가 단백질을 섭취하지 않으면 암은 몸속의 단백질을 빼앗아 성장한다는 말이 더 설득력이 있어 보인다.

암 환자들의 체중이 줄어드는 것이 그 증거라고 할 수 있겠다.

채식이 육식보다 몸에 이롭다는 말이나 40세 이후에는 육식 섭취량을 줄여야 한다는 말은 일반인들에게도 똑같이 적용되는 이야기이다.

다만 암 환자가 수술이나 약물치료할 때는 체력 관리가 대단히 중요하기 때문에 육류 섭취량을 늘려야 한다는 말 또한 맞다고 본다.

생선과 같은 해물류는 아무도 시비(?)를 걸지 않은 단백질 식품이다. 평소에도 많이 먹는다고 해서 암에 해로울 것 같지 않다.

⑦ 훈제

훈제도 암 환자에게 좋지 않단다. 또 언젠가 그런 말을 듣고 일단 훈제를 멀리했다. 훈제 연어가 나오는 뷔페에 갈 때면 그렇게 즐겨 먹던 그 음식을 그냥 지나치곤 한다. 내가 오리고기를 좋아하는 줄 아는 지인들이 마트 등에서 훈제 오리고기를 사다 줄 때면 조금 난감해지는 경우가 가끔 있었다.

도대체 훈제는 또 왜 좋지 않을까?

인터넷 검색을 해보았다. 고기를 그슬리는 연기에는 발암물질이 섞여 있기가 쉽다고 했다. 그런가 보다. 안 먹으면 되지 뭐.

⑧ 튀김류

기름에 튀긴 것들은 암에 해롭다고 한다. 굳이 먹으려 들지 않는다. 어쩌다 먹을 때는 튀겨진 껍질 부분을 벗겨내고 먹는다.

⑨ 술

남자 암 환자들이 의사들에게 가장 많이 하는 질문 중 한 가지가 "술은 마셔도 됩니까?"이다. 나도 궁금하다.

담배 같으면 단호하게 피우지 말라고 했을 텐데 술에 대해서는 의사들도 확실한 판단을 유보하고 있는 것 같다.

고등학교 동기인 강연욱 의사에게 질문했더니 "알코올은 발암물질로 규정되어 있다."라고 대답해 준다.

그런데 막걸리에는 항암 성분이 들어있다며? 포도주에도 들어있다던데? 어떻게 해서든지 술은 마셔도 괜찮다는 핑계(?)를 찾아내고 싶다.

암 치료에 성공(?)한 사람들이 술을 마시는 것도 자주 보았다. 뿐이냐, 비파 열매가 직장암에 좋다는 소리를 듣고 술을 담가놓기도 했다.

아직은 먹지 않고 있지만 이것도 날음식처럼 10년 참고 난 후부터 마셔 볼 계획이므로 출간 기념으로 한잔할 수 있겠다.

뭐, 옛날처럼 말술로 마시지는 않고 - 나의 주량은 엄청났었다. - 그야말로 약술로 조금씩 마셔볼 생각이다.

술에 대한 나의 생각은 이렇다.

젊은 시절처럼 부어라 마셔라 하는 술이 아닌, 그야말로 약술(?)처럼 어쩌다 한 잔쯤은 괜찮지 않을까?

지금도 음식을 조심하기는 하지만 암 판정을 처음 받았을 때와 비교해 보면 음식에 대한 나의 경계심은 많이 풀려 있다.

전에는 괜히 꺼림칙해서 커피도 마시지 않았다. 그러다가 TV에서 커피에 항암 성분이 들어있다는 말을 듣고 요새는 하루 한 잔씩 마신다.

소고기와 돼지고기를 거의 먹지 않은 것 외에는 일반적으로 몸에 해롭지 않다고 여겨지는 범위 안에서 음식을 먹고 있다.

10년 가까이 살다 보니 정신이 해이해진 것인지 아니면 음식을 일반인 기준으로 먹어도 된다고 느끼고 있는 것인지는 잘 모르겠다.

다만 두 가지 생각은 확실히 새겨두고 있다.

"몸이 원하는 음식을 먹어야 한다."

"의학적으로 해롭다고 증명이 된 음식은 먹지 않는다."

39. 수술로 가자

2015년 8월 초. 11회째 젤로다를 복용하고 CT 촬영을 했다. 그리고 8월 중순에 병원을 찾았다.

주치의 선생님이 조심스럽게 말을 꺼낸다.

"이번에는 암이 조금 커졌네요."

반갑지 않은 결과였다. 폐에 있던 6mm짜리 암은 1cm로 커져 있었고 없어졌던 암도 조그맣게 다시 나타났다. 암이 내성이 생긴 것이다.

"수술하는 것이 어떨까요?" 주치의 선생님이 동의를 구하듯 말한다.

사실 병원에 올 때 우리 부부는 수술하자고 마음을 먹고 있었다.

여태껏 수술을 반대해 온 입장을 스스로 바꾼 것이다. 이유는 그동안 항암 약물치료를 너무 오랫동안 해 왔다는 생각이 들어서였다.

3년 전 암 치료에 들어가면서부터 지금까지 총 35회의 약물치료를 하였다. 그럼에도 불구하고 암을 완전히 없애버리지는 못하고 있다.

약물이 암의 성장만을 억제하는 것이다. 투약이 끝나면 암은 다시 커졌다. 소멸되었던 암도 다시 생겨났다. 지금까지는 그러했다.

그런 상황에서 나는 내 간이 걱정되었다.

항암 약물을 투여하면 여러 가지 부작용이 나타난다. 구토와 탈모 그리고 피부가 벗겨지고 피가 나는 부작용까지⋯⋯. 나는 이런 외형적 부작용이야 얼마든지 견뎌낼 자신이 있었다.

그런데 이런 독한 약물이 끊임없이 들어간다면 나의 간은 얼마나 힘이 들 것인가? 이런 생각이 들었다.

항암 약물은 독약이다. 암세포를 죽일 만큼 강한 독약이다. 이 독극물을 해독해 내는 곳이 바로 간이 아니던가? 아무리 튼튼한 간이라고 할지라도 독약이 지속적으로 들어온다면 그 부담을 어찌 견뎌내겠는가?

병원에 갈 때마다 혈액 검사를 하고 간 수치도 점검한다. 간 수치에 이상이 생긴다면 주치의 선생님이 먼저 약물 투여를 중단하겠지.

그러나 그런 의학적 소견과 상관없이 나는 내 간을 조금 쉬게 해주고 싶었다. 그래서 이번엔 차라리 수술하자고 결심했던 것이다.

그래서 수술하자는 주치의 선생님의 말에 선뜻 동의했다.

수술하기로 결정하고 흉부외과 선생님을 찾아가 설명을 들었다.

1cm짜리 암이 있는 중엽은 조금 크게, 그리고 작은 암이 있는 상엽은 작게 도려낸다고 했다. 지난번과 달리 이번에는 가슴을 열고 육안으로 수술한다고 했다. 폐를 자르는 작업은 쉬우나 2년 전 수술을 할 때도 유착 부분을 떼어내느라 애먹었다고 했었는데 그때 수술로 인하여 유착이 더욱 심해졌을 것인즉 그만큼 더 힘들어질 것이라고 했다.

"많이 아플 것입니다. 아버님께서 고생이 많으시겠습니다."

의사 선생님이 걱정해주길래 나는 웃으며 대꾸해 주었다.

"저야 마취되어 아무것도 모를 텐데 무슨 고생이랄 것이 있겠습니까? 선생님께서 고생하시겠지요."

나의 대답에 의사 선생님도 밝은 표정으로 웃었다.

"우리 같이 고생하는 거지요."

수술 날짜는 9월 1일로 정했다.

40. 두 번째 수술

'두려워하지 말라. 내가 너와 함께 함이라.'

수술실 천장의 글씨를 두 번째 보고 있다. 역시 두렵지 않았다. 기도해 주시는 분도 지난번 그분일까?

기도 소리를 들으며 시각을 확인해 보았다. 오후 2시 40분.

눈을 떴다. 회복실일 것이다. 한기가 들며 몸이 떨려왔다. 추워하는 것을 알고 누군가 내 몸에다 온풍기를 틀어준다.

입원실로 돌아오니 밤 9시가 넘어있었다.

의사 선생님이 최소한 6시간 동안은 잠을 자면 안 된다고 했다.

왜 그래야 하냐고 물었더니 폐를 수술한 후 심호흡을 오랫동안 해 주지 않고 일찍 잠을 자면 호흡량이 적어져 잘린 폐가 말려들어 쪼그라들 수 있기 때문이란다. 아이고, 그렇다면 수술을 일찍 시작해서 밤에는 잠 좀 자게 해 줄 것이지. 이렇게 밤늦게 수술을 끝내면 어쩌란 말인가?

수술에 지친 몸은 자꾸만 잠 속으로 빠져들려 한다. 한참을 꾸벅꾸벅 졸다가 '에라 모르겠다. 차라리 걷기나 하자.' 하는 생각이 들어 병원 복도를 걸어다녔다. 그렇게 새벽 3시까지 잠을 자지 않고 버텼다.

다음 날.

숨을 쉬다가 이상한 점을 발견했다.

전처럼 수술이 끝난 후에는 가는 관을 수술 부위에서 밖의 집기병까지 연결해 놓고 있었다. 수술 부위에 고이는 불순물을 뽑아내는 장치다. 그 집기병에 차오르는 액체의 양이 줄어들면 몸에서 관을 뽑아낸다.

그런데 숨을 쉴 때마다 집기병 속의 액체에서 꼬르륵 소리가 나며 기포가 발생하는 것이 보였다. 들이마신 숨이 관을 통해 빠져나가는 것 같다. 그러니까 허파가 뚫려서 공기가 새고 있는 것인가?

얼른 간호사를 불러 이 현상을 말했더니 허파 수술 후에 늘 있는 일이라며 별로 대수롭지 않은 듯 말한다. 일단 안심이 되었다.

회진 온 의사 선생님이 다음과 같은 설명을 해준다.

수술 부위는 잘 꿰매서 괜찮은데 장기와 유착된 부분을 분리할 때 생긴 상처들이 잘 붙지 않아 그 사이로 들이마신 숨이 새는 것이라고.

시간이 지나면 상처가 아물며 저절로 봉합되지만 그렇지 않으면 약물을 투입하여 인위적으로 아물게 해야 한단다. 또 그래도 안 되면 다시 가슴을 열고 찢어진 부위를 찾아 꿰매야 하지만 그럴 경우는 거의 없을 것이라고 했다. 그런데 이틀이 지나도 계속 바람이 새어 나왔다.

결국 약물을 투입하기로 했다.

약물 투입 과정은 간단했다. 불순물을 뽑아내는 가는 관을 통해 약물을 집어넣으면 끝이었다.

그 약물이 상처 부위를 자극하고 감싸면 염증이 유발되는데 그 염증이 찢어진 부위를 서로 붙게 한다는 것이다.

약물을 투입하는 과정은 간단했지만 그 후 나는 복잡한 자세를 취해주어야 했다. 어느 부위가 찢어졌는지 알 수가 없으므로 들어간 약물이 허파를 골고루 감싸 주도록 몸의 자세를 15분 간격으로 바꾸어주었다.

먼저 약물을 투여할 때는 엎드린 자세 그리고 15분 후에는 누운 자세 다시 15분 후에는 왼쪽 마지막 15분은 오른쪽으로 누우라고 했다. 그렇게 했다. 딱 맞는 비유는 아니지만 내가 전기구이 통닭인가?

엄청난 통증이 왔다. 약물이 상처 부위에 닿는 순간인가 보다. 참을성이 강하다는 소리를 듣는 내 입에서 비명이 새어 나온다.

참기 힘들면 진통제를 주겠다고 했으나 그냥 참았다.

그날 밤 열이 많이 올랐다.

약물이 염증을 발생시켜 일어나는 현상으로 지극히 정상이라고 했다.

다시 하루가 지나자 바람이 새는 증상이 없어졌다.

병원에서는 9월 6일에 퇴원하라고 했지만 하루를 더 입원했다. 바람이 새는 상태가 이상이 없는지 확실하게 확인해 보고 싶어서였다.

9월 7일. 수술한 지 일주일 만에 퇴원했다.

9월 21일에 병원에 가서 실밥을 뽑을 때 물어보았다.

"요즘엔 수술 부위를 실로 꿰매지 않고 스테플러 핀으로 박는데 이 핀을 제거하는 것도 실밥을 뽑는다고 하나요?"

그런다고 했다.

병실에서

유리창 밖
안산 중턱에
싯누런 타워크레인이 서 있다.

이제
푸른 숲이 또 찢겨 나가고
육중한 건물이 암세포처럼 들어서면
점점
숨이 가빠지는 안산

지칠 줄 모르는 인간의 욕심 앞에
야트막한 안산의 수풀은
조각난 나의 폐처럼 자꾸만 줄어드는데

그래도
안산의 나무들은
작은 이파리를 파란 하늘에 대고
조용히 숨을 쉬고 있다.

살고자 발버둥 치지 아니하며
절망하거나 포기하지 아니하며
존재하는 순간, 순간을
저렇게
담담히 살아가고 있다.

41. 대장암과 아스피린

2015년 10월 중순. 녹산회 산행에 참가했다. 영암 월출산을 등반하고 고등학교 체육행사에 참가하는 1박 2일 일정이었다.

월출산 등반 대신 강진 여러 곳을 둘러보는 선택을 할 수도 있어서 희망자들과 함께 김영랑 생가, 다산 초당 등을 둘러본 후 만덕산에 있는 백련사라는 절까지 2km 남짓한 산길을 걸었다. 내가 걸을 만한 거리였다.

다음날 상경하는 길에 담양의 죽녹원도 들러 한 바퀴를 돌았다. 수술한 지 얼마 되지 않았지만 모든 일정이 힘들다고 느껴지지는 않았다.

이틀 후 10월 19일에 CT 촬영을 하고 다음 날 결과를 보러 갔다.

"별 이상 없습니다." 모니터를 보며 주치의 선생님이 말했다.

당연한 것 아니야? 수술한 지 두 달도 안 되었는데 또 암이 생겼다면 수술하자마자 암이 생긴다는 소리 아닌가? 아무러면 그럴 리야…….

"수술 부위 주변에 염증 같은 것이 보이는데 그러나 암은 아닌 것 같으니 좀 더 두고 봅시다."

"염증이 남아 있다면 약을 먹어야 하나요?"

"그럴 필요 없습니다. 2개월 후에 다시 오시면 되겠습니다."

"그런데 선생님." 나는 궁금한 점을 물어보았다.

"아스피린이 대장암에 효과가 있다고 하던데 정말 그럴까요?"

"아스피린을 장기적으로 복용한 사람들이 대장암 발병률이 낮다는 연구 결과가 있습니다. 그런데 대장암 환자들이 아스피린을 복용했을 때 암을 낮게 한다거나 재발을 방지한다는 연구 결과는 아직 없습니다."

"그래도 대장암 환자가 아스피린을 복용하는 것이 나쁘지는 않겠네요."

"괜찮을 수도 있겠지요. 다만 아스피린을 장기적으로 복용하면 위장 장애가 올 수도 있습니다." 주치의 선생님의 설명은 계속되었다.

"아스피린은 소량씩 복용해야 합니다. 보통 사람들의 몸무게 1kg당 1mg을 복용하는 것을 원칙으로 합니다. 미국에서는 100mg 이하짜리 아스피린을 생산하는데 우리나라에서는 300mg짜리를 생산합니다."

그러니까 대장암 예방과 치료 차원에서 아스피린을 복용하려면 미국 것을 사다 먹어야겠구나. 직장암도 대장암에 포함된다.

다시 2개월 후를 예약하고 병원을 나섰다.

그리고 그 후 어느 자리에서 아스피린의 암 예방 효과에 대해 말했더니 선배 한 분이 다음과 같은 말을 해 주었다.

"내 아내가 의사의 처방대로 수년간 아스피린을 복용했는데 그것이 원인이 되어 고관절에 피가 잘 흐르지 않게 되었고 결국 수술했어."

선배의 아내는 암 때문에 아스피린을 복용한 것은 아니었다고 한다.

아스피린을 복용하면 피가 묽어진다고 하는데 그것이 또 고관절에 피가 잘 흐르지 않게 하는 부작용까지 있는 줄은 몰랐다.

하여튼 부작용 없는 약은 없는 모양이다.

42. 표적치료제에 대하여

나와 같이 직장암을 앓고 있는 환자가 있었다.

40대의 젊은 나이인 이 환자를 2년 전 처음 입원해서 약물치료를 받을 때 만났었다. 같은 병실에 입원해 있었다.

당시에 이 환자는 젤로다를 복용하고 있었다.

자주 언급했지만 젤로다를 복용하면 손발이 부르트는데 이 환자는 그 정도가 심해서 걷지를 못하고 휠체어를 타고 있었다.

나도 그 후에 젤로다를 복용하면서 같은 부작용에 시달렸다.

휠체어를 타지는 않았지만 손의 지문이 없어지고 발톱이 빠졌다.

내가 젤로다를 복용할 무렵 다시 그 환자를 만났다. 그때 그 환자는 표적치료제를 사용한다고 했었다.

그 환자도 나처럼 말기 암으로 진단받았으나 다행스럽게 암이 다른 기관으로 전이되지는 않은 상태였다. 다섯 번의 수술을 받았으나 또 재발하여 이번이 마지막이라는 생각으로 표적치료제를 사용한다고 했다.

심하게 상했던 손발도 깨끗해졌고 잘 걸어 다니고 있었다. 시커멓던 얼굴도 말끔해졌다. 표적치료제는 부작용이 덜하다더니 정말 그런가 보다. 더구나 신약이니 효과도 더 좋겠지. 치료가 잘 되었으면 정말 좋겠다.

"그 환자, 암이 온몸에 퍼져 요양원으로 갔다고 하네요."

몇 달 후에 그 환자의 보호자와 통화한 아내의 말이다. 동병상련. 암 환자의 보호자들은 자주 연락한다.

"뭐라고?" 나는 깜짝 놀랐다.

신약인 표적치료제를 사용했는데 왜 갑자기 더 나빠진 거지?

표적치료제.

이른바 신약으로 기존 항암제에 비해 우수한 점이 많다고 들었다.

기존 항암제가 암세포는 물론 일반 세포까지 공격하는데 표적치료제는 암세포만을 골라 공격한다고 했다.

당연히 효과가 좋으면서도 신체적 부담은 줄어들겠지. 구토 증세도 없고 머리카락도 빠지지 않는다고 했다.

아직은 일반화되지 않아 치료비가 비싸게 든다고 하지만 경제적 여유가 있다면 누군들 사용하고 싶지 않겠는가?

나 또한 표적치료제는 만약을 대비해 아껴두는 이른바 '히든카드'이기도 하다. 물론 거기까지 가지 않았으면 좋겠지만……

TV를 보다가 순간 나는 내 귀를 의심했다.

대략 다음과 같은 내용이 방송되고 있었다.

"우리나라 연구진이 표적치료제를 사용할 때 일어나는 암이 전이되는 원인을 세계 최초로 밝혀냈다. 이로써 표적치료제를 사용함으로써 일어나는 암의 전이를 억제할 수 있는 길이 열리게 되었다. 이 연구 내용은 세계 ○○의학지에 실렸다."

이건 또 무슨 소리야? 표적치료제를 사용하면 암이 전이되기 쉽다고? 그러면 그게 무슨 치료제야?

며칠 후 같은 내용이 또 방송되었다.

이번에는 아내와 같이 정신을 집중해서 방송에 귀를 기울였다.

방송에서는 친절하게 그림까지 그려가며 표적치료제가 암세포를 공격할 때 암이 전이되는 과정을 설명하고 있었다.

지난번 방송을 보고 설마 했는데 이제는 표적치료제를 사용하면 암이 전이되기 쉽다는 사실을 믿지 않을 수가 없었다.

'그래서 그 환자도 온몸에 암이 퍼진 것이 아닐까?'

표적치료제가 일반 항암제보다 부작용이 적고 효과가 좋다고?

아무리 부작용이 적고 암을 치료하는 효과가 좋다고 해도 다른 곳으로 전이

되기가 쉽다면 그 전이된 암은 또 어떻게 해야 할까?

이런 약을 신약이라고 내놓았나?

약간은 희망적인 내용도 방송되고 있었다.

우리나라 연구팀이 어떤 약물을 실험용 쥐에게 투약했더니 전이가 억제되더라는 연구 결과였다.

그래, 언젠가는 그 약이 표적치료제와 같이 쓰이면 좋겠다.

하지만 표적치료제에 대한 내 생각은 많이 바뀌었다.

표적치료제를 무턱대고 믿을 수만은 없게 된 것이다.

세월이 꽤 흐른 다음 KBS 방송 「생로병사의 비밀」이란 프로그램에서 표적치료제에 대해 방송하는 것을 또 보았다.

수술이 불가한 폐암 말기 환자들에게 표적치료제를 사용함으로써 큰 효과를 거두었다는 내용이었다.

전이에 관한 말은 없었고 표적치료제를 장기간 복용하면 다른 항암제처럼 내성이 생기는데 의학계의 꾸준한 노력으로 내성을 억제하는 제2, 제3, 제4세대의 표적치료제가 개발되고 있다고 한다.

언젠가는 내성이 없는 표적치료제가 만들어질 것이라고 한 의사는 희망적인 전망을 하기도 했다. 참 좋은 일이다.

그러면 표적치료제의 장단점은 무엇이란 말인가?

아이고, 모르겠다. 내가 걱정할 일은 아니지.

뭐, 표적치료제까지 가지 않도록 노력해야지.

노력한다고 그렇게 되겠느냐고? 모르지. 암은 아무도 모른다니까. 정말이지 언제 무슨 일이 일어날지 몰라.

어느 순간 암이 소멸되어 버릴 수도 있다고. 그러니 그냥 즐겁게 사는 거야. 즐거운 마음이 암의 성장을 억제하는 것은 분명한 것 같아.

내가 속이 없긴 없나 보다. 금방 이렇게 즐거워지니 말이야.

43. 민간요법의 허와 실

퇴직 후 엄청 바쁘던 생활이 시간이 흐르자 차츰 한가해졌다.

백수의 생활을 실감하고 있다.

지인이 안부 차 전화하며 요즘 뭐 하느냐고 물으면 '한여자'와 산다고 대답한다. '한여자'는 순전히 내가 만들어낸 아재 개그다.

한가롭고, 여유롭고, 자유롭게 산다고.

늘 강조하는 말이지만 암은 아무도 모른다.

암에 좋다는 수많은 민간요법이 등장하는 것은 암을 모르기 때문이다. 사람마다 각기 다른 방법을 택하는 것도 암에 대해 모르기 때문이다.

역설적으로, 그렇기 때문에 누가 어떤 방법을 사용하여 암 치료를 한다고 해도 그것을 비난할 수 없다. 비난해서도 안 된다.

여기저기서 얻어들은 민간요법들을 소개해 본다.

① 커피와 계핏가루와 식초

어느 일본인이 주장한 방법이라고 한다.

그는 항암제는 암의 크기를 줄일 뿐 아주 없애버리지는 못한다고 주장했단다. 이 주장에 나도 동의한다. 내 경우가 그랬으므로.

그는 그러므로 암을 죽일 수 있는 것은 결국 음식물이라고 했다고 했다. 그 말이 맞는지는 잘 모르겠다.

그는 결론적으로 아침 공복에 커피 한 잔에 계핏가루 한 스푼 그리고 식초 한 스푼을 타서 3일만 마시면 끝이라고 했다.

정말이면 참 좋겠다. 정말 맞는 말이라면 누가 암을 두려워하랴? 세상의 암 병원은 모두 문을 닫아야겠지. 허무맹랑하게 들리기도 하는데 그렇다고 하지 말라고 말릴 이유도 없다.

세간에서 개똥쑥이 항암 물질로 한창 인기를 끌 때 내가 다니는 병원에서는 "의학적으로 개똥쑥은 항암 효과가 없는 것으로 판명되었다."라는 안내문을 붙여놓은 적이 있었다. 여러 가지 민간요법들에 대해 더 많이 의학적으로 판단해 주었으면 좋겠다.

② 부추와 요구르트

심심치 않게 카톡에 뜨는 기사이다. 부추를 갈아 만든 즙에 요구르트를 타서 마시고는 암이 나았다는 내용이다. 암 고치기 참 쉽겠다.

마찬가지로 하지 말라고 말릴 이유도 없다.

③ 복어알

어느 종편 방송에서 보았다.

한 폐암 환자가 복어의 독이 폐암에 좋다는 말을 듣고 낚시질로 잡은 까치복의 알을 그 자리에서 꺼내 날로 먹는 장면이 방송되었다.

복어알은 특히 독성이 강하다는데 그는 끄떡없었다. 입술에 물집이 몇 군데 잡혔는데 혹시 연출된 장면이 아닐까 하는 의문점도 들었다.

이후의 결과를 볼 수는 없었다. 다만 암을 이겨내기 위해 최선을 다하는 모습이 - 처절하다고 쓰려다가 말을 바꾼다. - 인상적이었다고 할까?

④ 비파

그 방송에서는 한 노인이 직장암을 이겨낸 방법도 소개하고 있었다.

남쪽 지방의 노인이 직장암에 걸렸는데 집에 있는 비파 열매로 술을 담가 하루에 한 잔씩 마셨더니 암의 크기가 줄어들더라는 내용이었다.

나와 같은 암이어서 집중해서 보았다. 그리고 얼른 비파를 구해다가 효소도 만들어 놓고 술도 담가 놓았다.

아직은 먹지 않고 있지만 언젠가 약으로 하루 한 잔씩 마셔보려고 한다. 이 것 참, 술로 암을 고치다니. 갑자기 좋아지는 이 기분은 뭐지?

⑤ 펜벤다졸

한때 세상을 떠들썩하게 했던 개 구충제 - 펜벤다졸.

의학계에서는 그 효과에 대해 의문을 제기했으나 많은 암 환자들은 그 약에 매달렸다. 누가 그들에게 잘못하는 것이라고 말할 수 있으랴.

나는 민간요법들에 대해 의학적 판단해 주었으면 좋겠다고 했다. 그러나, 그러면서도 의학이 모든 요법에 대해 완벽하게 판단할 수 있다고도 믿지 않는다.

암은 아무도 모른다. 그래서 투병 방법은 궁극적으로 환자의 몫이다.

누구도 그 방법에 대해 선악을 판단할 수 없다. 다만 늘 말했듯이 어떤 방법이든 환자 스스로가 긍정적인 마음으로 접근하는 것이 중요하다.

⑥ 통마늘

마늘 좋은 거야 세상이 다 안다.

앞에서 소개한 고등학교 동기는 통마늘을 열심히 먹는다는데 나는 게을러서 통마늘을 조리하는 그 방법을 아직 전수받지 못하고 있다.

조만간 배워서 먹을 수 있도록 해야겠다.

⑦ 차가버섯, 와송

항암 식품으로 유명하다.

제자가 비싼 돈 들여 구해다 주었는데 한참 열심히 먹다가 요새는 잘 먹지 않는다. 아무래도 마음속 긴장이 많이 풀린 듯하다.

⑧ 효소

아내는 암에 좋다는 것이 있다는 말만 들으면 어떻게든 구해다 효소를 담근

다. 겨우살이, 쇠비름 등등. 언제 다 먹을지 모르겠다.

이외에도 아주 많은 민간요법이 소개되고 또 사라지곤 한다.

왜 그럴까?

아직 암에 대해 모르기 때문이다.

누군가 "나는 이런 방법으로 암을 이겨냈다."라고 말한다면 그 사람에게는 그 방법이 맞는 것일 수도 있다.

그러나 언급했듯이 암은 외부에서 침입하는 바이러스나 세균과는 달라서 일률적인 치료 방법이 적용될 수 없다. 그러니 수많은 민간요법에 대해 이것은 맞고 저것은 틀렸다고 말할 수도 없다.

결국 사람마다 자신에게 맞는 방법을 찾아내야 할 것이다.

나는 민간요법을 맹신하지 않는다.

그렇다고 허무맹랑하다고 무시하지도 않는다.

암에 좋다는데 어떤 방법이든지 실행해서 나쁠 것은 없지 않겠나?

하지 않고 후회하는 것보다 하고 나서 후회하는 것이 백번 낫다.

나는 아직 어떤 민간요법도 적극적으로 실행하지 않고 있다. 병원 치료에서 효과를 보고 있기 때문이다.

그러나 병원 치료 기간이 길어지고 있는 지금 조금씩 민간요법을 병행해 보고자 하는 마음이 들기도 한다.

손쉬운 방법부터 실행해 볼 계획이다.

44. 제3 라운드

2015년 12월 중순. CT 촬영을 하고 그 결과를 보러 갔다.

참 CT 촬영을 무던히도 한다.

내 몸이 방사능에 너무 많이 노출되는 것 아니야?

먼저 폐를 수술한 의사 선생님과 만났다.

"폐는 아무 이상이 없습니다." 다행이다. 다음 촬영일은 3월 하순으로 정했다. 그리고 종양내과 주치의 선생님과 마주 앉았다.

"폐에는 아무 이상이 없어 보입니다. 그런데……." 그런데 뭐?

"암 수치가 올라갔습니다."

"얼마 나왔는데요?"

"6.5 정도입니다."

5 이하가 정상이라는데 조금 넘어선 수치이다.

암 수치가 반드시 맞는 것만은 아니다.

폐에서 암이 발견되었을 때 내 암 수치는 1.8이었으니까. 그렇다고 해도 암수치가 올라가면 신경이 쓰이는 것은 너무나 당연하다.

"그리고……." 주치의 선생님은 말을 이어갔다.

"간의 이 부분이 의심스러워 보입니다."

화면에서 가리키는 부분은 다른 곳보다 약간 어둡게 보였다.

"이 부분은 맨 처음 간에서 암이 발견된 자리입니다. 약물로 소멸된 것으로 여겨졌는데 숨어있다가 다시 살아난 것으로 보입니다. 다만 확실하게 알아보기 위해서 이번에는 MRI 촬영을 해 봅시다."

MRI 촬영을 하고 12월 30일 주치의 선생님과 마주 앉았다.

"암이 확실합니다."

"그러면 어떻게 해야 합니까?"

"아직 암이 작으니 수술을 해야 할 것 같습니다."

"약물로 치료하면 안 될까요?"

"그것은 간 전문의사와 상의해 보도록 하겠습니다."

그래서 1월 4일 협진을 예약했다.

그렇게 암과의 싸움 제3 라운드가 시작되었다.

여기서 암을 없애면 저기서 나타나고, 암들이 릴레이 경주를 하나? 이미 생겨버린 암을 탓해서 무엇하랴. 다시 씩씩하게 맞서야지.

나는 손쉽게 마음을 다잡았다. 마음을 다잡는 것만으로도 나는 이 싸움에서 우위를 점했다고 믿는다.

아내의 눈에 눈물이 맺힌다. 그러다 나처럼 마음을 다잡은 듯 차분한 표정을 되찾는다. 그저 고맙고 미안할 뿐이다.

45. 협진과 면담

2016년 1월 초. 협진실로 갔다. 협진을 다학제라고도 하는가 보다.

이번엔 4명의 의사 선생님들이 모였다.

종양내과 주치의 선생님, 간 전문의 선생님, 영상의학과 선생님 그리고 한 의사 선생님은 잘 모르겠다. 이번엔 영상의학과 선생님이 컴퓨터 화면으로 MRI 사진과 CT 사진 3장을 비교해 가면서 설명했다.

"먼저 이 사진을 보십시오. 2012년 10월 환자분에게서 암이 처음 발견되었을 때의 모습입니다."

간의 일곱 군데에서 암이 보인다고 여기저기 짚어준다.

"그리고 이 사진은 2013년 약물치료 후에 찍은 사진입니다."

암이 거의 소멸된 모습이라고 했다.

"마지막으로 엊그제 찍은 사진입니다."

소멸되었다고 여겨지던 그 자리에 암이 다시 생겨났다고 했다.

생겨난 곳은 모두 세 곳인데 한 곳은 1.5cm로 제법 커져 있었고 다른 두 곳은 아주 작아 점으로만 보인다고 했다.

"이번에 발견된 전이암(원래 직장암에서 전이된 것이므로 이렇게 부르는 듯했다)은 옛날 암이 숨어있다가 다시 나타난 듯합니다."

문득 이런 생각이 들었다.

맨 처음 간에 일곱 군데 그리고 폐에 한 군데로 전이된 암이 발견되었을 때 나는 폐보다 간이 더 걱정이었다.

폐는 한 곳만 수술하면 되겠지만 간은 어떻게 해야 하나? 그런데 약물 투여로 암이 모두 사라져 수술할 필요도 없다고 하지 않았던가?

그 후 폐의 암을 치료하느라 총 23회의 약물치료를 더 했음에도 암이 다시 살아나다니……. 그만큼 약물을 투여해도 암은 죽지 않았단 말인가?

역시 약물은 암을 완전히 소멸시키지는 못하는가?

"아직 암의 크기가 작아 수술이 가능합니다."

간 전문의 선생님의 말을 들으며 나는 내 생각에서 깨어났다.

"지난번의 경우를 보자면 간의 암은 약물로 쉽게 없어졌는데 이번에도 약물 치료를 하면 안 될까요?"

여전히 수술하고 싶지 않은 나는 조심스럽게 질문해 보았다.

"약물치료를 오래 하면 내성이 생겨서 효과를 보기 어렵습니다."

주치의 선생님이 예상되는 답변을 내놓았다.

"지금의 수술은 간단합니다. 하지만 암이 더 커지면 수술 기회를 놓칠 수도 있습니다. 암을 없애는데 약물보다 수술이 훨씬 효과적입니다."

간 전문의 선생님의 말은 단호했다.

확실히 우리나라 의사들은 수술을 최선으로 여기고 있었다. 늘 그렇듯이 나는 의사의 결정을 따를 마음의 준비는 되어 있다.

협진이 끝나고 간 전문의 선생님과 단독으로 면담 시간을 가졌다. 그는 내 MRI 사진을 보며 설명을 이어갔다.

"수술은 어렵지 않으니 너무 걱정하지 마십시오."

또 한 번의 수술을 앞두고 걱정 때문에 눈물을 훔치는 아내를 젊은 의사 선생님은 미소 띤 얼굴로 위로해 준다.

"간을 어느 정도 잘라내나요?"

나는 대수롭지 않다는 듯 물었고 의사 선생님 또한 가볍게 대답했다.

"잘라낼 것도 없습니다. 큰 것이 2cm가 못 되니 쐐기 절제술로 그 부분만 도려내면 됩니다."

그런 수술 방법을 쐐기 절제술이라고 부르나 보다.

"도려낸 부분은 재생이 되겠지요?"

"재생이랄 것도 없습니다. 40g 정도만 도려내면 되니까요. 그리고 암이 쓸개와 가까운 위치에 있어 쓸개도 함께 떼어낼 수도 있겠습니다."

"쓸개까지 꼭 떼어내야 하나요?"

"수술을 해봐야 알겠습니다만 그것이 안전하다면 그리해야겠지요. 쓸개가 없다고 해서 살아가는 데 큰 불편은 없을 것입니다. 쓸개에서는 지방을 소화 시키는 소화액이 나오는데 그것은 소장에서도 나오고⋯⋯."

그건 초등학교 때 이미 배웠지. 이제 나도 쓸개 빠진 놈이 되나?

"나머지 암은 어떻게 하나요?"

"그건 크기가 작아 도려낼 것도 없습니다. 고주파로 암 주변을 지지면 됩니 다. 효과는 수술과 같습니다."

열로 암을 태워 죽인다고? 그래, 태우든 지지든 알아서 해라.

젊은 의사 선생님의 말은 자신에 차 있었고 그런 태도에 아내도 적이 마음 이 놓이는 듯한 표정이었다.

수술 날짜는 1월 19일로 잡았다.

46. 수술을 앞두고

간 전문의 선생님과 면담을 마치고 나오려는데 옆방에 있는 폐 기능 담당과 마취 담당 의사 선생님을 만나고 가라고 했다.

그동안 여러 번 수술할 때마다 전신 마취를 해서 폐 기능 등 마취에 필요한 사전 점검이 필요하다는 것이다. 얼른 이해가 되었다.

지금까지 총 4번의 전신 마취를 했었다. 1986년 맹장 수술, 2013년 1차 암 수술, 그리고 장루 수술과 지난번의 암 수술.

폐 기능 담당 의사 선생님이 이것저것 질문을 한다.

혈압은 어떠냐, 당 수치는, 콜레스테롤은……. 나는 이렇게 대답했다.

"암 빼고 모든 것이 정상입니다."

공무원인 나는 2년마다 한 번씩 꼭꼭 건강 검진을 해 왔었다.

언제나 모든 것이 정상이었다. 그래서 건강에 대한 자신감이 있었고 암에 대해서는 아예 생각도 아니 했던 것이다.

암 검사는 건강 검진 항목에 없었다. 따로 비용을 지불해서라도 정기적으로 암 검진을 했어야 했다.

X-Ray를 찍고 며칠 후에 결과를 보러 갔더니 수술하는 데는 별문제가 없겠으나 염증 같은 것이 보이니 한 달 후에 또 찍자고 한다.

아니, 지금은 수술을 위한 점검이 아닌가?

"며칠 후면 수술이고 다시 3월쯤엔 CT도 찍을 것인데 그 사이에 X-Ray를 또 찍자는 말입니까?"

나의 질문에 그래도 찍어야 한단다. 더 이상 대꾸하지 않았다.

내 폐가 어수선한 것은 나도 잘 안다.

이상이 생기면 주치의 선생님이 어련히 알아서 조치할까?

찍지 않으면 그만이라고 속으로 생각했다.

또 한 사람 마취 전문의 선생님의 말은 위안이 되었다. 나는 전신 마취를 많이 해서 혹시 무슨 부작용이 생기지 않느냐고 물었다.

"지금까지의 연구 결과로 보자면 마취가 뇌에 미치는 영향은 거의 없는 것으로 되어 있습니다."

이렇게 수술을 위한 준비는 끝났다.

수술 일정이 잡히고 나서 가장 문제가 되는 것은 1월 30일로 예정된 동기들의 '벗들 마당' 행사였다.

진행자인 내가 수술한 지 11일 만에 행사를 치르는 것은 아무래도 무리일 것 같아 문인수 동창회 사무총장에게 동기 카페에다 연기 공지를 해 달라고 했다. 당연히 공지하겠다고 했다.

출연자들에게는 직접 전화했다. 모두 무슨 일이냐고 걱정하는데 그냥 병원에 입원하는 것이라고 가볍게 대답해 주었다.

1월 14일 동기들 모임에 참석했을 때 조윤형 동기가 가만히 다가와 무슨 일이냐고 걱정스런 표정으로 묻는다. 카페에서 '벗들 마당' 연기 소식을 보았다는 것이다. 걱정하지 말라고 웃는 얼굴로 대답해 주었다.

조윤형 동기는 새벽 기도를 할 때 특별히 나를 생각하며 기도하기도 했단다. 참 고마운 벗이다.

수술 하루 전 1월 18일에 입원하였다.

47. 세 번째 수술

수술실로 들어가는 일에 익숙해졌다.

먼저 대기실에 환자들이 모여 있다가 각자의 수술실로 들어가는 것 같다. 저만치에서 어린 여자아이의 울음 소리가 들린다.

"나 잠들기 싫어요."

또 울컥해진다. 저 어린 것이 이 무슨 일이냐?

제발, 나 같이 심각한 상황이 아니길 빌어 본다.

수술실로 들어가자 담당 의사 선생님들이 다가오고 마취를 시키려는 듯 코에 마스크를 덮는다. 이제 눈을 뜨면 수술은 또 끝나 있겠지.

눈을 떴을 때 나는 병실로 옮겨지고 있었다.

심한 통증이 왔지만, 지난번 폐 수술 때보다는 덜한 것 같기도 했다. 그때는 통증이 심해 눕지도 못하고 엎드려 잤었다. 엎드려 자면 통증이 덜하다고 한다. 이번 통증은 시간이 조금 지나자 많이 완화되었다.

링거주사를 통해 진통제가 계속 들어오고 있었는데 그래도 참기 힘들면 옆의 보조기구를 손으로 누르라고 했다. 그러면 마약성 진통제가 들어가며 통증이 많이 완화된다고 했다. 일반적으로 환자들은 그런 진통제를 3개 정도 사용한다고 했는데 나는 거의 사용하지 않았다.

"수술은 잘 되었습니다."

회진 온 의사 선생님이 말했다.

"그런데 수술하려고 보니 암이 두 개밖에 보이지 않았습니다."

무슨 소리야? CT 사진을 보면 암이 세 개라고 하지 않았나? 하나는 커서 수술로 도려내고 두 개는 고주파로 지진다고 하지 않았나?

"초음파로 세밀히 살펴보고 영상의학과 의사분들을 모셔 와서 다시 확인해 봐도 두 개밖에 보이지 않았습니다."

그래서 두 개만 수술했단다. 그럴 수밖에 없었겠네.

"내일 다시 CT 촬영을 해서 확인해 보겠습니다."

그래야겠지. 그런데 안 보이던 암이 다시 보이면 어떡하나?

우려는 현실이 되었다. 다음날 찍은 CT 사진에 다시 암이 나타났다. 육안으로는 안 보이는 암도 CT 사진으로는 보이는 건가? 어쨌든 아직 남아 있는 암이 확인되었으니 어떤 조치를 해야 할 것이다.

이번엔 고주파 기구로 옆구리를 직접 뚫고 들어가 암 부위를 태운다고 한다. 이런 방법은 수술이라 하지 않고 시술이라고 한단다.

며칠 후.

그 시술은 영상의학과에서 마취되지 않은 상태로 시행하였다.

먼저 CT 화면으로 암이 있는 곳을 보며 초음파를 사용해 기구가 뚫고 들어갈 장소의 좌표를 설정하는 것 같았다. 시간이 꽤 오래 걸렸다.

담당 의사 선생님은 신중히 그러나 자신 있는 태도로 무언가 차근차근 표시해 가고 있었다. 정확한 장소를 표시해야 성공 확률이 높겠다 싶어 시간이 걸리는 만큼 오히려 믿음도 커졌다.

"아프실 겁니다."

순간, 가느다란 무언가가 옆구리를 뚫고 들어오는 느낌! 동시에 수반되는 통증! 이를 악물었다. 비명을 참는 사이 그 기구는 거침없이 간까지 파고든다. 그 느낌이 느껴지는 것 같기도 하고 아닌 것 같기도 한데 불현듯 간이 타들어가는 뜨거움과 고통이 엄습해 왔다.

"으흑!"

나도 모르게 새어 나오는 비명. 옆에 서 있던 여자분(의사? 간호사?)의 손이 재빨리 움직이며 링거줄을 통해 진통제를 주입한다.

통증이 가실 만하면 다시 고주파로 태우는 고통이 엄습해 오고⋯⋯. 그러기를 대여섯 번? 진통제에 수면제가 섞여 있다는 설명이 있었는데 그래서 잠깐

잠이 들었을까? 별로 많은 시간이 걸리지 않고 시술은 끝났다.

입원실로 돌아와 두어 시간 자고 나니 통증이 확연히 줄어들었다. 필요하면 마약성 진통제를 신청하라고 했으나 견딜 만해서 그만두었다. 남들은 대부분 신청한다는데 나는 고통을 잘 참는 것인지 감각이 둔한 것인지.

이런 시술을 하고 나서 하루나 이틀 지나면 정상적인 생활이 가능하다고 했는데 그 말은 맞는 것 같았다.

입원과 수술을 자주 하다 보니 요령도 생겼다.

전에 언급했듯이 대형 병원에서는 치료를 환자의 상태에 맞춘다기보다는 병원의 운영 시스템에 환자를 맞추어간다는 느낌을 받기도 한다.

일반병원 같으면 수술 후 방귀가 나온 후에 음식을 먹도록 할 텐데 여기서는 방귀가 나오기도 전에 물도 마시고 미음도 먹으라고 했다.

수술이 끝나고 장폐색 증상으로 고생한 기억이 참으로 생생해서 나는 미음을 반 정도만 먹고 내 몸의 상태를 가만히 가늠해보았다.

아니나 다를까, 뱃속이 불편해지는 것이 심상치가 않아서 의사 선생님에게 말하고 다시 금식에 들어갔다.

이틀이 더 지나 방귀가 나오고 뱃속이 편안해져 음식을 먹기 시작했다.

그리고 수술한 지 12일 만에 퇴원했다.

순대

암 수술을 세 번 하였다.

장 한 뼘 잘라내고
폐 세 군데 오려내고
간 일부를 도려내었다.

옛날에 술안주로 즐겨 먹던
'모듬 순대' 한 접시
참 푸짐하겠다.

48. 아재 개그

나는 유머를 좋아한다.

지인들의 모임에서 곧잘 좌중을 웃긴다. 우리 시대의 유머를 요새 젊은이들은 '아재 개그'라고 부르는 모양이다.

시대에 뒤떨어진 우스갯소리라는 뜻으로 나는 해석한다.

스스로 시대에 뒤떨어진 사람임을 기꺼이 인정하는 나는 마찬가지로 이 시대에 뒤떨어진 아재 개그를 참 좋아한다.

입원하러 병원에 가는데 태재희 부장 선생님으로부터 전화가 왔다.

"교장 선생님. 지금 뭐 하세요?"

안부 전화이다. 퇴직한 후에도 같이 근무했던 선생님들은 자주 안부를 물어온다. 나는 늘 반갑고 고마웠다.

"병원에 가는 길이야." 근무할 때도 나는 말을 내렸었다.

"왜요?" 갑자기 걱정스러운 목소리로 바뀐다.

"수술하러."

"무슨 수술이요?" 깜짝 놀란다.

"걱정 마. 간단한 수술이야." 나는 대수롭지 않다는 듯 말해주었다.

"네에." 적이 안심이 된다는 듯 덧붙인다.

"잘 다녀오세요."

퇴원하는 길에 근무했던 서울개포초등학교에 들렀다.

작은 화분 한 개를 얻기 위해서이다.

학교의 물건은 당연히 국가의 재산이기 때문에 무엇 하나 사사로이 가져가면 안 되는 것임을 잘 알고 있다.

하지만 버려져 사용하지 않고 결국은 쓰레기로 처리될 화분들도 있는데 그걸 하나 얻어가는 것은 괜찮을 것이다.

퇴직한 지 1년이 다 되어간다. 교문을 들어서기가 조금 서먹해진다. 그래. 이제 나는 손님인 것이다.

선생님들이 반갑게 맞아 준다.

"이번에는 무슨 수술을 하셨어요?" 태재희 부장 선생님이 묻는다.

"간 잘랐어." 나는 아무렇지 않은 표정으로 대답했다.

"네?" 선생님들이 기겁을 한다.

"그게 간단한 수술이에요?" 지난번 통화 내용이 생각난 모양이다.

"간을 잘랐으니 간단(肝斷)한 수술이지."

선생님들은 어이없다는 듯 그러나 웃음을 참지 못하고 깔깔댄다.

나는 이런 식의 아재 개그를 참 잘하는 편이다. 근무할 때 시도 때도 없이 선생님들을 웃기곤 했다.

"그런 수술을 하고도 벌써 걸어 다니세요?" 걱정되어 묻는 말이다.

"내가 간을 잘랐지, 다리를 잘랐냐?"

기가 막힌다는 표정으로 다들 다시 웃는다. 그려, 웃자고 한 소리여.

사실 나는 수술 후 곧잘 걸었다. 두 번째 수술이 밤 9시에 끝났을 때 잠을 자지 말라고 해서 새벽 3시까지도 걸었으니까.

걷는 게 좋다잖아?

49. 균형

2016년 2월 중순. CT 촬영을 하고 진료를 받았다.

"촬영 결과가 아주 좋습니다."

간 전문의 선생님의 말이다.

"수술한 부위와 고주파로 태운 부위도 잘 아물었고요. 예후도 아주 좋습니다. 이제 3~4개월 후에 다시 CT 촬영을 해 봅시다."

병원 진료가 끝나고 부산 큰 딸내미 집에 며칠 다녀왔다.

여행이 무리였을까? 감기로 일주일 정도 앓았다.

일반인들에게 감기는 가벼운 병이지만 면역력이 약해진 암 환자들에게는 자칫 치명적일 수도 있다고 한다.

나는 암을 치료하면서 몇 번인가 감기에 걸린 적이 있다. 대부분 쉽게 지나갔으나 이번에는 회복이 좀 더딘 편이다.

그래도 잘 견디고 있다.

반복되는 수술과 약물치료 그리고 감기와 같은 변수를 잘 견디며 이겨낼 수 있었던 이유를 말해보라고 한다면 무엇보다도 '몸과 마음의 균형'을 잘 유지해 왔기 때문이라고 대답하고 싶다.

암을 치료하면서 나는 몸과 마음의 균형을 유지하려고 애썼다. 신체와 정신이 흐트러지거나 무너지지 않도록 노력했다는 말이다.

그 독한 약물치료를 받으면서도 일상적인 활동을 계속했다. 수술을 앞두고도 긴장하지 않았으며 수술이 끝나면 곧바로 걸어 다녔다.

그러면서 내 몸과 마음의 상태를 스스로 점검해 보곤 했다.

'아직은 견딜 만한가?' 지금까지의 대답은 "그렇다."이다.

나는 자신이 있다.

어떤 상황이 닥친다고 해도 몸과 마음이 흔들리지 않을 자신이.

만약 내 몸이 항암 약물을 견디지 못할 상황이 온다면 나는 약물치료를 중단할 것이다. 마찬가지로 수술의 후유증을 견뎌낼 자신이 없으면 수술도 거부할 것이다.

병원에서 각종 검사를 통해 약물치료나 수술이 가능하다는 결론을 내려주어도 내가 생각하는 내 몸의 상태가 힘들다 싶으면 스스로 병원 치료를 거부하고 차라리 민간요법을 택할 것이다.

생활하면서 암을 치료하는 방법을 찾을 것이다.

그저 암만 나으면 된다는 식으로 누워서 헐떡거리는 일은 결단코 없을 것이다. 적어도 사는 날까지는 사는 것처럼 살 것이다.

몸과 마음의 균형이 무너지지 않고 생활하는 것 - 이것이 사는 것처럼 사는 것이라고 나는 생각한다.

나는 내 몸이 얼마나 고마운 줄 모른다.

오랜 약물치료를 받아도 늘 간 기능에 이상이 없다고 나온다.

내과 의사인 이신형 고등학교 동기에게 "나는 간이 참 튼튼한 것 같아."라고 했더니 그는 "간도 간이지만 신장이 참 튼튼하다."라고 했다.

그래. 오랜 시간 동안 계속해서 몸 안으로 들어오는 그 독한 약물의 독성을 해독하고 또 몸 밖으로 배출하고.

다른 장기도 튼튼해서 이렇게 긴 시간을 견뎌내고 있는 것이겠지. 모든 장기의 상태가 양호하니 내가 암을 이겨낸다면 이는 몸의 공로가 지대하다 할 것이다. 어찌 내 몸이 고맙지 않겠는가?

육체는 정신이나 영혼에 비해 폄하되기 쉽다.

흔히 정신은 고결함을 나타내는 말로 쓰이고 육체는 저급한 욕망의 대명사로 사용되기도 한다.

그러나 생각해 보자.

우리가 인간일 수 있는 까닭은 바로 육체가 있기 때문이다.

인간의 삶과 죽음은 다름 아닌 육체의 삶과 죽음을 말한다.

사람들이 누군가가 죽었다고 말하는 것은 곧 그 사람의 육체가 죽었다는 것을 뜻한다.

아무리 고결해도 육체가 없는 영혼은 귀신이다. 영혼이 육체에 깃들어 있을 때 우리는 살아있다고 하는 것이다.

어찌 몸이 고맙지 않으랴.

그렇게 몸에게 고마워하며, 마음을 다져가며 - 몸과 마음의 균형을 유지해가며 하루 또 하루를 살아가야 할 것이다.

50. 위장막 론(論)

그런대로 감기를 잘 이겨냈다.

이제 봄이 오면 활동하기도 한결 편해지겠지. 추운 날씨는 딱 질색이다. 암을 앓기 전부터도 그랬거니와 몸을 따뜻하게 유지해야 하는 암 환자가 되고 나서는 나는 조금은 긴장하는 가운데 겨울을 지내고 있다.

운동도 부지런히 해서 면역력을 길러야지. 그런데 면역력이 높아지면 암의 예방과 치료에 도움이 될까? 내가 다니는 병원 진료실 앞에 다음과 같은 내용의 신문 기사가 붙어 있었다.

'위장막 론(論)'

일반적으로 면역력이 높으면 암에 잘 걸리지 않는 것으로 알려져 있으나 최근 들어 그런 이론에 대해 의학계에서 "아니오."라는 설이 속속 등장하고 있다.

왜냐하면 암세포가 정상 세포로 위장해서 활동하기 때문에 백혈구가 암세포를 잘 구분해 내지 못한다는 것이다.

정상 세포는 정상 세포끼리 통하는 암호를 공유하고 있다고 한다. 마치 군대에서 날마다 암호를 정해 놓고 적군과 아군을 구분하듯이 암호를 통해 정상 세포인지 아닌지를 구분한다고 한다.

예를 들어 그날의 암호가 "서울"과 "감자"라고 한다면 아군이 "서울"이라고 했을 때 상대방이 "감자"라고 말하면 아군이고 그렇지 못하면 적군으로 간주한다. 그리고 백혈구는 적군으로 간주한 세포를 공격한다.

그런데 암세포는 이 암호를 미리 알고 있어서 정상 세포처럼 활동하며 백혈구도 이를 구분해 내지 못한다는 것이다.

위장막 론의 대략적인 내용이다.

만약 백혈구가 암세포를 적으로 구분해 낼 수만 있다면 암은 큰 위협이 되지 못할 것이다. 백혈구가 가만둘 리 없으니까. 그러나 암세포는 이미 정상 세포들의 암호를 알고 있다고 하지 않는가?

암세포는 어떻게 정상 세포들의 암호를 알고 있는 것일까?

위장막 론의 기사는 이렇게 계속되고 있다.

암세포는 우리 몸의 일부이기 때문에 암호를 인식하고 있다고.

전적으로 동의한다.

만에 하나 백혈구가 암세포를 적으로 구분할 수 있는 방법만 알아낼 수 있다면 그야말로 암은 완전히 정복될 것이다.

그렇다면 면역력은 암의 치료에 아무런 도움도 되지 않을까?

위의 위장막 론에 의한다면 면역력이 높은 사람이라고 해서 암에 걸리지 않을 확률이 더 높다고 할 수는 없을 것이다.

내 생각도 그렇다.

건강한 사람도 누구든지 암에 걸릴 수 있으므로.

그러나 암을 치료할 때 면역력은 대단히 중요하다.

면역력이 높으면 그렇지 못한 사람보다 항암 치료시 발생하는 여러 가지 부작용을 잘 이겨낼 수 있을 것이기 때문이다.

면역력은 대단히 중요하다. 꾸준히 운동해야지.

51. 일상으로

2016년 봄이 지나가고 있다.

나는 여전히 2~3개월에 한 번씩 병원을 들락거리고 있다. 특별한 이상이 발견되지 않는 것에 감사하는 나날이다.

내가 아무리 마음 다잡기를 잘했다고 해도 CT 촬영을 하고 그 결과를 보러 병원에 갈 때마다 긴장되는 것은 어쩔 수 없다.

결과가 나오고 나면 차라리 괜찮다.

결과가 좋으면 좋은 것이고 좋지 않으면 차분하게 대비할 수 있다.

진료 순서를 기다리면서 벽에 붙어 있는 '위장막 론'을 다시 읽어본다. 암세포는 우리 몸의 일부여서 백혈구가 정상 세포와 암세포를 구분하지 못한다는 내용이다. 그런데 그 기사의 뒤를 잇는 내용에 눈이 갔다.

일본과 미국에서는 이 위장막을 파괴하는 항암제를 개발했다고 하는 내용이었다. 다만 치료비가 아주 비싸서 우리나라에서 상용하기에는 시간이 더 걸릴 것이라는 내용도 적혀 있었다.

반가운 가운데 문득 머릿속에 맴도는 의문 - 한 가지 항암제가 모든 사람에게 똑같은 효과를 거둘 수 있을까?

하기야 위장막을 파괴하는 것은 모든 사람에게 동일하게 효과가 있을지도 몰라. 그렇다면 얼마나 좋겠는가?

지인들 모임이 있으면 될 수 있는 대로 참석했다.

녹산회는 월 1회 등산하는데 관악산을 등반한다기에 정상까지 오르는 것은 무리라고 여겨 식사 자리에 술 한 병 들고 참석했다.

박진규 녹산회장님이 오리고기 요릿집으로 장소를 정한 것은 나를 위한 배려일 것이다. 내 상태를 항상 주시하면서 늘 연락하는데, 그래서 내가 오리고

기를 주로 먹는 사실을 알았겠지.

5월엔 미뤄진 '벗들 마당' 행사도 치러야겠다.

목욕탕에 다녀 왔다. 목욕탕 거울에 내 몸을 비춰보았다.

배꼽 아래 길게 찢어진 수술 자국은 장을 잘라낸 흔적이다. 오른쪽 어깨 밑을 빙 둘러 가슴에서 등까지 찢어진 칼자국은 폐를 수술한 흔적이다. 그리고 명치에서 배꼽 부분까지 내려오다가 오른쪽 아래로 비스듬히 난 흉터는 간 수술 자국이다. 오래전에 수술한 맹장 수술 자국, 장루 수술 자국과 복강경, 흉강경 자국 그리고 몸통 안에 넣었던 고무관 자국들도 보인다. 이리저리 참 많이도 찢겼다.

배우 러셀 크루가 주인공으로 나오는 영화 〈로빈 후드〉를 보면 칼에 맞아 얼굴이 찢긴 사람에게 옆 사람이 이런 말을 해준다.

"결투하다가 난 상처라고 하면 여자들이 아주 좋아할 거야."

중세의 기사들에겐 결투가 일상이었겠지. 그래서 남자 몸에 난 칼자국은 매력 포인트란 말이렷다.

그 중세의 여인들에게 내 몸의 칼자국들을 보여주며 결투하다가 난 상처 - 뭐, 암과 결투한 거니까 - 라고 한다면 까무러치지 않을까?

아! 내가 중세에 태어났어야 했는데……

52. 몸을 따뜻하게

외손녀가 걸린 감기가 나한테 옮겨온 것 같다.

기침할 때마다 기관지가 긁히는 듯 아프고 가래가 나왔다.

그러던 중 6월 중순에 CT 촬영을 하고 그 결과를 보러 갔다.

"간은 깨끗합니다."

주치의 선생님의 말에 일단 안심이 된다.

"폐에서는 약간의 흔적이 보이는데 암인 것 같지는 않고 염증처럼 보입니다. 아마도 기관지염이나 폐렴인 것 같습니다."

나는 얼른 감기를 앓고 있는 내 상태를 말해주었다. 목소리도 변해 있어서 주치의 선생님도 쉽게 이해하는 것 같았다.

처방을 받고 1주일 분량의 감기약을 지어서 집으로 왔다.

몇 번의 감기를 이겨냈으니 이번에도 잘 견뎌내겠지.

여름의 문턱이지만 나는 아직도 내복을 벗지 않고 있다.

암 환자는 따뜻해야 한다. 내 경험이 그걸 증명하고 있다. 날씨가 추워지면 그야말로 몸이 오그라드는 것 같다.

환자의 방은 약간 덥다 싶을 정도의 온도를 유지해 주는 것이 좋다는 글을 읽은 기억이 있다.

일 년 내내 두꺼운 이불을 덮고 잔다. 아침에 일어나면 몸이 땀에 젖어 있기도 하지만 춥게 자는 것보다 훨씬 좋다.

땀이 나서 덥다고 느껴 찬 바람을 쐬면 꼭 문제가 생긴다. 바람이 몸에 닿아 '아. 시원하다.'하고 느끼면 덜컥 감기에 걸리곤 한다.

자기 전에는 보온병에 따뜻한 물을 담아 자리끼로 머리맡에 놓고 잔다. 밤중에 목이 마르면 마시는 것이 습관이 되었다.

찬 음식도 먹지 않는다. 세수도 따뜻한 물로 한다. 심지어는 용변을 보고 손을 씻을 때도 온수를 사용한다.

나는 그렇게 내 몸을 따뜻하게 유지하기 위해서 노력한다.

어느 날 아내가 말했다.

"당신, 요즘 잘 때마다 이불을 자주 걷어내는 것 같아."

여름이어서일까? 아니면 몸이 따뜻해져서일까? 좋은 일인 것만은 확실하다. 나 스스로도 내 몸이 따뜻해진 것을 느낄 수 있다.

몸을 따뜻하게 해서 몸이 좋아진 것일까, 아니면 몸이 좋아져서 따뜻해진 것일까? 무엇이든 암 환자의 몸이 따뜻한 것은 좋은 일이다.

53. 예민할 수밖에

세 번째 수술하고 9개월이 다 되어가는데 체력 회복은 더디기만 하다. 예약일에 CT 촬영을 하고 다음 날 결과를 보러 갔다.

아내는 말이 없다. 낯빛을 보면 불안해하는 것 같기도 하다.

그저께 동기들과 함께 산에 오르다 많이 지친 모습을 보였었는데 아내는 그것이 걱정되는 것 같았다. 혹시 이상이 생겼을까 하는…….

주치의 선생님을 만나기 위해 원무과에 접수하는데 혈액 검사를 하라고 한다. 아니, 어제 CT를 찍을 때 검사를 했는데 무슨 소리야?

내가 물었더니 이리저리 알아본다. 한참 있다가 간호사가 오더니 어제 채혈을 했는데 한 가지 검사가 빠져서 다시 해야 한단다.

"혹시 어제 검사에서 이상이 발견되어 검사를 다시 하는 건가요?"

아내의 질문에 간호사는 그런 것이 아니라고 대답한다.

채혈을 다시 하고 검사 결과가 나올 때까지 원래 예약 시간을 1시간이나 넘겨 기다렸다가 주치의 선생님과 마주 앉았다.

"이상 없습니다."

주치의 선생님의 말에 환해지는 아내의 얼굴. 많이 긴장했나 보다.

"감사합니다. 선생님 덕분입니다."

치사하고 안심이 된 듯 이것저것 질문을 한다.

"선생님. 이 사람 몸무게가 늘지 않아 걱정입니다."

암이 소모성 질환임을 아는 아내는 몸무게에 퍽이나 신경을 쓴다.

"지금 몸무게가 얼마나 됩니까?" 나는 71kg이라고 대답했다.

"그 정도면 괜찮은데요. 얼굴빛이 아주 좋지 않습니까? 이 얼굴을 보고 어디 누가 환자라고 하겠어요?"

아내는 적이 안심되는 표정이다. 평소 내 몸무게는 72~74kg 정도이니 그렇게 몸무게가 빠진 것도 아니련만 아내는 걱정이 많다.

"제 몸이 따뜻해지는 것을 느끼는 데 좋은 징조가 아닐까요?"

내가 물었다. "뭐, 그럴 수도……." 말끝을 흐리는 주치의 선생님을 보며 속으로 아차! 싶었다. 이런 질문은 한의사에게 해야 하는데.

주치의 선생님은 3개월 후에 다시 CT 촬영을 하자고 했다.

"저 혹시 CT 촬영을 너무 자주 하는 것이 아닐까요? 주위에서 방사선 피폭에 대한 걱정을 많이들 해서……."

내가 조심스럽게 물었다.

"CT 촬영 때 쪼이는 방사능은 극소량입니다. 반면 암을 치료할 때 쪼이는 방사능의 양은 CT 촬영할 때보다 수백 배나 많습니다. 그래도 아직까지 방사선 피폭으로 인한 암 발생이 보고 된 예는 없습니다."

확고한 어투에 적이 안심되었다.

"지난 1월에 수술했지요?"

보통 암 환자들은 9개월 정도 이상이 발견되지 않으면 진료 기간을 6개월 정도로 늘려 잡는데 나의 경우는 처음 암 발견 당시의 상황이 하도 심각했기 때문에 3개월 간격의 진료를 더 해보자고 설명해 준다.

암 환자의 입장에서는 아주 조그만 변화에도 별별 걱정들이 밀려온다. 상황 변화에 민감한 것은 너무도 당연한 일이겠지.

54. 사람 마음이란

2016년 12월 하순. 고등학교 동기들 송년 모임이 있는 날 CT 촬영 결과를 보러 아내와 함께 병원에 갔다.

"이상이 없었으면 좋겠다." 어젯밤에 아내가 말했었다.

"이상 없겠지." 나는 담담하게 대답했다. 확신이 아니라 바람이었다.

"별 이상은 없습니다만……."

아니, 이상이 있으면 있고 없으면 없는 것이지 '없습니다만'이라니?

"장과 간은 깨끗하고 폐에 조금 이상한 흔적이 보이기는 한데……."

무슨 말을 하려는 거야? 불안해지려는 마음을 꾹 눌렀다.

"아마도 염증으로 생각됩니다. 암의 모습과는 달라서."

CT 화면에서 암은 윤곽이 뚜렷한 둥근 모습으로 나타난다. 여러 번 CT 화면을 보아온 나는 의사의 말을 이해할 정도가 되었다.

옛날 화면에는 보이지 않던 점이 보인다.

"이렇게 점의 주위가 희미한 것을 보면 염증일 가능성이 큽니다. 좀 더 두고 살펴보아야 할 것 같습니다."

"아. 예. 제 폐가 아주 어수선해서요."

"네. 많이 어수선합니다."

내가 늘 하는 말에 주치의 선생님도 동의해 주었다.

다시 화면을 보니 점 주위에 화살표가 보이지 않는다.

이전에 보면 암으로 의심되는 점이 생기면 그 점을 가리키는 화살표가 표시되곤 했었는데 이번엔 그 화살표가 없는 것이다.

"염증일 가능성이 큽니다. 아무튼 좀 더 지켜봅시다."

문득 생각나는 바가 있어 내가 질문을 했다.

"선생님. 지난번에 염증이 있을 때는 열이 났었거든요. 그런데 이번에는 열도 나지 않았어요. 염증이 맞을까요?"

"글쎄요. 아마도 염증이 나아가는 경우일 수도 있겠고……. 암 수치도 1.9로 아주 정상입니다."

암 수치를 무조건 믿을 수만은 없다. 몸속에 암이 있는 상태에서도 암 수치가 정상으로 나오기도 하니까.

"아무튼 3개월 후에 다시 살펴봅시다."

내색은 하지 않지만, 아내는 실망하는 것 같았다. 그런 아내를 안심시키고 싶어서 나는 다음과 같은 설명을 해주었다.

"보통 암이 생기면 주치의 선생님은 '암인 것 같습니다.'라고 말한다. 그런데 이번에는 '염증인 것 같습니다.'라고 말했다. 지난번에도 그렇게 말했는데 결국 염증으로 판명이 났다. 그리고 화면에 화살표도 보이지 않는다. 새로 암이 생길 때는 언제나 화살표가 있었거든."

장황한 설명을 듣고 있던 아내가 문득 "아. 그래서 엊그제 당신이 쌍화탕을 먹었을까?"라고 말한다. 듣고 보니 생각이 났다.

며칠 전 어쩐지 몸 상태가 좋지 않다고 느껴져 쌍화탕을 먹고 푹 쉬었는데 아닌 게 아니라 그때 염증이 생겼던 것이었을까?

아내나 나나 암이 아닌 쪽으로 결론을 내기 위해 안간힘을 쓰는 것 같다. 참, 사람 마음이라는 것이……. 그래. 암이 아닐 거야.

홀홀 털고 부부 동반으로 모이는 송년 모임 장소로 갔다.

55. 조짐

3개월 후. 2017년 3월 중순. 병원에 CT 촬영을 하러 갔다.

버스를 타고 가기로 했다. 차가 막힐 것 같으면 대중교통을 이용하는 것이 빠를 수 있다. 버스는 한 번만 갈아타면 된다.

갈아탄 버스가 차선을 바꾸다가 승용차하고 접촉사고가 났다. 사고 처리를 하느라고 승객들은 모두 내려서 뒤에 오는 버스로 갈아탔다.

CT 촬영을 할 때도 매끄럽지 못한 일들이 발생했다.

조영제 - CT 화면 판독을 돕는 물질 - 를 넣기 위해 손등에 주삿바늘을 꽂는데 그곳을 통해 혈액 검사까지 할 수가 있다.

그런데 주삿바늘을 어떻게 꼽았는지 피가 나오지 않아 다른 손에 새로 주사기를 꽂아서 채혈했다.

그뿐만 아니라, 막상 CT 촬영을 할 때도 조영제가 들어가지를 않아 간호사가 와서 다시 주사기를 꽂고 조영제를 넣어야만 했다.

촬영이 끝나고 환자복을 갈아입을 때 보니 주사기를 꽂았던 자리가 지혈되지 않았던지 피가 흘러 내복이 흥건히 젖어 있었다.

부랴부랴 지혈했지만 마음 한구석이 편치가 않았다. 늘 하던 CT 촬영인데 오늘따라 왜 이리 일이 꼬이지?

집에 와서 아내에게 오늘 일어난 일들을 이야기해 주었다.

아내도 뭔가 불길한 예감이 드는지 표정이 어두워진다.

다음날. 아내와 함께 병원에 갔다.

접수에서부터 진료까지 모든 절차에 익숙해져 있다.

그런데 예약 시간이 지났음에도 대기자 화면에 내 이름이 뜨지 않는다. 궁금해하는 아내를 보면서 간호사실로 가서 물어보았다.

"예약 시간이 지났는데 왜 제 이름이 화면에 뜨지 않습니까?"

간호사는 내 신원을 확인하고 컴퓨터에서 정보를 찾아본다.

"어제 복부와 폐 두 군데 CT 촬영을 하셨네요. 그런데 현재 복부 촬영 결과는 나왔는데 폐 촬영한 결과가 아직 나오지 않아 진료 대기자 명단에 올리지 못하고 있습니다. 결과가 나오는 대로 명단 올리겠습니다."

기다리는 아내에게 그대로 전했다. 아내의 표정이 굳어진다.

그런 아내의 마음을 나는 충분히 짐작할 수 있었다.

폐를 촬영한 결과가 아직 나오지 않았다는 것은 혹시라도 그 결과가 좋지 못하기 때문이 아닐까?

어제 여러 가지 일들이 매끄럽게 진행되지 못하고 자주 꼬였던 것이 바로 불길한 징조가 아니었을까?

지난번 진료 때 보이던 하얀 점이 암인지 염증인지 의심스럽다고 했는데 그게 혹시 암이었던 것이 아닐까?

아내도 나와 같은 생각을 하고 있을까?

적어도 나는 그러한 상황에 흔들리지 않을 자신이 있다.

그러나 옆에서 간호하는 사람의 입장은 또 다르다.

걱정되는 그 마음을 내가 왜 모르겠는가? 애서 태연한 표정을 짓고 있는 아내가 안쓰럽기까지 하다.

예약 시간을 한 시간이나 넘겨서 우리는 진료실로 들어갔다.

"어서 오세요." 주치의 선생님은 항상 친절하다.

판결을 기다리는 피고인 같은 심정으로 자리에 앉았다.

"드디어 결과가 나왔네요."

이 분도 CT 판독 결과가 늦어진 것을 알고 있나 보다.

"아무 이상 없이 깨끗하네요."

순간, 아내의 입에서 비명 같은 소리가 튀어나왔다.

"아! 감사합니다. 선생님 덕분입니다."

아내의 목소리는 가늘게 떨리기까지 했다.

"지난번 점들도 점점 작아지는 것을 보니 염증이었던 것 같습니다. 간, 신장 기능 모두가 정상이고 암 수치도 1.5로 아주 낮습니다."

"감사합니다. 선생님. 선생님 덕분에 저희가 이렇게 건강해졌습니다. 많은 사람이 저이의 건강한 모습을 보고 어디서 치료받느냐고 물어 옵니다. 그때마다 선생님을 소개해 드렸고 선생님께서 시키는 대로 해서 이렇게 건강해졌다고 말하곤 합니다."

아내는 신이 나서 주치의 선생님을 치켜세웠는데 그 말은 사실이다.

내가 오랫동안 암을 이겨내고 있는 것을 본 지인들은 자신의 주변 사람들이 암에 걸리면, 특히 나와 같은 직장암의 경우에는 우리에게 자문을 구하는 경우가 많은데 그때마다 자세하게 설명하고 안내해 준다.

"아. 그래요? 얼마 전에도 환자 한 분이 오셨는데 소개 받아 왔다고 말씀하시더라고요."

주치의 선생님도 맞장구를 쳤는데 사실일 것이다.

다시 3개월 후를 예약하고 병원을 나왔다.

홀가분한 마음으로 인사동에 갔다. 오랜 친구인 서예가 담헌 전명옥 선생의 개인전 오픈 행사에 참석하기 위해서다.

내 마음속에서 그는 한국 서예계의 제1인자이다.

그와 여러 이야기를 나눌 수 있는 친구라는 점이 자랑스럽다.

하룻밤을 자고 났더니 아내가 어깨와 등이 쑤신다며 부항을 뜨는 둥근 돔 모양의 실리콘 기구를 붙여달라고 한다.

이번에 일로 얼마나 가슴을 졸였으면 이렇게 몸이 쑤시겠는가?

나는 얼른 붙여주었다.

그리고 혼자 생각해 보았다.

만약에 이번에 결과가 좋지 않게 나왔더라면 분명히 이런 나쁜 결과가 나오려고 그렇게 좋지 않은 조짐들이 있었다고 했을 걸.

56. 시나브로

2017년 4월 중순. 녹산회의 인왕산 등반에 참석했다.

야트막한 산이지만 나에게는 아직 힘이 들 수도 있는 높이이다. 혼자라면 쉬엄쉬엄 오르기도 하겠지만 일행과 보조를 맞춰야 한다.

늘 그랬듯이 친구들은 배려를 아끼지 않았다. 중간중간 쉬는 시간을 넉넉히 주어서 무리하지 않고 등반을 마칠 수 있었다.

운동은 참 좋은 건강 유지법이지만 암 환자는 절대로 무리하면 안 된다. 조금이라도 피곤하다고 느껴지면 곧바로 쉬어야 한다.

항암 약물을 끊은 지 2년이 다 되어가고 마지막 수술을 한 지도 1년이 훌쩍 넘었음에도 체력은 쉽게 회복되지 않고 있다.

그러나 초조해하거나 서두르지 말자.

그동안 치료가 좀 힘든 과정이었나? 3회의 수술, 5회의 방사선 치료 그리고 35회의 항암 약물 투여…….

먹는 항암제 젤로다를 복용할 때 그 부작용으로 빠져버린 발톱은 아직 자라지 않고 없어진 지문도 재생될 기미조차 보이지 않는다.

그래도 여유를 가지고 차근차근 생활하자. 생활을 내 몸의 상태에 맞추는 지혜가 필요할 것이다.

한 지인이 암 수술을 했다.

수술은 성공적으로 끝났고 그 기념으로 가족들과 함께 해외여행을 다녀왔다. 그리고 얼마 지나지 않아 사망했다.

그분처럼 암 환자가 해외여행 후에 사망한 사례를 더러 보았다. 해외여행이 암 환자의 사망과 어떤 관계가 있는 것일까?

내 생각은 이렇다.

암의 재발이나 환자의 사망에 여행은 상관이 없을 것이다. 오히려 여행은 생활의 활력소가 되기도 한다.

다만 여행하면서 피로가 누적되는 것은 경계해야 한다.

장거리 여행을 하면 피로가 더 많이 누적될 것이고 개인행동이 제약되는 단체 여행이라면 또 더할 것이다.

암 환자는 피곤하면 곧바로 쉬어야 한다. 그래서 위와 같은 이유로 암 환자의 무리한 장거리 여행을 나는 반대한다.

생각이 이러하므로 나는 해외여행을 아예 생각하지 않는다.

그러면서도 아내에게는 해외여행을 다녀오라고 보채듯 얘기했다. 나 때문에 갈 수 있는 해외여행을 포기한다면 내가 얼마나 미안한 마음이 들겠느냐며 등을 떠밀다시피 해서 2개월 전에 호주 여행을 하도록 했다.

덕분에 나도 그동안 마누라 잔소리에서 해방되는 기쁨을 맛보았다.

암 환자들은 모두 체력 회복을 위해 애쓴다. 나도 그렇다.

집 뒤쪽의 숲길을 걷기도 한다. 천성이 게을러서 비 오는 날 추운 날 등등 핑계를 대가며 쉴 때가 많은데 그럴 때면 아내의 잔소리에 떠밀려 아파트 1층에서부터 14층 내 집까지 걸어 올라오기도 한다.

그러나 무리하지 말아야 한다.

피곤하면 곧바로 쉬어가면서 천천히 여유를 가지고 운동이든 무엇이든 해야할 것이다. 시나브로……

57. 하라는 대로 해야지

2017년 6월 중순. 또 3개월 만에 병원을 찾았다.

"이상 없습니다. 장, 폐, 간 모두 깨끗합니다. 혈압, 간과 신장 기능 등 모두가 양호합니다. 암 수치도 1.64로 정상입니다."

이렇듯 정상이란 소리를 듣는 것도 꽤 여러 번인 것 같다. 이 정도면 정기 검진을 6개월로 늘려 잡아주지 않으려나?

이런 내 마음을 읽은 것일까?

"작년 1월 수술 이후 1년 6개월 동안 이상이 없지요? 그리 많은 시간이 지난 것은 아닙니다. 다시 3개월 후에 뵙도록 하지요."

결과론이지만 6개월마다 검진을 했어도 괜찮지 않았을까?

내가 이런 생각을 하는 것은 내 나름대로 이유가 있다.

3개월마다 검진을 하다 보니 이상이 생기는 즉시 징후를 발견했다. 그리고 이런 말을 많이 들었다.

"뭔가 의심스러우니 3개월 후에 다시 확인해 봅시다."

그럴 바엔 애초에 6개월마다 검진을 해도 되지 않았을까?

그러나 어쩌겠나. 하라는 대로 해야지.

"아. 그리고 내시경 한 지는 얼마나 됐지요?"

5년 전이 아니었을까? 대장 내시경을 하다가 암을 발견했으므로.

"3년은 지났지요?"

"그런 것 같습니다."

"그렇다면 이번에는 내시경도 한번 해 봅시다. 어차피 나라에서도 어르신들 내시경을 할 수 있도록 해주고 있으니까요."

나라에서 내시경을 무료로 하도록 해주나 보다. 그나저나 어째 어르신이란 말이 참 어색하게 들린다. 늙기 싫은 마음인가?

그런데 내 경우에도 내시경이 꼭 필요할까?

3개월마다 한 번씩 CT 촬영을 하면서 몸의 구석구석을 살펴보는데 내시경으로 무엇을 또 본단 말인가?

그래도 어쩌겠나. 하라는 대로 해야지.

저녁에 딸내미가 내 말을 듣더니 이렇게 말했다.

"CT는 사진을 보는 것이고 내시경은 장기의 내부를 직접 관찰하는 것이니 조금 다르지 않을까요?"

각각 맡은 일이 있을 것이라는 말이다.

"그런데 일반적으로 내시경을 하다가 종양 같은 것이 발견되면 CT 촬영이나 조직검사를 해 보는 것 아냐? CT 촬영으로도 이상 징후를 충분히 찾아낼 수가 있을 텐데 굳이 또 내시경을 왜 하자는 건지 잘 모르겠다."

"그래도 내시경이 뭐 해롭기야 하겠어요?"

그렇긴 하다. 다만 나는 내시경을 할 때 장을 비우기 위해 마시는 그 하얀 약물이 참으로 싫다. 5년 전에 그 액체를 마셔봐서 안다.

"요새는 양도 적고 마시기 쉬운 약물이 새로 나왔다고 하네요. 그냥 의사 선생님이 하라는 대로 하세요."

아내의 말에 대꾸하지 않았다.

그래. 하라는 대로 해야지.

58. 예방주사

늙었나 보다.

주민센터에서 예방주사를 맞으라는 문자가 오더니 며칠 후엔 전화가 왔다. 문자를 보냈음에도 예방주사를 맞지 않아서 전화했단다. 가까운 보건소에 가면 맞을 수 있다고 했다. 나 같은 암 환자는 면역력이 많이 약해져 있을 텐데 예방주사를 맞아도 되나? 일단 보건소를 찾았다.

"독감 예방주사 맞으러 왔습니다."

입구에서 안내해 준 방으로 가서 신분증을 내밀었다.

"어서 오세요. 이번 주사는 독감이 아니고 폐렴 예방주사입니다."

예방주사라기에 독감인 줄만 알았지. 문자를 건성으로 보았구나.

"제가 지금 암 치료 중인데 폐렴 예방주사를 맞아도 되나요?"

그리고 질문에 따라 항암 약물치료를 한 지 2년이 지났고 수술을 한 지는 1년 반이 지났다고 대답했다.

"그 정도면 맞아도 됩니다."

"저의 면역력이 약해져 있을 텐데 그것이 걱정입니다."

"면역력이 약해져 있을수록 예방접종이 필요합니다."

듣고 보니 그 말이 맞는 것 같다. 예방주사로 면역력을 키워 놓아야 할 것 같았다. 주어진 설문지에 답을 하고 주사를 맞았다.

"2~3일 내로 열이 약간 오르며 몸이 으슬거릴 수도 있으나 정상적인 현상입니다. 샤워는 오늘 하루만 참아주세요."

독감 예방주사는 정해진 병원에 가서 맞으라고 했다. 그래야겠다.

59. 내시경

2017년 8월 말. 내시경을 위한 상담차 병원에 갔다.

그냥 날 받아 내시경을 하면 되지 무슨 사전 상담까지 하는지. 대형 병원의 시스템은 지나치게(?) 세밀한 것 같다.

"어서 오세요."

요새 의사들은 젊다 못해 어리게 보인다. 그만큼 내가 늙은 것이겠지.

"콜레스테롤, 혈압, 신장, 간 기능 모두 정상입니다."

늘 그랬었지. 어쨌거나 좋은 일이다.

"내시경 받을 날짜를 간호사와 상의하세요."

1분도 안 돼 상담은 끝났다. 나는 궁금했던 점을 물어보았다.

"3개월마다 CT를 찍는데 내시경이 또 필요한가요?"

"다루는 분야가 조금 다릅니다." 그리고 설명을 해 주는데 의학 지식이 부족해서 잘 알아들을 수가 없었다.

"CT와 MRI는 어떻게 다릅니까?" 이것도 궁금했었다.

"다루는 분야가 다릅니다." 역시 부연 설명은 알아들을 수 없었다.

그 젊은 아가씨 같은 의사 선생님은 결론 삼아 이런 말을 했다.

"주치의 선생님께서 어련히 잘 알아서 하시겠습니까?"

그렇다. 내 목숨을 살려준 생명의 은인이 아니던가!

내시경 날짜를 예약하고 돌아왔다.

9월 중순. 내시경 날짜를 하루 앞둔 저녁. 나는 하얀 가루를 물에 타서 마셨다. 고역이었다. 내시경 받아 본 사람들은 알 것이다.

먼저 위 내시경을 했다.

마취하지 않고 곧바로 긴 관을 넣고 위의 여기저기를 살펴본다. 나도 화면을 통해 내 위의 모습을 처음으로 보았다.

잘은 모르겠지만 내 위는 깨끗해 보였다. 관을 거칠게 움직여 끝이 위벽에 닿을 때마다 아프기는 했지만 참을 만도 했다.

그런데 십이지장 근처까지 내려가더니 자세히 볼 요량인지 더욱 거칠게 쑤셔 (?)댄다. 나도 모르게 비명이 나왔다.

"혹시 위와 관련된 병을 앓아 본 적 있으십니까?"

"위는 전혀 말썽을 부린 적이 없는데요."

"그래요? 십이지장 궤양을 앓았던 흔적이 보이는데요. 그리고 다른 부분은 깨끗합니다."

기억을 더듬어 보았다. 젊었을 적에 속이 쓰리다고 약을 사 먹은 적이 있었는데 그 속쓰림이 십이지장 궤양으로 인한 것이었을까?

그런 시절이 있었다. 의약 분업이 이루어지기 전 그 옛날에 아프면 약국에 가서 알아서 약을 사 먹던.

장 내시경은 마취 상태로 했다. 다른 이상은 없고 용종이 2개 발견되어 떼어 냈다고 했다. 그 말을 듣고 보니 내시경 하기를 잘했다는 생각이 들었다. 하여튼 마음이라는 것이……

일주일 후에 또 정기 검진을 받아야 한다.

60. 5년

2017년 9월 말. 정기 검진 날. 주치의 선생님과 마주 앉았다.

"어서 오십시오. 내시경 검사 결과는 별 이상이 없네요. 대장에 폴립(용종)이 두 개 발견되었는데 떼어 냈으니까 된 거고……. 이번 CT 촬영 결과도 좋습니다. 혈액 검사 소견도 좋구요. 신장 기능, 간 기능 모두 정상입니다. 당 수치, 콜레스테롤 수치도 좋고 암 수치도 1.84로 정상입니다. 하지만 마지막 수술을 한 지 2년이 채 되지 않았으니 3개월 후에 다시 한 번 보도록 합시다. 그럼……."

"감사합니다. 선생님 덕분입니다."

이전과 같은 대화가 오가고 1~2분 만에 면담은 끝났다. 다음 진료일을 12월 말로 예약하기 위해 원무과로 갔다.

"어서 오십시오."

"CT 촬영 예약일을 잡으러 왔습니다."

"아, 예. 여기 의사 선생님과의 예약일이 12월 28일로 되어 있으니 CT 촬영은 일주일 전으로 할까요?"

"하루나 이틀 전이면 좋겠는데요."

"예. 그렇게 하겠습니다. 그런데 10월 21일 이후에는 CT 촬영 비용에 의료보험이 적용되지 않습니다."

"무슨 말씀이신지요?"

몇 차례 질문 후에 내가 파악한 내용은 다음과 같다.

내가 암 진단을 받은 날이 정확하게 2012년 10월 21일이라고 한다. 나는 10월 24일에 내가 암인 것을 알았지만 의료 기록에는 이미 사흘 전에 암 환자로 등록되었던 모양이다. 그런데 그후 5년이 지나는 2017년 10월 21일 이후에는 정부에서 보조해주는 의료보험 혜택을 받을 수 없다는 것이다. 만약 계속해서 암 치료를 받는 상태라면 의료보험 혜택도 계속되겠지만 현재 나는 암이 없어진 상태에서 정기적으로 검진만 받고 있기 때문에 암 환자에 해당하지 않는 것 같았다.

나는 항의하듯 질문했다.

"아니, 그 5년이라는 것이 내가 수술을 해서 암이 없어진 때부터 그러니까 작년 1월부터 계산하는 것 아닙니까?"

"환자분은 지금 암이 없어진 상태이기 때문에 중증 환자로 분류되지 않습니다. 그리고 중증 환자가 아닌 경우에는 의료보험이 적용되지 않습니다. 더 자세한 것은 의사 선생님께 문의하셔서 알아보시기 바랍니다."

하기야, 원무과 직원이야 컴퓨터에 뜨는 대로 일을 처리하겠지. 다시 주치의 선생님을 찾아가 물어보았으나 결과는 달라지지 않았다.

"원무과 자료에 그렇게 나왔다면 그 말이 맞을 겁니다."

또 그렇다. 의사라고 해서 행정 분야의 일을 어찌 다 알겠는가?

물론 의료보험 적용이 해지되어 진료비가 비싸지더라도 암이 없어지는 것이 천만번 좋은 일이다.

다만, 정부의 암 치료에 대한 의료보험 지원이 의사가 치료가 끝났다고 선언한 날이 아니라 중증 환자가 아닌 경우 발병일로부터 5년인 것을 처음 알게 되어 조금은 당황스러웠다.

그리고 헤파린을 맞으러 갔다. 헤파린은 혈액 응고 방지제이다.

앞에서 설명했지만 내 가슴에는 항암 주사를 쉽게 맞을 수 있게 해주는 기구인 케모포트가 심겨 있다. 그 케모포트의 가는 관에 혈액이 응고되지 않도록 헤파린을 맞는 것이다.

처음에는 2주마다 헤파린을 맞았다가 그 주기를 점점 늘려 2개월마다 맞았다. 이번에는 1개월을 더 늘려 3개월 만에 맞게 되었다.

혹시 혈액이 응고되면? 그렇다면 케모포트를 꺼내야겠지.

"피가 잘 나오네요." 헤파린을 주사하기 전에 식염수를 주입해보면서 의사 선생님이 말했다. 혈액이 응고되지 않았다는 말이다.

"이번에는 3개월 만에 맞는데 그래도 혈액이 응고되지 않네요."

"그렇습니까? 3개월보다 더 늦추지는 마십시오."

문득 헤파린을 언제까지 맞아야 하는가 하는 의문이 생겼다.

'지금과 같은 상태라면 몸속에 굳이 케모포트를 넣고 다닐 필요가 있을까? 그런 일이 생겨서는 안 되겠지만 만에 하나 다시 암이 생긴다면 그때 다시 케모포트를 심으면 되지 않을까? 이왕 케모포트를 빼낼 거라면 의료보험이 적용되는 10월 21일 이전에 수술을 하는 것이 좋지 않을까?'

다시 주치의 선생님을 찾아가 케모포트를 빼내겠다고 하고 허락을 받았다. 그리고 인터벤션실이라는 곳을 찾아가 수술 날짜를 예약했다.

"그동안 치료를 아주 잘 받으셨나 봅니다. 중증에서 벗어난 것은 참 다행스러운 일이지요."

수술 날짜를 예약하는 담당자가 덕담을 해 준다.

그렇지. 아직 방심해서는 안 되겠지만 정부에서 "너는 현재 암이 없는 상태이니 의료보험 혜택을 줄 수 없어."라고 말하는 상태에 이른 것은 분명 다행스러운 일이다.

61. 케모포트 제거

2017년 10월 중순. 케모포트를 꺼내기 위해 인터벤션실을 찾았다.

수술은 간단했다.

먼저 작은 방에 있는 침대에 눕자 담당 의사 선생님이 오른쪽 가슴속에 들어 있는 케모포트 부근에 주사기로 국소 마취를 했다.

"따끔하니 아플 겁니다."

아닌 게 아니라 마취액이 들어가는 순간 따끔했다.

조금 후 메스를 들고 살을 째는 듯 "아프세요?"하고 묻는다.

"괜찮은데요."

"치료를 참 잘하셔서 케모포트를 제거하게 되었네요. 다행입니다."

"그러게요. 제가 병원을 잘 선택한 것 같습니다."

수술이 진행되는 동안에 이런저런 덕담 섞인 대화가 오갔다. 순간, 어깨 부근에서 심하다 싶은 통증을 느꼈다.

"윽!"

"지금 막 케모포트를 꺼냈습니다. 그 순간이 제일 아프지요."

혈관에 연결된 긴 관이 빠져나오면서 통증을 느끼는 것이란다.

"이제 속살을 봉합합니다. 녹는 실로 꿰매겠습니다."

아. 녹는 봉합사. 옛날 젊은 시절에 TV에서 재미있게 보았던 〈형사 콜롬보〉 시리즈에서 주인공 피터 포크가 녹는 봉합사를 단서로 범인을 찾아내는 장면이 나오는데…… 몸속의 상처는 녹는 봉합사로 꿰매야 상처가 아물면서 봉합사도 녹아 없어지는 것으로 알고 있다.

수술은 10~20분 만에 끝났다.

"케모포트 모습을 보시겠어요?"

침대에서 일어나며 얼핏 본 케모포트는 예상한 것처럼 조그만 돔 같은 곳에서 혈관 속으로 연결되는 가늘고 긴 관이 있는 간단한 구조로 되어 있었다. 이 기구를 다시 내 몸속에 넣는 일이 없어야겠지.

"집에서 가까운 병원에 가셔서 이틀에 한 번씩 소독하시고 2주 후에는 실을 빼셔도 됩니다."

피부에 박아 놓은 스테플러 핀을 빼라는 말이다.

"집에서 소독하면 안 되나요?"

"그래도 병원이 더 안전하지 않겠어요?"

이틀 후 집 앞에 있는 가정의학과 병원을 찾아가 소독을 했다.

다음날부터는 집에서 딸내미가 직접 소독을 해 주었다. 소독약 묻힌 솜으로 상처 부위를 닦고 거즈를 댄 후 반창고를 붙이면 끝.

2주일 후 가정의학과에 가서 스테플러 핀 4개를 뽑았다.

그러니까 네 바늘을 꿰맨 것이다.

"오늘만 조심하고 내일부터 샤워를 해도 됩니다."

그래도 며칠 간은 반창고에 물이 닿지 않도록 조심하면서 집에서 간단히 샤워했다.

내일은 목욕탕에 가서 온몸을 푹 담가야지.

62. 월동 준비

날씨가 무척 추워졌다.

확실히 봄가을이 짧아지고 여름과 겨울이 길어진 것 같다.

암 환자들에게 추위는 곧 적이다. 이제 긴 겨울나기 준비를 해야 한다. 그래도 아픈 뒤로 해마다 겨울을 잘 지내왔다. 다른 계절보다 외부 활동을 줄이지만 그렇다고 움츠러들 필요는 없다.

생활하지 않는 삶은 삶이 아니라고 했지 않았던가?

체력은 아주 더디게 회복되고 있는 것 같다.

항암제 젤로다의 영향으로 지워진 지문은 여전히 재생될 기미조차 보이지 않고 빠져버린 발톱은 아주 조금씩 자라고 있다.

아직 하루에 두 가지 일을 하기가 힘들다.

그나마 머릿속이 맑아지고 집중력이 좋아진 것은 참으로 다행이다.

지금 맑은 정신으로 옛날을 돌이켜 보면 머릿속이 뿌연 안개가 끼어 있는 상태에서 하루하루를 살아왔던 것 같다.

그래도 정신이 혼미하다고 그냥 드러눕지 않고 생활을 계속해 온 것이 머리를 맑게 하는 데 도움이 되었을 것이다.

요즈음은 그리기보다 글쓰기를 주로 한다.

그림을 그리는 일이 힘들기 때문이다.

그림을 그리는 일, 글을 쓰는 일 또는 노래를 만드는 일은 모두가 머릿속에 떠오른 추상적인 생각을 캔버스와 원고지와 오선지에 구체화 시키는 작업이다. 모든 예술 활동은 많은 정신적 에너지를 필요로 하지만 캔버스에 그림을 그리는 작업은 물리적인 에너지도 또한 많이 들어서 이젤을 펴고 물감을 준비할 엄두도 못 내고 있다.

예고했던 10월 21일. 그러니까 암 발생 5년이 지난 이후부터는 의료보험 혜택이 없어져 진료비가 많이 올랐다. CT 촬영 비용도 6만 원이었던 것이 287,000원을 지불하게 되었다. 진료 결과는 매번 이상이 없는데 비싼 비용 들여가며 3개월마다 검진할 필요가 있을까 싶어 주치의 선생님에게 검진일을 6개월로 늘려 잡아줄 수 있느냐고 물었다.

"환자분의 경우 암이 발견될 당시의 상황이 너무 심각해서 아직은 3개월마다 검사를 해 봐야 합니다."

주치의 선생님은 단호했다. 그리고 자신의 이러한 견해를 의료보험공단에 알리면 보험이 지속될 것이라고 했다.

원무과에 가서 주치의 선생님의 말을 전했더니 즉시 주치의 선생님께 전화해서 확인한 후 여기저기 또 전화를 걸어본다. 그리고 이미 계산했던 CT 촬영 비용까지 소급해서 보험을 적용하여 정산해 준다. 차익만큼 환불받았다. 의사의 의견이 참 중요한가 보다. 당연하지 않겠어?

이틀 후 건강보험공단에서 문자가 왔다. 나의 보험이 2023년 1월까지 연장된단다. 그 안에 암이 나았으면 좋겠다.

63. 기억의 재생

이미 밝힌 바 있지만 위의 투병기는 고등학교 동기들의 카페에 연재해 온 글을 다시 정리한 것이다. 62회를 끝으로 연재를 중단했었다.

세 번째 수술 후 상당 기간 이상이 발견되지 않았기 때문이었다. 그러나 세상일이 어디 마음대로 되던가?

2018년에 또다시 암이 재발하고 말았다.

암이 재발한 것은 내 능력 밖의 일이다. 적어도 나는 흔들리지 않을 자신이 있었다. 그리고 치료에 대비했다.

그러면서 투병기를 다시 연재할까 하다가 그만두었다.

한 고등학교 동기가 암을 얻었기 때문이었다.

그 친구의 이야기는 너무나 황당했다.

4년 전 그러니까 2014년이었을 것이다.

소변에서 피가 섞여 나오더란다. 깜짝 놀란 친구는 그 소변을 페트병에 받아서 우리나라 굴지의 종합병원을 찾았다.

먼저 신장 전문의에게 그 페트병의 소변을 보여주며 진찰을 받았다. 담당 의사는 아주 세세하게 검사를 마치고 말했다.

"신장에는 아무 이상이 없습니다. 이제 비뇨기과로 가서서 이상 유무를 알아보십시오."

그래서 비뇨기과로 갔는데 담당 의사는 방광 내시경을 한 다음 이렇게 말을 했다.

"혈액 검사 결과 암 수치가 3.5로 나왔군요. 암이 아니니 걱정하지 말고 돌아가세요."

암이 아니라니 반갑긴 하지만 소변에 피가 섞여 나오고 있으니 전립선을 자세히 봐 달라고 했단다. 그랬더니 그 의사는 귀찮다는 듯이 "의사가 정상이라는데 무슨 말이 많으냐?"라는 식으로 말하더란다. 자칭 명의라는 의사의 말에 더 이상 대꾸를 못 하고 돌아왔단다. 그랬겠지.

그 후 4년. 갈수록 몸이 힘들어진 친구는 다시 그 병원을 찾았다. 그리고 그 비뇨기과 전문의와 마주 앉았다. 그 의사는 이번에 찍은 CT 사진을 보더니(아마도 4년 전 자료와 비교해 보았겠지) 이렇게 말하더란다.

"하! 이래서 암은 무서운 거야."

이런, 빌어먹을! 아니, 암이 그렇게 무서운 것이라면서 수치에만 의존해? 암 수치만 보고 큰소리를 뻥뻥 쳐놓고 이제는 암이 어쩌고, 저쩌고? 옆에서 듣는 내가 이렇게 열불이 나는데 당사자의 마음은 어떻겠는가?

예상 생존 기간은 3개월. 전립선암이 뼈와 폐에 퍼져 있어서 수술도 불가하고 항암 약물치료도 6회 정도만 가능하다고 했다.

내 수술 소식을 카페에 올리면 그도 읽어보겠지. 처음부터 내 투병기를 꼭꼭 읽어주며 한없는 격려를 보내준 친구니까.

내 글을 읽으면 수술이라도 할 수 있는 내 경우를 부러워하지나 않을까? 이런 생각이 들어 연재를 못 했다. 티끌만큼이라도 그의 마음을 다치게 하고 싶지가 않았다.

그리고 지금 다시 3년이 흘렀다.

그 친구는 3개월을 훌쩍 넘어 4년째 꿋꿋이 삶을 이어가고 있다.

그래서 나도 2021년에 3년 전의 기억을 되살려 이 글을 적는다.

64. 나도 의사처럼

암이 재발했다.

정말 듣기 싫은 말이다. 그 말을 듣는 순간 밀려드는 절망감……. 그 감정을 이겨내는데 나는 꽤 익숙해져 있다.

이번에도 간에서 작은 암이 발견되었다. 그나마 다행히 가장자리 부근이어서 수술하기는 어렵지 않을 것 같다고 했다.

'그래. 한 번 더!' 나는 힘들어하는 아내를 위로했다.

"견딜 수 있을 것 같아." 나 자신과 아내에게 이렇게 말했다.

나는 암을 치료하면서 다음과 같은 원칙을 고수하고 있다.

"암을 치료할 때 가장 중요한 것은 환자 자신의 몸 상태이다. 몸에 무리가 간다고 여겨지면 수술이건 약물치료 건 함부로 하지 않는다. 어찌 되든 목숨만 부지되면 된다는 식으로 치료에 임하지는 않을 것이다."

어디까지나 내 몸의 상태가 치료를 견딜 만하다고 느껴질 때 무슨 치료든 의미가 있을 것이다. 다른 말로 하자면 생활하면서 치료하자는 것이다. 드러누워 숨만 깔딱이며 받는 치료는 의미가 없다는 것이다. 지금껏 그런 내 나름의 원칙 안에서 치료받아 왔고 앞으로도 그러할 것이다.

약물치료를 통해 암이 소멸될 확률이 높다면 목숨을 걸고서라도 약물치료를 받아야 할 것이다. 수술에 성공했을 때 재발 확률이 낮다면 수술 후유증이 아무리 크다 해도 수술을 받아야 할 것이다.

그러나 약물치료가 끝나면 암은 다시 자라고 수술 후 재발 가능성이 높은 것이 부정할 수 없는 사실이다. 그러한 경우를 생각한다면 몸의 상태를 확인하면서 치료에 임하는 것이 최선이라고 나는 생각한다.

주치의 선생님은 조금 망설이는 듯했다.

"이번엔 어떤 약물을 써야 좋을지……"

늘 그랬듯이 이번에도 약물치료와 수술을 병행할 것이다.

그런데 이미 세 종류의 항암제를 사용했으니 이번에는 또 어떤 항암제를 써야 할 것인지 고민하는 말투였다.

순간 내가 끼어들 듯이 말했다.

"선생님. 제가 암 치료를 시작했을 때 맨 처음 사용한 항암제가 아주 잘 듣지 않았습니까? 그때가 7년 전쯤이니 이젠 내성이 없어졌을 것도 같은데 이번에 그 항암제를 다시 사용해 보면 어떨까요?"

내가 생각해도 당돌한 말이었다.

"아. 그럴 수도 있겠네요. 그 항암제를 다시 사용해 봅시다."

주치의 선생님은 망설임 없이 동의했다.

나는 괜히 우쭐해졌다. 마치 그 순간 나도 의사가 된 것처럼.

그리고 항암 약물을 투여하기 위해 케모포트 삽입 수술을 다시 했다. 세상 살다 보면 이런 경우가 참 많아.

65. 이제는 늙어서

"이번에는 약물의 양을 많이 줄였습니다."

약물치료를 시작할 때 주치의 선생님이 말했다. 당연히 왜냐고 묻는 나의 질문에 주치의 선생님은 씩 웃으며 대답한다.

"나이가 있잖아요. 60대와 70대는 다릅니다."

하기는 내 나이가 70에 가까워지기는 했다.

더구나 오랜 투병으로 체력도 많이 약해진 상태이다.

달랐다.

병원에서 1차로 맞는 약물의 양이 전에 비해 훨씬 적음에도 불구하고 케모포트를 이용해 2차로 맞는 약은 집에서 드러누워 맞았다.

옛날 같으면 모임에도 나가고 할 것 다 했을 텐데…….

그나마 약물 투여가 끝나면 즉시 생활할 수 있는 것만도 다행이라고 할까? 약물에 오랫동안 시달리지 않는다는 말이다.

몸의 상태가 아직은 치료를 감당할 만하다는 말이다.

냉정하게 내 몸의 상태를 가늠해본다. '아직은 견딜 만해.'

참으로 다행히 약물의 효과는 좋았다. 4회 투약하고 CT 촬영을 해 보니 암의 크기가 확연히 줄어 있었다.

또 슬그머니 욕심이 생겼다.

"선생님. 약물의 효과가 이렇듯 좋으니 수술은 미루고 약물로만 치료하면 안될까요?"

지금껏 나는 항암 약물은 암의 크기만 줄일 뿐 소멸시킬 수 없다는 주장을 여러 번 했다. 그런데 또 이런 질문을 하는 이유는 "암은 아무도 모른다."라는 생각 때문이다.

그래. 지금까지는 약물치료로 암이 소멸되지는 않았어. 사라진 것처럼 보이던 것들도 다시 생겨나곤 했었지. 그런데 이번에는 소멸되고 다시는 안 생길지 누가 알아? 터무니없는 생각인가?

또 있다. 나는 내 몸속의 암과 평생을 함께할 각오가 되어 있다. 약물치료든 수술이든 필요하면 해가면서……:

그런데 내 몸이 아무리 튼튼하다 한들 무한정 수술할 수는 없을 것 아닌가? 그러므로 약물이 효과가 있다면 우선 그걸 사용하면서 수술의 기회는 될 수 있으면 많이 남겨 놓고 싶은 것이다.

이런 내 마음을 주치의 선생님이 어찌 알랴.

"어차피 약물은 암의 성장을 억제할 뿐입니다. 약효가 떨어지면 다시 커지겠지요. 수술로 확실하게 제거해야 합니다."

더 이상 대꾸하지 못하고 간 전문의사 선생님과 면담할 때 다시 한번 내 생각을 말해보았다.

"이렇게 암이 줄어들고 있을 때 수술해야 예후도 좋거든요. 지금 수술하는 것이 좋을 것 같습니다."

그래. 의사 선생님이 하라는 대로 해야지.

아직은 견딜 만해.

66. 네 번째 수술

2018년 11월 중순. 네 번째 수술을 받았다.

뭐 수술이 별다르겠나? 아내에게 수술 잘 받고 오겠다고 말하고 이동식 침대에 누워 수술실로 들어갔다.

수술 대기실 풍경은 익숙하다.

의사인 듯 어떤 사람이 왔다 갔다 한다.

"이게 어디 있지?" 무언가 찾는 것 같다.

"아. 아까 뭔가를 다른 분이 가지고 가는 것 같았습니다."하고 내가 본 것을 알려주었더니 그 사람이 나를 보며 놀란 듯이 말한다.

"아니, 어쩌면 이렇게 태연하십니까?" 내 목소리가 그렇게 들렸나?

"수술을 많이 해 봐서 그런가 봅니다." 씩 웃으며 대답했다.

이번에도 마취되는 순간을 느낄 수 없겠지?

수술하고 회복하는 절차 또한 똑같다.

수술 끝난 다음 날부터 병원 복도 열심히 걷고, 지시대로 소변의 양을 잘 적고, 아내가 집에서 해 온 밥으로 끼니를 해결하고……

그렇게 병원 생활에 익숙해져 있는 나 자신을 발견한다.

이번 수술 자국을 보니 세 번째 간 수술을 했던 자국을 그대로 따라 배를 갈라놓았다. 드레싱하러 온 의사 선생님에게 물었다.

"이렇게 한 번 수술한 자국을 또 갈라도 되는가 봅니다."

"물론입니다."

주치의 선생님도 회진을 했지만 젊은 레지던트도 대단히 열성적인 듯 일요일 아침에도 내 상태를 확인하고자 병실을 찾아왔다.

"아니. 선생님. 오늘 같은 일요일에도 쉬지 못하고 일하러 나오세요?" 내가 놀리듯 물었다.

"갑자기 서글퍼지네요." 표정이 묘해지며 대답을 한다.

"그러게 누가 의사 하라고 했습니까?" 같이 웃었다.

뭔가 달라졌다.

전에는 수술 끝나고 하루 이틀 지나면 물 먹고 미음 먹고 또 하루 지나면 밥 먹고 그 다음 날이면 환자를 밀어내듯 퇴원시키려고 했었다.

그런데 이번에는 어쩐지 차분하게 대응을 한다. 일주일이 다 되어가는데도 퇴원하라는 소리를 하지 않는다.

내가 먼저 의사 선생님에게 물었다.

"저 퇴원할 때가 되지 않았나요?"

그만큼 회복이 순조롭다고 생각했는데 의사 선생님의 대답은 이랬다.

"이젠 나이가 있어 조심해야 합니다. 현재 열이 조금 있네요."

열은 37도와 38도 사이를 오르락내리락하고 있었다.

나는 열에 엄청 강해서 - 바꿔 말하자면 열에 엄청 둔감해서 - 38도 정도의 열은 거의 느끼지도 못한다. 그냥 날씨가 추워서 몸이 좀 으슬으슬하나 하며 평소대로 활동한다. 그래서 이 정도 열은 열도 아니라고 생각하고 애꿎은 간호사에게 항변하듯 말했다.

"내가 열을 못 느끼는데 그냥 퇴원시켜 주세요."

"안 돼요. 어르신. 열이 있으면 퇴원 못 합니다."

그러던 중에 나 스스로 미열이 계속되는 원인을 찾았다.

순전히 개인적인 판단이지만 에어컨 바람 때문이었다.

병원에서는 일정한 온도를 유지하기 위해서 에어컨이 가동된다. 지금은 한겨울인데 그 에어컨 바람이 춥게 느껴진 것이다.

나는 열이 날 때마다 오한이 동반된다. 남들은 열이 오르면 얼음 찜질을 한다는데 나는 이불을 둘러쓰고 땀을 빼야 열이 내린다.

그런데 에어컨 바람 때문에 땀을 뺄 수가 없어 미열이 내리지 않는다고 생각했다. 그래서 그 바람을 되도록 피했다. 바람이 내 몸에 직접 닿지 않도록 애썼다. 효과가 있었는지 열이 조금 내렸다.

이 정도면 퇴원해도 된다는 주치의 선생님의 말을 듣고 퇴원 준비를 하고 있는데 의사 한 분이 마지막 드레싱을 하러 왔다. 수술 자국을 덮고 있는 붕대를 열고 소독약을 바르면서 혼자 중얼거렸다.

"아니. 이 부분은 왜 이렇게 벌겋지?"

스태플러 핀이 박힌 한 부분이 약간 붉어져 있었다. 그는 이 부분을 염증으로 판단한 듯했다.

"이런 상태로는 퇴원하지 못합니다." 참, 할 말은 없다.

그래서 하루 더 입원한 후 열흘 만에 퇴원하였다.

사실 그때까지도 몸은 약간 으슬으슬했고 간호사는 체온을 염려했으나 괜찮다며 우기듯 퇴원 수속을 밟았다.

그리고 집에 와서 내 방식대로 이불을 푹 둘러쓰고 하룻밤을 잤더니 다음 날 열이 내리고 몸이 가뿐해졌다.

그것 봐. 내 말이 맞았지.

역시 자기 몸을 가장 잘 아는 사람은 자기 자신이다.

이모님

아픈 식구를 간호할 때면
이모님께서는, 그 옛날에
나 대신 아파준 것이니
어찌 고마운 일이 아니겠느냐고
부처님 같은 미소를 지으셨다.

그 말씀이 문득 떠오르는 지금
다른 식구들이 아니라
내가 암에 걸린 것이
얼마나 다행스런 일인가
하고, 이모님 흉내를 내어본다.

67. 다시 8회의 약물치료

수술은 잘 끝났다.

주치의 선생님은 체력 회복을 위해 어느 정도 쉰 후에 약물치료를 하자고 했다. 약물을 4회 투여하고 수술을 했으니 8회가 남았다.

"선생님. 암은 제거되었으니 약물치료는 생략하면 안 될까요?"

"암은 제거되었지만 혈액 속에는 여전히 암세포가 남아 있다고 봐야 합니다. 약물로써 뿌리를 뽑아야겠지요."

나도 내 말이 오락가락하는 것을 잘 알고 있다. 주치의 선생님이 수술하자고 했을 때는 약물치료만 하면 안 되겠느냐고 하지 않았던가? 그런데 이번에는 또 약물치료를 생략하자고 하다니.

그것은 다음과 같은 마음에서이다.

첫째, 약물치료가 갈수록 힘들어지기 때문이다. 나이가 든 탓도 있으려니와 오랜 투병으로 인한 체력 저하가 근본적인 원인이겠지.

둘째, 약물치료를 하든지 않든지 결과는 비슷할 거라는 생각 때문이다. 8년째 치료를 해 오는 동안 같은 결과가 반복되고 있으므로.

1부에 적어놓은 의사의 이야기를 다시 소개한다.

암 진단을 받은 환자가 의사에게 물었다.

"항암 약물치료를 받으면 얼마나 살까요?"

"한 1년쯤?"

"약물치료를 하지 않으면요?"

"1년 조금 덜 살겠지요."

그 환자는 의사의 권유로 한 차례 약물치료를 받아 본 후에 약물치료를 포기했다. 그리고 음식 조절 등으로 몸을 관리하면서 "서운치 않을 만큼 살고 있다."라고 그 책에 쓰여 있었다.

항암 약물의 효과와 부작용에 대해 생각해 보게 하는 사례이다.

위의 사례를 대입해서 다음과 같이 가정해보자.

1년을 살 수 있다는 환자에게 6개월간 항암제를 투여하여 1년 6개월을 살 수 있게 했다고 하자. 그 환자는 항암 약물을 투여한 만큼만 더 사는 것이다. 문제는 항암제가 그토록 고통스러울진대 그 약을 투여하는 동안의 삶이 어떤 의미가 있을까? 항암 약물은 생명을 연장할 수는 있어도 의미 있는 삶을 연장하지는 못할 것이라는 생각이 든다.

그러면 나는 왜 약물치료를 계속했느냐고? 그 이유는 이렇다.

첫째 항암 약물의 효과가 아주 좋았다. 맨 처음 암 치료를 시작할 때 절망적인 상황을 호전시킨 것이 항암제이다.

둘째 내가 그 약물을 충분히 견딜 만했기 때문이다. 이 말이 중요하다. 나는 항암제를 투여하면서도 생활을 계속할 수가 있었다.

내 생각의 결론은 이렇다.

암 치료는 환자의 몸에 맞추어야 한다. 환자가 견뎌낼 수만 있다면 수술이건 약물 투여건 하지 않을 이유가 없다.

그러나 견디기 힘들다면 환자의 판단에 따라야 하지 않을까?

나는 약물치료를 중단해도 되겠느냐고 주치의 선생님에게 물었지만 내심 아직은 견딜 만하다는 자신감도 있었다.

그래서 주치의 선생님의 결정에 따라 약물치료를 결심한 것이다.

그래. 난 아직 견딜 만해.

68. 회복되지 않는 체력 그리고 빈혈

또 8회의 약물치료를 무사히 마쳤다.

2주 간격으로 약물을 투여했는데 힘들면 3주 만에 링거주사를 맞기도 했다. 그렇게 2개월 남짓한 시간이 걸렸다. 기분은 날아갈 듯했으나 조금만 걸어도 피곤함을 느낄 만큼 체력은 떨어져 있었다.

'그래. 네 번의 큰 수술을 받았으니 체력이 떨어지는 것은 당연한 일이 아닌가?' 혼자 이렇게 생각하고 있었다.

3개월마다 받는 정기 검진에서 계속 이상이 발견되지 않는다는 사실에 안도하면서 체력 회복은 크게 신경을 쓰지 않고 있었다.

수술 후 1년쯤 지난 정기 검진일. 주치의 선생님과 마주 앉았다.

"다른 이상은 없는데 혈액 검사 결과 빈혈이 심해 보입니다."

아! 순간 깨달았다. '그래서 내가 쉽게 피곤을 느끼곤 했구나.'

"철분이 많이 부족합니다. 3개월분 약을 처방해 드리겠습니다."

집에 와서 지어 온 빈혈약을 먹는 순간 몸에 좋은 느낌이 왔다.

선입견 때문일까? 약을 먹을수록 피곤함이 덜해졌다. 체력이 저하된 것은 빈혈 때문인 것이 확실하다.

3개월 후 주치의 선생님이 다시 말했다.

"빈혈 수치가 많이 올라갔네요. 3개월 더 복용해 볼까요?"

마다할 이유가 없었다. 그렇게 6개월 동안 철분이 든 빈혈약을 복용했다. 체력이 많이 올라오고 있음을 스스로 느꼈다.

고등학교 동기들 모임에서 내가 철분이 든 빈혈약을 먹고 체력을 회복했다는 이야기를 했더니 약사인 조영현 박사가 이런 말을 해준다.

"암이란 놈은 철분을 좋아하거든. 너무 오래 복용하지는 마시게."

이건 또 무슨 소리냐?

조영현 박사 역시 오래전에 간암을 앓았다. 아들의 간을 이식받았는데 지금껏 건강을 잘 유지하며 평소와 다름없는 생활을 하고 있는 친구이다. 그래서 암에 대해 나름대로의 생각이 정립되어 있을 것이다.

들고 보니 그럴 것도 같다. 이왕 먹은 약이야 어쩔 수 없고 앞으로는 조심해야지. 약 보다는 음식으로 빈혈을 이겨내도록 해야겠다.

69. 비결핵성 항산균

"폐에 무언가 이상한 것이 보입니다. 폐결핵 같기도 하고……."

정기 검진일. 주치의 선생님이 뜻밖의 말을 했다.

전에도 말했지만 폐는 내 몸의 약점이다. 어렸을 때부터 폐렴, 폐디스토마 등 폐 질환을 많이 앓았다. 폐결핵을 앓은 적은 없다.

"흉부외과로 가셔서 자세하게 진찰을 받아 보십시오."

흉부외과로 가서 여러 가지 검사를 했다.

그리고 비결핵성 항산균이 있다는 판정을 받았다.

"결핵과 비슷하지만 결핵처럼 전염성은 없습니다. 환자분의 경우 항산균이 아직은 미약한 상태여서 약을 쓰기도 애매합니다. 계속 지켜보다가 균이 많이 번식하게 되면 그때부터 치료를 시작해야 합니다. 일단 치료를 시작하면 중단하지 말고 오랜 기간 치료해야 완치될 수 있습니다."

담당 의사 선생님으로부터 이런 설명을 들었다.

그리고 정기 검진일에 맞추어 흉부외과에도 들러 X-Ray를 찍고 그 결과를 보았다. 두 번을 더 가서 보아도 아무런 변화가 없다고 해서 그 후에는 가지 않았다. 뭐, 이상이 생기면 앞으로 찍을 CT에 잡히겠지.

세 번째 수술할 때도 폐에 이상이 있다며 X-Ray를 찍고 검사를 계속하라고 했었다. 그때도 두어 번 다니다가 나 스스로 판단해 그만두었으나 그 후 어떤 이상 징후도 발견하지 못했다.

이번에도 그렇지 않을까?

70. 다섯 번째의 수술

2020년 11월 중순. 또다시 암이 발견되었다.

2018년 11월 15일의 네 번째 수술 후 정확하게 2년 만이다.

2012년에 암이 발견되고 나서 이미 네 번의 수술을 했다.

잘 견뎌 주고 있는 내 몸이 고마울 뿐이다.

친구 조영현 박사의 말처럼 철분이 든 약이 원인이었을까?

원인을 따져 무엇 하겠는가? 따져본 들 결론이 나오겠는가? 결론이 나오면 또 어쩌겠는가?

이번에도 간이었다.

크지가 않아 곧바로 수술하기로 했다. 주치의 선생님이 수술을 권했을 때 선뜻 동의했다. 약물치료가 힘들다고 느꼈기 때문이다.

모처럼 의견이 일치했다. 암 치료에 정답이 어디 있겠는가? 그때그때 최선이라 여기는 방법을 모색해야겠지.

"암의 크기는 작은데 횡격막 가까이에 있어서 수술 후에 방사선 치료를 더 해야 할 것 같습니다."

횡격막이 상할 위험이 있어 암 부위를 넓게 도려내지 못하고 방사선으로 태운다는 것이다. 세 번이나 내 간을 수술하는 의사 선생님과 정도 들었다. 크나큰 인연이리라.

"이번에도 지난번 수술 자국을 따라 그대로 자르나요?"

"그렇습니다."

칼자국이 덜 나는 것을 그나마 다행이라고 해야겠지.

12월 7일에 입원하여 다음 날 수술에 들어갔다.

수술 한두 번 해 보나. 늘 그랬던 것처럼 눈 한 번 감았다가 떴더니 수술은 끝나 있었다. 그런데 이번 수술은 좀 복잡했단다.

지난번 수술의 후유증이랄까?

전에 간을 수술한 부위의 상처가 소장과 유착되어 있어서 소장의 일부를 먼저 잘라낸 다음 간에서 암을 잘라냈단다. 간과 소장을 같이 수술한 셈이다. 계획대로 수술 후 방사선 치료는 해야 한단다.

교원대학교 대학원에서 인연을 맺어 평생을 가족처럼 지내 온 하헌태 형님께 수술 소식을 알렸더니 이 양반이 대학원 동기들 카톡방에 글을 올려서 갑자기 위로하는 문자들이 쏟아진다. 나는 수술하기 전 모습, 수술 후의 모습을 카톡으로 전송했다. 미소 띤 얼굴 모습으로.

걱정하는 지인들에게 이렇게 말해 주었다.

"하도 많이 해 본 수술이라 그러려니 해."

사실 그렇다. 어쩐 일인지 내 암 수술은 그냥 몸속의 종기 하나 떼어 내는 것 같다. 힘주어 말하거니와 암 환자들은 특히 이 부분에서 나와 같은 생각이기를 바란다. 암이 재발하더라도 가볍게 생각하기를!

암이 재발하면 수술을 한 번 더하면 된다.

암 수술 후에는 정기적인 검진을 받기 때문에 암이 재발하면 아주 미미한 상태로 발견된다. 그렇기 때문에 수술도 쉽다.

단, 몸의 건강이 따라주어야 한다.

몸의 건강 상태가 양호하다면 암을 잘라내는 일이나 종기를 잘라내는 일이나 별로 다를 바가 없지 않겠는가?

이런 생각이 암 치료에 도움이 되는 것은 분명하다.

나는 10일 후에 퇴원했다. 그런데 또 새로운 문제가 생겼다.

간단한 수술

수술은 간단했다.
마취제를 흡입하면서 감겼던 눈이 떠지는 순간 수술은 끝나 있었다.

그렇게, 눈 한 번 깜짝한 순간에
의사는 이미 두 번이나 갈라놓았던 칼자국을 따라 메스를 그어 내
배를 열었는데 이전의 수술로 인해 생긴 상처 때문에 간과 창자가
엉겨 붙어 있어서 소장 일부를 잘라내고, 다시 이어놓고 간에 붙어
있는 암 덩어리를 도려낸 다음 수술 부위를 봉합했다.

암세포도 분명 내 몸의 일부일진대
그러나 내 목숨을 부지하기 위해
너는 제거되어야만 하고, 그때마다
죄 없는 몸뚱이만 삶과 죽음의 경계선에서
의식이 없는 고깃덩이가 되어야 한다.
이 무슨 업보인지
누구나 겪을 수 있는 삶의 모습인지
따져본 들, 그러한들 무슨 소용이랴!

내 다섯 번째의 암 수술
간단(肝斷)한 수술에 걸린 시간은
다섯 시간이었다.

71. 부정맥

다섯 번째 수술하고 입원해 있을 때 심전도 검사를 했다.

심전도 검사야 수술 들어가기 전에도 했었다.

수술할 때마다 검사했지만 아무런 이상도 발견되지 않아서 검사하면 하는가 보다 했지 별 관심도 두지 않았다.

발목과 가슴 부분에 무슨 기구를 붙이고 짧은 시간에 무언가 체크하면 끝이어서 그냥 의례적인 검사로만 여겼었다.

수술이 끝나고 침대에 누워있는데 심전도 기구를 병실까지 가지고 와서 검사한다. 처음엔 그냥 그러나 보다 했는데 한 번, 두 번 자꾸 검사를 되풀이하는 것이 아닌가?

"왜, 무슨 문제가 있어요?"

"예. 이상이 있는 것 같아요."

이상이 있으면 있고 없으면 없는 거지 이상이 있는 것 같다니?

그 후에도 여러 번 검사를 한 결과 부정맥 판정을 받았다.

부정맥? 이건 또 뭐야? 맥박이 고르게 뛰지 않는다는 소리 같은데 말하자면 심장의 펌프질이 불규칙하다는 건가?

전혀 생각지 못했던 상황이었다. 부정맥이라……. 많은 수술의 후유증일까, 아니면 나이 탓일까?

이젠 정기 검진일에 심혈관 진료도 함께 받아야 한다.

72. 방사선 치료 2

2021년 1월 말. 정해진 방사선 치료를 시작했다.

옛날에 받았던 방사선 치료의 기억이 생생하다. 이른바 짧고 강한 치료로 직장의 암 부위에 5회의 방사선을 쪼였었다.

그리고 그 후유증으로 한 달 동안 엄청난 설사를 했었다.

이번엔 방사선을 10회 쪼이기로 했다.

옛날보다 방사선량을 약하게 한다고 했다. 아마도 방사선으로 태운 부위의 찌꺼기를 직접 배출하지 못해서 그러는 것 아닐까?

시간이 흐르면서 몸속의 찌꺼기들은 서서히 흡수되고 배출되겠지. 말하자면 이번에는 길고 약한 방사선 치료라고 해야 하나?

방사선은 토, 일요일은 쉬고 주 5회씩 2주간 쪼였다. 허리에 좌표를 표시하는 것은 옛날과 같았다. 전처럼 소변을 참지는 않았다.

나중에 CT 촬영해 놓은 사진을 보니 방사선을 쪼인 부위가 마치 전구의 필라멘트처럼 벌겋게 달구어져 있었다.

설사와 같은 후유증도 없었다.

어찌 부작용이 없겠는가? 내가 느끼지 못한 영향들이 있겠지.

다만 몸이 힘들다 싶은 느낌이 수술의 영향인지 오랜 치료의 영향인지 아니면 방사능 치료의 후유증인지 모를 뿐이지.

어쨌거나 눈에 띄는 부작용이 없는 점은 참 다행이다.

73. 부정맥 치료

예약일에 심장 질환 전문의 선생님과 마주 앉았다.

그 전에 심전도 검사를 했다.

"환자분은 부정맥이 초기입니다. 부정맥은 심근 경색이나 뇌경색을 유발하기도 하는데 환자분의 부정맥은 뇌에 영향을 미치는 것으로 나타나고 있습니다. 아직 미미하니 약으로 충분히 치료 가능합니다."

조금 안심이 되기도 한다.

"미미하다면 그냥 약을 안 먹고 조심하면 안 될까요?"

"예방 차원에서 드시는 것이 좋겠습니다. 이렇게 드시다 보면 증상이 좋아져서 약을 먹지 않아도 될 수 있습니다."

결국 3개월분 약을 처방받았다.

"그리고 저희 연구에 협조해 주실 수 있겠습니까?"

당연히 협조하겠다고 했다. 연구 조사하는 의사를 따로 만났다.

"부정맥을 1단계에서 10단계로 나누는데 환자분은 1단계에 해당합니다." 그러니까 아주 미미하다는 소리렷다. 더욱 안심이 되었다.

원을 그리고 시계의 숫자 표시하기, 기역으로 시작하는 낱말 말해 보기 등등 뇌의 작용과 관계되는 듯한 검사를 했다. 별 어려움을 느끼지 않고 모든 문제(?)를 해결했다. 성적은 양호했을 거야.

약국에 들러 부정맥약을 지어서 집으로 왔다.

74. 10년 되셨지요?

방사선 치료가 끝나고 다시 정기 검진이 시작되었다.

2021년 4월 하순. 주치의 선생님과 마주 앉았다.

암 수술과 방사능 치료를 한 지 얼마되지 않았으니 당분간 2개월마다 검진을 해보자고 했다. 그래야겠지.

"10년째이지요?" 맞다. 2012년에 암 치료를 시작했으니.

"수술은 잘 되었습니다. 방사선 치료도 잘 되었고요."

지금까지 5회의 수술과 그에 따른 치료는 모두 잘 되었었다. 이것만도 참 다행스러운 일이 아닐 수 없다.

"그런데 폐에서 세 군데 정도 이상 소견이 보이네요. 아직은 작은 상태이니 다음 진료 때 상황을 보고 얘기합시다. 암 수치도 4.8 정도이니 괜찮을 것 같기도 합니다만."

이건 또 무슨 소리인가?

수술한 지 얼마나 되었다고 벌써 이상이 발견된단 말인가? 이번에는 약물치료를 병행하지 않아서 이렇게 빨리 재발했을까? 암 수치는 5 이하가 정상이라고 하지만 수치는 전적으로 믿을 것은 못 된다. 내 경우에도 암 수치가 정상임에도 암이 발견되지 않았던가?

"10년 되셨지요?" 또 같은 질문이다.

"이번에는 먹는 약 젤로다를 한 번 써 볼까요. 지난번에도 젤로다를 먹었을 때 그 효과가 좋지 않았습니까?"

맞는 말인데 그 부작용은 또 어떻고?

"그냥 수술해버리면 안 될까요?"

"아니. 그동안 그렇게 수술하지 않겠다고 하시더니……."

주치의 선생님이 어이없다는 듯이 말했다.

맞다. 내가 얼마나 수술을 반대해 왔던가?

군이 또 변명을 해보자면 암 치료는 환자의 몸 상태에 맞춰야 한다. 지금 나는 약물치료보다 수술을 견딜 자신이 더 있다. 그래도 내 생각이 늘 바뀌는 것은 인정한다. 아! 그토록 수술을 반대했었는데……

"다음 진료일에 상황을 보고 이야기합시다." 그래야겠다.

그런데 왜 자꾸 "10년 되셨지요?"라는 말을 하지?

집에 돌아와 혼자 멋대로 생각해 보았다.

"10년 되셨지요?"

이만하면 오래 살았다는 뜻일까? 지금까지의 결과만으로도 대단한 성과를 거둔 것이라는 뜻일까?

말기 암이 간과 폐로 전이된 상태에서 10년을 살았으면 오래 살긴 했다. 나보다 늦게 암이 발견되고도 먼저 세상을 뜬 지인들도 많다.

많은 지인이 오랜 세월 암에 꿋꿋이 대처하면서 생활하는 나를 보고 대단하다며 응원을 보내고 있다. 고등학교 동기인 강연욱 의사는 "암이 너같이 질긴 놈을 만나 두 손 두 발 다 들었겠다."라고 격려한다.

그래. 10년을 살았으니 참 잘했다는 칭찬과 격려로 해석하자.

그나저나 이제 치료를 위해 젤로다를 또 먹어야 하나?

75. 반전

다시 2개월 후. 6월 하순에 혼자 병원을 찾았다.

늘 아내가 동행했었는데 이번에는 바쁜 일이 생겨버렸다.

"어차피 암이 생겼다면 젤로다를 처방해 줄 것이다. 그 약을 사 오면 되는데 둘이 가나 혼자 가나 무슨 차이가 있겠나."

단호한 내 말에 아내는 수긍했다.

제주에 기거하고 있어서 비행기로 김포공항까지 간 다음 지하철로 병원까지 간다. 연결이 편해서 별 어려움이 없다.

병원에 가기 전에 내 나름 결심한 바가 있었다.

'젤로다를 처방해 주면 먹자. 다만 내 몸의 상태를 확인하면서 먹자. 만에 하나 부작용이 심해지면 먹는 것을 중단하자.'

"안녕하세요?"

주치의 선생님에게 인사를 하고 자리에 앉았다. 말마따나 10년이나 지났는데 이 분은 전혀 늙어 보이지 않는다. 늘 보아서 그런가?

"어서 오세요." 여전히 친절히 맞아 준다.

"별 이상이 보이지 않네요. 지난번에 보였던 폐의 점들도 변화가 없습니다. 암 수치도 2.8 정도로 안정적이고요."

얼마나 반가운 말인가!

암 수치가 하향되었다는 말도 반갑다.

나는 수치를 믿지 않는다. 무조건 믿을 바는 못 된다.

그러나 추세를 보면 하향 곡선을 긋고 있다. 이러한 현상은 바람직하다. 암 수치 자체를 신뢰한다기보다는 4.8에서 2.8로 떨어지는 현상에 의미를 둔다는 것이다. 아전인수격인 해석일까?

거기에 더해 여러 긍정적인 사례들도 나름대로 해석해 본다.

"선생님. 지난번에 66kg까지 떨어지던 체중이 다시 오르기 시작했는데 그때 반전이 일어난 것일까요?"

암이 소모성 질환임을 아는 아내는 틈만 있으면 이것저것 먹이며 살찌울 궁리를 한다. 암에 걸리면 몸무게가 빠지는데 아내는 몸무게가 빠지지 않아야 암에 걸리지 않을 것이라고 믿는(?) 듯하다. 그만큼 내 몸무게에 신경을 쓴다는 말이다. 내가 목욕탕에만 갔다 오면 몸무게를 묻는다.

"그럴 수도 있지요."

내 질문에 어쩌면 일부러 긍정적인 대답을 해 주는 것 같다.

전화로 진료 결과를 알렸더니 아내가 깜짝 놀라며 반색을 한다. 그러게, 암 환자들과 그 가족들은 다 같은 마음이리라.

몇 개월 단위로 반복되는 정기 검진 - 그 날짜를 기다리는 심정, 그리고 그 결과에 따라 희비가 교차하는, 참으로 가슴이 조여드는 그 순간들. 내 아무리 마음을 잘 다잡았다 한들 주치의 선생님 앞에 앉는 그 순간은 뭐랄까, 전에도 묘사한 적이 있지만 판결을 기다리는 피고인 같은 마음이랄까? 그래서 기뻐하는 아내가 차라리 안쓰럽다. 아. 저런 아내를 위해서라도 나는 암을 견뎌내야 한다. 이겨내야 한다.

76. 출간 - 도시락(圖詩樂) 2

6년 전 2015년 2월에 정년 퇴임 기념으로 〈도시락(圖詩樂)〉이란 책을 출간한 사실을 앞에 소개했었다. 2021년 6월 그 속편 격인 〈도시락(圖詩樂) 2〉를 출간했다.

내가 그리고, 쓰고, 작곡한 작품들을 한 데 엮었는데 이번엔 지인들의 작품을 많이 수록했다. 내 삶과 인연으로 얽힌 분들이다.

많은 사람이 축하해 주었다.

암 치료를 하면서도 나는 생활하고자 했다. 생활했다. 생활하지 않는 삶은 삶이 아니라고 주장했다.

나의 생활은 그림을 그리고, 시를 쓰고, 노래를 만드는 일이었다. 예술을 사랑하며 사는 것이 나의 삶이다. 앞으로도 그러할 것이다.

2017년에는 〈그런 시절〉이란 시집도 출간했었다.

앞으로는 해마다 한 권씩 책을 출간하려고 한다. 원고는 많이 준비되어 있고 계속 준비해 갈 것이다. 이 투병기를 책으로 엮어내는 것도 투병기를 쓰기 시작할 때부터 생각해 온 일이다.

인생에 이루어야 할 목표가 있는 것일까? 만약 그러한 목표가 있어 그 목표를 이루었다면 그 다음엔? 또 다른 목표를 설정하고 그 목표를 향해 가는 인생은 참 멋있지 아니한가?

그렇게, 내 인생의 목표는 늘 꿈꾸는 것이다.

항상 새로운 목표를 꿈꾸고 그 꿈을 이루어 가는 것 - 그렇게 꿈꾸며 걸어가는 것이 내 인생일 것이다. 스러지는 순간까지……

77. 다시 정기 검진 3개월로

2021년 8월 하순. 예약일에 먼저 심장혈관 병원을 찾았다.

심전도 검사를 하고 심장 전문의 선생님과 마주 앉았다.

"약은 잘 드십니까?"

"예."

"다행히 심전도 검사에서는 정상이 나왔네요. 다음 정기 검진일까지 3개월 동안 약을 더 드시지요."

"알겠습니다."

그리고 암 센터로 주치의 선생님을 만나러 갔다.

"어서 오세요."

변함없이 친절한 인사말을 들으며 자리에 앉았다.

"이상 없습니다." 마음속이 환해진다.

"폐에 보이던 점은 움직이지 않고 있네요. 암은 아닌 듯합니다."

그러게. 정말이지 암이 아니기를. 아내를 위해서, 나를 위해서.

"암 수치도 2.5로 정상입니다." 지난번과 비슷하게 안정적이다.

"이제는 검진일을 3개월로 늘려 봅시다." 더욱 반가운 소리다.

가벼운 마음. 언제나처럼 헤파린 맞고 비행기 타고 제주로 왔다.

78. 출간 - 스치는 달빛에 베이어

〈도시락(圖詩樂) 2〉를 출간한 지 1년 만인 2022년 5월에 시조집 〈스치는 달빛에 베이어〉를 출간했다. 그리고 계간지 『문예창작』을 통해 등단했다. 사연은 이렇다.

대학 동기 김관식 평론가 겸 시인은 수십 년 동안 꾸준히 나를 문학의 세계로 안내했다. 그는 자신이 출간한 신간을 언제나 나에게 보내주며 여러 문학 단체에 나를 가입시키려 했다. 졸저인 〈도시락〉과 〈그런 시절〉에 대해 애정 어린 평도 아끼지 않았다.

나는 문학 단체 가입이나 등단에 대해서는 손사래를 치며 사양하곤 했는데 어느 날 자신이 편집위원으로 있는 계간지 『문예창작』에 내 시를 허락(?)도 없이 실어 버렸다. 그 일로 『문예창작』 발행인인 신기용 평론가님과 알게 되었다. 문학박사인 그분께서 내 시조를 보시고는 여러 가지 지도 조언을 해 주셨다. 현재 한국 문학계를 비판적 시각으로 바라보면서 올곧은 글쓰기를 강조하시는 말씀을 들으며 나는 이렇게 예리한 분석을 해 줄 수 있는 사람의 평론을 받고 싶었다. 그래서 가르침을 받아 80수의 시조를 내놓게 되었다. 그분께서 해설을 써 주시면서 "이제 등단하시죠."라고 또 말씀하셨을 때 더는 거절하기가 힘들었다. 그래서 이 늙은 나이에 등단이란 것을 하게 되었다.

내 시조집에는 오랫동안 교직 생활을 함께해 온 문학박사이자 시조 시인인 이수동 선생님의 감상평도 실었다. 시조집에 실린 시조 한 수 적어 본다.

홀로 서서

서산에 해가 지니
하늘이
텅 비었다.

바람이 숨죽이니
들녘이
텅 비었다.

무심히 바라보노니
내 안도
텅 비었다.

79. 초심(初心)

2022년 8월 25일. 정기 검진일. 아내와 함께 병원을 찾았다.

"김홍균 님, 어서 오세요."

접수처의 간호사가 내 이름을 불러준다. 자주 오는 환자여서일까? 아니면 장발의 흰머리에 헌팅캡(hunting cap)을 쓰고 다니는 독특한 외모 때문일까?

어쨌든 수많은 환자로 북적이는 종합병원의 접수실에서 먼저 아는 체해주는 간호사의 그 미소가 퍽 아름답다.

"모든 것이 정상입니다."

친절한 주치의 선생님의 말씀은 또 얼마나 고마운가?

"마지막 수술 후 2년이 다 되어가는군요. 이렇게 오랫동안 이상이 없으니 이제 4개월 후에 보실까요?"

첫 진료 후 10년 만에 처음으로 진료 기간이 4개월로 늘었다.

아내가 기쁜 얼굴로 질문한다.

"5년 전에, 암 환자를 치료한 지 5년이 지나면 의료보험이 적용되지 않는다고 했을 때 선생님께서 환자의 상태를 보험공단 측에 알림으로써 계속해서 보험 혜택을 받을 수 있었습니다. 이제 또 5년이 지났는데 그때처럼 선생님의 의견으로 계속 보험 혜택을 받을 수 있게 되나요?"

나도 궁금했다. 주치의 선생님이 친절하게 설명해 준다.

"이젠 법이 바뀌었습니다. 5년이 지나면 환자가 정기 검진을 받더라도 보험이 적용되지 않습니다. 그러나 또 암이 재발해서 치료를 시작하면 그때는 다시 보험이 적용됩니다."

그리고 단정 짓는 듯한 말투로 우리의 동의를 구한다.

"의료보험이 적용되지 않는다고 하더라도 암이 재발하지 않는 게 훨씬 좋지 않겠어요?"

당연하고 또 당연한 말이다.

자꾸 기분이 좋아지려고 한다.

정기 검진 기간이 4개월로 늘었으니 앞으로 더 늘어나지 않을까? 그랬으면 정말 좋겠다. 어찌 기분이 좋지 않으랴.

여기까지여야 한다.

좋은 기분은 간직하자. 그러나 그 좋은 기분에 마음이 들떠서는 안 된다. 어디까지나 마음은 차분해야 한다.

4개월이 6개월이 되고 그리고 또 1년이 되고……. 그럴 수도 있겠지. 그러면 좋겠지. 그런데 그렇지 않을 경우는 또 어쩔 것인가?

검진 기간이 늘어나니 한껏 들떠서 희망을 품었다가 반대의 경우가 되면 다시 절망의 구렁텅이로 빠질 것인가?

초심(初心)이어야 한다.

희망도 절망도 아닌 담담한 마음 - 나의 초심이 아니던가?

그 마음이어야 한다.

80. 함께 걸어온 길

투병 생활 10여 년을 되돌아본다.

강산도 변한다는 긴 세월을 암과 싸우느라 참 바쁘게 보냈다.

힘든 길이었다. 그러나 씩씩하게 걸어왔다.

혼자 걸었냐고? 천만의 말씀이다.

참으로 많은 사람이 함께 걸어주었다.

치료를 담당한 주치의 안중배 선생님이야 당연히 10여 년을 함께 하신 분이다. 내 삶의 열쇠를 쥐고 나를 이끌어 오신 분이다.

가족의 노력과 희생을 또 말해 무엇하랴. 또 언급하지 않겠다.

많은 사람의 문병도 얼마나 고마웠는지 - 그것만으로도 나는 충분했고 세상 잘 살았다 싶어 행복했다.

행복한 마음으로 10여 년을 살았다. 그 10여 년의 단락을 지으면서 본문의 줄거리 전개상 언급되지 않은 부분을 따로 적어 본다.

전정부 형님은 왜 하필 그날 전화를 했을까?

문득 내 생각이 났다고 했다. 전화가 왔길래 건강 검진 결과를 보기 위해 입원 중이라고 대답했더니 곧바로 부부가 함께 병원으로 달려왔다. 왜 오셨느냐고 했더니 검진 결과를 보기 위해 입원했다면 이는 필시 이상이 있기 때문이라고 했다. 가족 외에 내 병을 가장 먼저 알게 된 분이다.

아마추어(?) 침술가인 그분은 나에게 쑥뜸 뜨는 법을 가르쳐 주고 침은 직접 놓아 주었다. 쑥뜸 뜰 자리를 손등과 손바닥 그리고 발등에 표시를 해 주어서 나 혼자서도 쑥뜸을 뜰 수 있게 해 주었다. 그리고 무려 1년이 넘도록 일주일에 한두 번씩 집에 들러서 정성으로 침을 놓아 주었다. 침술로 암을 고칠 수 있다면 얼마나 좋겠는가? 그러나 그분의 그 정성이 나의 암 치료에 어찌 도움이 되지 않았겠는가?

첫 수술은 장장 10시간이 걸렸다.

급한 성격의 아내는 얼마나 가슴 졸였을까?

그 긴 시간을 곁에서 함께 해준 하헌태 형님께 고맙단 말을 하는 것은 새삼스럽다. 그전에도 이후에도 그분은 내가 힘들 때 항상 곁에 계셨다.

서울개포초등학교 직원들의 고마움을 어찌 잊겠는가?

일면식도 없던 조정숙 교감 선생님의 부군은 학교로 찾아오셔서 나를 양호실에 눕혀 놓고 팔과 다리의 혈을 찾아 뜸을 떠주었다. 그 유명한 구당 김남수 옹의 제자라고 알고 있다. 본인의 건강도 썩 좋지 않다고 들었는데 한 달 넘게 학교에 들렀다. 역시 마찬가지다. 그분의 정성이 암 치료에 도움이 되었음을 나는 믿어 의심치 않는다.

또 역시 일면식도 없는 태재희 부장 선생님의 부군께서는 아끼던 책을 보내주었다. 사혈로써 건강을 유지하는 방법을 적은 책인데 암에 관해 언급된 부분도 있어 보내준 것이리라. 그 책 속에 태재희 부장 선생님은 내 이름으로 삼행시까지 적어 보내주어서 나를 미소 짓게 했다.

어찌 이분들뿐일까?

지금까지도 수시로 나의 안부를 물어오는 염산초등학교의 제자 이진걸, 백수남초등학교의 제자 탁이진은 내가 펴낸 다른 책에 자세히 언급해서 여기에서는 이름만 다시 적어 본다. 그들이 보내준 물적 심적 지원은 스승으로서의 나를 보람되게 한다.

여기에 언급되지 않았을 수도 있지만 참 많은 분이 내 마음속에 항상 고마움으로 자리 잡고 있다.

나는 그들과 함께 10여 년을 걸어왔다.

그들의 정성을 동력 삼아 10여 년을 살아왔다. 그 동력은 내 마음속에서 결코 소진되지 않을 것이다.

적절한 비유인지는 모르겠다.

한 아이를 키우는 데는 온 마을이 필요하다는 말이 있다.

마찬가지로 한 사람이 암을 극복하는 데는 많은 사람의 도움이 또한 필요하지 않을까?

암을 극복하는 길을 혼자 걷는 것보다 여러 사람이 함께하는 것이 훨씬 더 도움이 된다는 말이다. 적어도 나의 경우에는 확실히 그렇다. 그리고 이런 나의 경우를 모든 사람에게 일반화시켜도 좋을 것이다.

나처럼 암을 치료하고 있는 환우들이여!

병은 자랑하라고 하지 않았던가?

혼자 숨어서 치료하지 말라.

주위 사람들의 위로와 응원을 고맙게 받아들이면서 밝은 마음으로 그들과 함께 생활하라. 그러한 당신의 마음가짐이 분명 암 치료에 긍정적으로 작용할 것인즉.